La MESA DE LOS SOLTEROS

LA MESA DE LOS SOLTEROS

SARA DESAI

Traducción de Mónica Campos

TITANIA

Argentina • Chile • Colombia • España
Estados Unidos • México • Perú • Uruguay

Título original: *The Singles Table*
Editor original: A JOVE BOOK published by Berkley.
An imprint of Penguin Random House LLC
Traducción: Mónica Campos

1.ª edición Enero 2025

ISBN: 978-84-19131-96-6
E-ISBN: 978-84-10365-81-0
Depósito legal: M-23.990-2024

Fotocomposición: Urano World Spain, S.A.U.
Impreso por Romanyà Valls, S.A. – Verdaguer, 1 – 08786 Capellades (Barcelona)

Impreso en España – *Printed in Spain*

A Kaia, Sapphira y Alysha
por escuchar mis historias.

1

Zara Patel, que aspiraba a ser la novia de una estrella de cine, entró en la Aventura Extrema de Paintball de Peter Patterson para celebrar la despedida de soltero de su primo. Iba con paso ligero, una canción en los labios, una tarta en las manos y el autógrafo de un famoso en el brazo. Nada podría acabar con su buen humor, ni siquiera el grito que lanzó Parvati Chopra, su compañera de piso y mejor amiga.

—¿Qué le ha pasado a tu vestido? ¡Stacy te va a matar!

En una escala de catástrofes, un vestido manchado no sería motivo de alarma, pero Stacy Jones, la dama de honor de la novia, era una exagerada. En los últimos seis meses, Zara había perdido dos trabajos, tres novios y cuatro neumáticos (que le habían robado de su Chevy Spark azul turquesa cuando estaba defendiendo un caso ante los tribunales). Y, para rematar, en cinco ocasiones no le habían permitido comprar entradas para su musical de Broadway favorito, *Hamilton*, en la aplicación y ahora tendría que esperar un año para volver a intentarlo.

—Chad Wandsworth me firmó en el brazo. —Zara se puso de lado para mostrarle el nombre de la estrella de cine que tenía garabateado con rotulador negro en el bíceps—. No volveré a ducharme nunca más.

—Me interesa más esa mancha. —Como médica de urgencias en el Hospital General de San Francisco, a Parvati le gustaba ir al grano—. No creía que tu vestido pudiera empeorar.

Su mirada se posó en el corpiño del vestido de Zara, al estilo de los años ochenta y de color rosa chillón. Adornado con tafetán, tul, lazos, lentejuelas y volantes, tenía las mangas tan abullonadas que tapaban la visión periférica de Zara. «Va a ser increíble», había dicho Stacy a las amigas de la novia cuando les informó de que llevarían vestidos de dama de honor de segunda mano para la partida de *paintball*. Zara no estaba muy convencida de que un minivestido con un escotazo fuera lo más apropiado para jugar al *paintball* en medio del bosque, pero adoraba a su primo Tarun y a su futura esposa, María Gonzales, así que había dicho «sí» al vestido y le había entregado cinco dólares para cuando fuera a la tienda de segunda mano.

—Estaba en una heladería. Ya sabes que no tengo autocontrol cuando se trata de helados. —Se encogió de hombros con resignación—. Tenía un batido en una mano y la tarta en la otra cuando entró Chad (ya nos tuteamos). Trabaja en el mundillo del espectáculo y yo quiero hacer negocios ahí. Pensé que debía darle mi tarjeta por si alguna vez necesita un abogado. Puse el batido en la caja del pastel, busqué en mi bolso y…

—Ya veo lo que ha pasado. —Parvati suspiró tan fuerte que asustó a una pareja que pasaba por allí—. Debería haber imaginado que te resultaría demasiado tentador. No podías entrar y comprar solo la tarta.

—¡Menos mal! —replicó Zara—. Y también me alegro de que mi vestido sea horrible. Si no, Chad habría pasado de largo en vez de pararse a ayudarme como todo un caballero.

Lanzó una mirada de envidia al vestido color azul claro de Parvati. Con siete capas de volantes, mangas abullonadas y una falda con aro, solo le faltaban un par de zapatitos de cristal y unos pájaros de dibujos animados revoloteando alrededor de su lisa y morena cabellera. No era justo. A Parvati no le gustaban los musicales. Si había alguien que debería llevar el vestido de princesa de cuento, esa era Zara. Sin embargo, Stacy la había castigado con el peor vestido del estilo de los años ochenta solo porque en la fiesta de compromiso le había tirado encima una copa de vino cuando creyó ver a Lin-Manuel Miranda en el bar.

—Será mejor que le llevemos el pastel a Stacy —dijo Parvati—. Ya está enfadada porque los equipos deben ser mixtos. Cuando vea tu vestido se volverá loca.

Zara siguió a Parvati por el edificio de madera que era el corazón neurálgico del juego de *paintball*. Se cruzaron con hombres vestidos de camuflaje que llevaban cinturones de munición atados al pecho, armas colgadas a la espalda y rostros enmascarados o pintados como si fueran a ponerse en plan comando en el monte.

—Creía que esto iba a ser una actividad divertida y familiar —murmuró Zara—. Parece que estén a punto de ir a la guerra.

—Hay gente que se toma muy en serio el *paintball* —dijo Parvati—. Se compran su propio equipo y se sacan un pase anual para poder venir todos los fines de semana. No querrías encontrarte en el campo con esos tipos. Juegan para ganar. No tienen piedad ninguna.

Zara se estremeció al ver pasar a un hombre enorme a su lado. Pisoteaba el suelo de madera con sus botas de combate e iba tan cargado que apenas podía caminar.

—Estoy planteándome si el vestido es una buena idea. Tengo la sensación de que acabaremos llenos de moratones. Puede que incluso muertos.

Parvati miró por encima del hombro al tipo que se alejaba.

—O puede que encontremos a un príncipe azul que necesite ayuda. Si ves a un hombre sexi con un brazo o una pierna rota, una rama en el ojo, el intestino perforado o un tobillo torcido, envíame un mensaje.

—Eres una romántica. —Zara no pudo evitar el sarcasmo de su voz.

—El romance está sobrevalorado —dijo Parvati—. Trabajo de ochenta a noventa horas semanales. No tengo tiempo para cortejos ni cenas largas. No puedo perder mi valioso tiempo comiéndome un filete demasiado hecho y demasiado caro en un restaurante poco iluminado cuando lo único que quiero es echar un polvo.

—¿Aunque el tipo esté lesionado? Puede que no dé la talla si está dolorido.

—Lo ayudaré, lo curaré y luego me lo llevaré a la cama. —Parvati abrió la puerta de la sala de fiestas—. Los que están agradecidos son los mejores. Tan entusiastas y dispuestos a complacer…

—¡Ha llegado la tarta! —Zara sonrió a las veinte mujeres que estaban sentadas alrededor de una larga mesa cubierta con un mantel blanco de plástico.

—Pensé que no ibais a llegar nunca.

Stacy lanzó un teatral suspiro y tomó la caja de manos de Zara. Por «casualidad», Stacy había encontrado en la tienda de segunda mano un vestido nuevo de gasa color burdeos de su talla. Con un corpiño que se le ceñía a la cintura y un pronunciado escote, el vestido realzaba su esbelta figura y su bonito cabello castaño.

Zara dio un rápido abrazo a María antes de reunirse con Stacy en la mesa de los refrescos, donde el olvido la esperaba en forma de una caja de Chardoneigh de cinco galones decorada con ilustraciones de caballos al galope. Llenó dos copas y le dio una a Parvati antes de beberse la suya de un trago, estremeciéndose por su ácido sabor. Quizá las ilustraciones de los caballos indicaban que el líquido que contenía la caja no era vino precisamente.

—¡Dios mío! ¡Tu vestido! —Stacy se dio una palmada en el pecho, como si la impresión de ver un vestido manchado (vestido que se iba a salpicar pronto con pintura) pudiera pararle el corazón—. Estás toda mojada.

—Suelo escuchar eso —dijo Zara en tono seco—. Y nunca como una queja.

Parvati se atragantó con su Chardoneigh. María se rio a carcajadas. Mitad portuguesa y mitad española, María había pasado de ser una niña de la calle a una galardonada chef de *food truck*, y era una de las personas más trabajadoras que Zara conocía. Tras conocer a María en su *food truck* durante una tarde soleada, Zara la había emparejado con Tarun. Seis meses después, se habían prometido y Zara había añadido otra victoria a su currículum de casamentera.

Para no ser menos, Stacy hizo una mueca.

—¿Qué tienes en el brazo?

—Conocí a Chad Wandsworth en la heladería cuando recogía la tarta. —Hizo una pausa, esperando a que la información le calara. El tiempo lo era todo, tanto en el escenario como en el tribunal—. Me firmó un autógrafo.

—Bueno —Stacy resopló—, menos mal que no eres dama de honor. Tendrías que quitártelo.

Zara señaló mentalmente a Stacy como su primer objetivo en cuanto tuviera la pistola de *paintball* en la mano.

—Este autógrafo es para siempre. Iré sin tirantes en la recepción de la boda para que todo el mundo pueda verlo.

—Pues olvídate de conocer a ningún hombre. —Una mujer que llevaba un ajustado vestido verde de tirantes, con una delicada falda de gasa y sin un solo volante o manga abullonada, le dedicó una tensa sonrisa. Con sus grandes ojos azules y el cabello rubio recogido en un moño perfecto, parecía un hada lista para revolotear hasta el corazón de alguien—. Ninguno querrá competir con Chad Wandsworth.

—Puede que no, pero nuestras tías estarán allí. —Parvati dio un sorbo a su vino, sonriendo como si el nefasto líquido no acabara de abrasarle la garganta—. Y nada puede impedirles emparejar a todos los jóvenes solteros de Asia Meridional en una boda. Cada temporada de bodas compiten para ver quién forma más parejas. La única forma de escapar de ellas es coquetear rápidamente en la mesa de los solteros o venir con un acompañante.

—Haces que parezca fácil conocer a alguien. —Stacy cortó el pastel ya algo derretido en porciones idénticas—. Quiero decir que…

—Cuando tienes quinientos o mil invitados es fácil conocer a alguien. Incluso a una docena de personas.

Zara se acabó su vino y continuó con un rollito de primavera.

—Si a eso le sumamos cinco o seis bodas en verano y otras tantas fiestas previas a las bodas, las posibilidades de conquistar aumentan. Y si además le añadimos el ambiente romántico que crean unas personas solteras bien vestidas y ansiosas por salir y tener sexo salvaje, las posibilidades se vuelven infinitas.

Zara se arrepintió al instante de su arrebato, pero Stacy sabía cómo pincharla. Le recordaba a su madre.

—Bueno… —Stacy se aclaró la garganta—, creo que a la mayoría de los novios y las novias les molestaría que la gente quisiera coquetear en sus bodas.

—No estoy hablando de mí —protestó Zara—. Disfruto de las bodas por la oportunidad que me dan de formar parejas. Es solo una afición. No me meto en la competición de mis tías.

—Zara es una casamentera excelente —sonrió María—. Ella nos emparejó a Tarun y a mí.

—Si eres tan buena, ¿por qué sigues soltera? —Stacy compartió una mirada sarcástica con la mujer de verde.

Zara abrió la espita para servirse otra copa de vino.

—No me interesa tener una relación. —El devastador divorcio de sus padres se había encargado de que pensara así. Un momento tenía una familia feliz y al siguiente su mundo había quedado hecho pedazos.

Stacy le dio una porción de pastel.

—Eso es lo que se dice cuando no se puede encontrar a un hombre.

—Puedo encontrar hombres —se defendió Zara—. Pero no necesito quedarme con ninguno.

Jay Dayal comprobó su pistola de *paintball* y la guardó en la funda de su chaleco táctico. Aunque hacía casi diez años que dejó su trabajo en las Fuerzas Aéreas como piloto de helicóptero de búsqueda y rescate en combate, los viejos hábitos seguían ahí. Un arma enfundada era un arma segura, pero en cuanto la partida comenzara, destrozaría al equipo azul. Jay siempre jugaba para ganar, ya sea que estuviera en una sala de juntas reuniendo fondos para su empresa de seguridad, tirando a canasta con sus amigos o luchando contra un equipo enemigo en la partida de *paintball* de una despedida de soltero.

—He repartido a los amigos de María entre los dos equipos.

Tarun se reunió con él en el cobertizo destinado a las armas, donde Paintball Pete estaba explicando el funcionamiento de las armas a tres mujeres ataviadas con vestidos de volantes y tacones. Junto con Avi Kapoor y Rishi Dev, Tarun había sido uno de los mejores amigos de Jay en el instituto, y se había esforzado por convertirse en médico tanto como Jay lo había hecho para salir de la pobreza. Perdieron el contacto después del instituto, cuando tomaron caminos separados, pero una beca y una nueva novia habían traído a Tarun de vuelta a San Francisco, y tras volver a conectar estaban tan unidos como lo habían estado quince años atrás.

—¿Por qué no las ponemos a todas en un equipo y así podemos estar juntos en el otro? —sugirió Jay—. Con esa ropa solo nos van a retrasar. —Resopló con desdén cuando una mujer con un vestido verde ceñido cruzó el campo de puntillas, intentando evitar que sus tacones se hundieran en la hierba. Como portador de un pase de temporada, iba al parque al menos dos veces al mes con su socio, Elías, y no tenía paciencia para quienes no se tomaban el *paintball* en serio.

—No sería justo —dijo Tarun—. Machacaríamos al otro equipo en cinco minutos.

Jay sospechaba que Tarun, que jugaba al *paintball* por primera vez, no machacaría para nada a sus oponentes, pero era el día de Tarun, así que se limitó a asentir.

—Conozco esa mirada —dijo Tarun con una sonrisa—. Y solo por eso voy a poner a Avi y a Rishi en mi equipo. Tú puedes llevarte a un par de novatos más para quedar igualados.

—Diles que no se interpongan en mi camino. He venido para ganar.

Jay palmeó su funda. Esta temporada, había tirado la casa por la ventana comprando una pistola de *paintball* Planet Eclipse CS2 Pro, un depósito de aire comprimido Ninja, una tolva Spire III y un arnés sin tirantes para cápsulas. Su máscara tenía una lente reflectante DY-Etanium que le protegía de los rayos UV y ocultaba totalmente su rostro. Prefería el anonimato en el campo de batalla. Era mejor que el otro equipo no supiera quién les había disparado.

—Quiero que María se lo pase bien —dijo Tarun—. No te pases con ella si te la encuentras en el campo. Está aquí para jugar, no para alcanzar tu nivel *Misión Imposible*. Si tuvieras una chica, lo entenderías.

—Ahora mismo no me interesan las ataduras. —Jay se apretó el arnés—. El trabajo me tiene siempre ocupado, y luego tú, Rishi y Avi decidisteis casaros este verano. ¿No podíais haberme dado un respiro? ¿Hacerlo más espaciado?

—Deberían haber sido cuatro bodas —se burló Tarun—. Siempre hacíamos las cosas juntos.

—¿Estás de broma?

Jay siempre había antepuesto el trabajo a las relaciones, y sus ocho años de servicio en las Fuerzas Aéreas habían sido la excusa perfecta para mantenerse al margen. Cuando pasó a la vida civil y abrió su empresa de seguridad, J-Tech Security, con Elías, se centró en que esta prosperara. Alcanzar los objetivos que se había marcado era su máxima prioridad. Todo lo demás era una simple distracción.

Tarun tomó una máscara de alquiler.

—Tu perspectiva cambia cuando conoces a la elegida.

La madre de Jay creía que había encontrado a su «elegido» a los dieciséis años, y mira cómo había acabado. Su padre (un estudiante de intercambio) regresó a Inglaterra pocos meses después de que Jay naciera, y los estrictos padres indios de su madre la habían repudiado, dejándola sola con un bebé. Si él se casaba (cosa que dudaba por lo absorbente que era su trabajo), sería después de llevar a su empresa a lo más alto. Su futura esposa (sofisticada, elegante y con clase) sería un reflejo de su éxito.

Se escuchó un grito en el campo. Momentos después, una mujer vestida con un ridículo vestido de volantes rosas se acercó corriendo. Sus largas y bronceadas piernas se movían tan rápido que sus zapatillas de deporte apenas tocaban el suelo.

—¡Estoy aquíííííííííí!

Jay agarró a Tarun y lo apartó de un tirón. Sin darse cuenta siquiera de que había estado a punto de chocarse con ellos, pasó a toda velocidad y entró en el cobertizo de las armas, evitando estrellarse contra Pete por unos pocos centímetros.

—Esa es mi prima Zara Patel —dijo Tarun, siguiendo su mirada—. Ella me presentó a María. La vida nunca es aburrida cuando está cerca.

—Desde luego.

Con el cabello moreno enmarañado en la espalda y los pechos apretujados en el ceñido corpiño de un vestido manchado, la prima de Tarun era todo lo que Jay evitaba en una mujer: que fuera ruidosa, revoltosa y no supiera controlarse.

Ayudó a Tarun a escoger su uniforme y a vestirse para la partida. Acababan de ponerse las máscaras cuando las mujeres de la despedida de soltera pasaron a su lado camino del campo. Jay inspiró con fuerza cuando vio el arma de Zara.

—¿En serio Pete le ha dado a tu prima su Tiberius Arms T9.1 Elite? —Con una pistola de *paintball* tan parecida a un rifle de verdad, incluso un jugador inexperto podía convertirse en un contrincante formidable—. A mí ni siquiera me dejó tocarla.

—Yo soy el novio y tampoco me dejó hacerlo —refunfuñó Tarun.

Zara apuntó con su arma al fardo de heno que tenía más cerca y apretó el gatillo, errando el tiro por medio metro.

—¡Qué desperdicio de arma! —murmuró Jay en voz baja—. Por favor, dime que está en tu equipo.

—Lo siento, amigo. —Tarun le dio a Jay una palmada en el hombro—. Es toda tuya.

2

—Ya lo he entendido. Estoy lista para patear los culos del equipo azul.

Zara correteó de vuelta a su equipo, reuniéndose con Parvati y un grupo de mujeres vestidas de dama de honor. El resto de los miembros del equipo rojo (todos con uniforme militar y los rostros ocultos por máscaras protectoras) estaban practicando al otro lado del campo de tiro.

—Estuve observando a esos tipos antes de que se pusieran las máscaras —dijo Parvati—. Tres de ellos tienen barba. Dos miden menos de un metro setenta. Uno tiene el pelo largo. Eso nos deja a seis contendientes difíciles y a cuatro regulares, uno de los cuales está a la sombra del árbol. —Levantó la mano—. Me pido al hípster con el pelo largo.

—Stacy no quería que coqueteáramos.

—También podría pedirme que no respirara. —Parvati soltó un desdeñoso bufido—. Mira dónde nos encontramos. En la sede alfa. No voy a irme a casa sola esta noche.

—¿Es que no tienes suficiente en el hospital? —protestó Zara—. Todos los días me envías un mensaje diciéndome que te has llevado a algún residente a la sala de descanso para «hacer una pausa». Me parece insultante. ¿A quién tengo yo en el trabajo para echar un rapidito por la tarde? ¿A un compañero que lleva un gorro de esquí de Yoda y una espada láser? ¿A otro compañero que lleva pantalones cortos de ciclista y patines por la oficina? ¿A un investigador desquiciado que dice que ha estado en la CIA? ¿O al Chico Topo, que solo sale de su cubículo en la oscuridad de la noche?

Parvati se encogió de hombros.

—Tú escogiste trabajar allí.

—Pues la verdad es que no. Estaba desesperada. Nadie más quería contratarme.

Tras ser rechazada docenas de veces y contar solamente con la oferta de una amiga de su madre que se resistía a aceptar, había perdido la esperanza de encontrar un bufete en el que encajara; hasta que vio una vacante para abogado de accidentes en un pequeño bufete. A Tony Cruz y Lewis Lovitt no les importaba que la hubieran despedido anteriormente de dos bufetes de la ciudad. Buscaban asociados que no encajaran en el molde tradicional, personas que pudieran pensar de forma diferente y que estuvieran dispuestas a asumir riesgos. Al final de la entrevista, supo que había encontrado su sitio.

—¿Qué tal si examino al hípster por ti? —dijo Parvati—. Eso es lo que hacen las buenas amigas.

—No hace falta. La última vez que lo hiciste, el tipo estuvo varios días sin poder caminar. Además, necesito concentrarme en la partida. —Miró a sus compañeros vestidos de camuflaje—. Parece que estos tipos se lo toman muy en serio. Tengo la sensación de que no piensan simplemente en correr por ahí y echarse unas risas… —Se detuvo cuando una sombra le tapó el sol.

—Hora de cambiarse, señoras.

La voz profunda y penetrante del desconocido retumbó en el cuerpo de Zara. Era el tipo de voz que hacía que los abogados derramaran batidos y balbucearan incoherencias mientras entregaban sus pegajosas tarjetas de visita a los famosos.

—¿Hay algún problema?

Parvati hizo ademán de inspeccionar su arma mientras Zara intentaba pronunciar palabra. Aunque no podía verle el rostro, el tipo era alto (al menos un metro ochenta) y de complexión fuerte. Su camiseta negra se ceñía a sus anchos hombros y magníficos pectorales como si la hubieran pintado sobre su musculoso cuerpo. Un antebrazo grande y muy bronceado se flexionaba mientras el tipo desenfundaba el arma con un ligero movimiento.

Él hizo un pequeño gesto en su dirección.

—No si quieres tener luego unos dolorosos moratones.

—Me han pateado caballos, matones del colegio e incluso mi profesora de piano —dijo Zara—. También me ha picado una avispa, me ha picoteado un ganso y me han atacado las hormigas. Me he roto un brazo, un dedo de la mano y otro del pie, y me he dislocado el hombro en una cama elástica. Un poco de dolor no va a detenerme.

Satisfecho con Zara, que parecía querer ganar a toda costa, el tipo ladeó la cabeza en dirección a Parvati para comprobar si tenía la misma actitud.

Parvati lo miró fijamente.

—A mí no me salen moratones.

—No como a mí —intervino Zara—. Una noche en la que mi ex y yo nos estábamos enrollando, me hizo un chupetón y tuve que ponerme dos bufandas para ir al trabajo porque parecía que alguien me había estado mordisqueando el cuello.

Silencio.

—Ya no estamos juntos —se apresuró a decir, dando por hecho que le horrorizaba el comportamiento de su ex—. Aunque no tuvo nada que ver con el chupetón. ¿A quién no le gusta tener un recuerdo de una buena noche de sexo?

Era evidente que no al Hombre Misterioso, porque negó con la cabeza.

—Tu vestido no solo te convertirá en un blanco fácil, sino que te impedirá correr y esconderte. Eso reducirá nuestras probabilidades de llevarnos la victoria.

Bueno, este era una potencial conquista de la que no tendría que preocuparse. Parecía uno de esos estirados ejecutivos alfa que habían ganado su primer billón a los treinta y tenían un jet, una flota de coches deportivos, un lujoso ático y quizás hasta una mazmorra para practicar el *bondage*.

—¿No has pensado que mi vestido podría ser una ventaja? Podría desnudarme en el bosque y distraer al equipo contrario. —Comprobó su cápsula de *paintball* abriéndola y cerrándola con un sonoro clic—. Para que quede claro: la novia quiere estos vestidos, así que los llevaremos puestos.

—La verdad es que los vestidos fueron idea de Stacy —dijo Parvati.

Zara vertió las bolas de pintura en la tolva y se alejó del tipo con voz seductora.

—Entonces le dispararé a ella primero y a él después.

Si el Hombre Misterioso quería hacer algún otro comentario, no tuvo más remedio que guardárselo para sí. Un hombre de mediana edad que llevaba un chaleco de camuflaje de estilo militar llamó a los dos equipos para repasar las reglas. «No os quitéis la máscara». «No trepéis a los árboles». «Nada de disparar a la cabeza». «Se trata de un trabajo en equipo». «Sin contacto físico». Después de unas rápidas instrucciones, los envió al bosque con su primer objetivo: capturar la bandera.

—¡Todo el mundo en parejas! —El Hombre Misterioso, rezumando masculinidad alfa, se hizo cargo rápidamente cuando todos empezaron a hablar a la vez. Señaló a la gente de dos en dos—. Tú y tú. Tú y tú… —Señaló a Parvati y a una frágil mujer con un vestido de satén amarillo que se sonrojó—. Y tú y tú, cariño. —Emparejó al resto del equipo, empleando más palabras condescendientes para cualquiera que llevara vestido.

¡Menudo imbécil! Zara no necesitaba verle el rostro para saber cómo era: un cabrón engreído que se había llevado a las mujeres a la cama con promesas de un futuro que nunca llegaría. Un cazador en su hábitat natural. Pero ella no era ninguna presa.

El Hombre Misterioso dividió a las parejas en tres grupos, dejando sola a Zara.

—Los de delante se encargarán de descubrir dónde están la bandera y las emboscadas de nuestros oponentes —dijo—. El grupo del medio cubrirá el frente e intentará eliminar a la mayoría de nuestros oponentes. La retaguardia defenderá nuestra bandera y nuestro territorio. Un tercio de las parejas deben correr por el centro mientras los otros dos tercios protegen los flancos. Nos comunicaremos con silbatos. Una vez que piséis el campo, espero que estéis concentrados. Hemos venido para ganar. —Asignó las posiciones a los equipos—. ¿Alguna pregunta?

Zara levantó la mano.

—¿Y yo qué?

—Vas por tu cuenta.

—¿Por qué no puedo ir contigo? No tienes compañero.

—Prefiero trabajar solo. —A continuación se adentró en el bosque, mientras el resto del equipo se dispersaba y desaparecía entre los arbustos.

—¡Creía que era un trabajo en equipo! —le gritó, siguiéndolo—. En un equipo no hay lobos solitarios. Y, para que lo sepas, yo jugaba a capturar la bandera en el patio del colegio y siempre ganaba.

—No estamos en el colegio. —Su voz profunda sonaba tan nítida como si lo tuviera delante.

—No es una guerra de verdad —señaló ella—. Es solo un juego. Estamos en un campo de *paintball* que hace un descuento del diez por ciento si compras las bolas de pintura al por mayor y que cobra cinco dólares más para cubrir los gastos de lavandería. Quizá deberías relajarte.

La miró por encima del hombro.

—Quizá deberías dejar de hablar.

—¿Por qué?

—Porque no estoy escuchando.

Zara esperó a que se alejara unos metros antes de dispararle en el culo.

—¡¿Qué mierd…?! —Se volvió para mirarla y se puso una mano en la zona herida.

—Solo te estaba ayudando. —Se dio la vuelta y caminó a través de los arbustos, usando su arma para despejar el camino.

—¡No durarás ni cinco minutos! —gritó.

—Ya verás como sí.

Desde la seguridad que le daba una zanja repleta de hojas, Zara podía ver la bandera del equipo azul ondeando a menos de treinta metros. Pudo comprobar que la mayoría de los azules habían sido eliminados. No tenía ni idea de cuántos rojos quedaban, pero el silbato no había sonado, así que la partida seguía en marcha. Con suerte, alguien habría disparado al Hombre Misterioso y lo habría sacado de su propia arrogancia de macho alfa.

Se movió rápidamente y agarró un tocón negro cubierto de hojas. Se sobresaltó cuando este se movió. Dio un respingo y se arrodilló para verlo mejor. No era un tocón. Era una bota.

Con un irritado gruñido, el dueño de la bota se puso boca arriba y levantó su arma.

A Zara el corazón le latía desbocado en el pecho. Se hizo con su pistola en un desesperado intento por evitar lo inevitable. En cuanto apretara el gatillo, todo habría acabado.

—Ni se te ocurra. —Una voz grave y amenazadora la dejó paralizada.

«Hombre Misterioso». Debería haber reconocido su arrogante inclinación de cabeza y los grandes bíceps que sobresalían por las mangas de su camisa.

—Baja el arma, muchacho. Estamos en el mismo equipo.

Él soltó un decepcionado bufido.

—Esperaba que te hubieran disparado hace tiempo.

—Encantada de decepcionarte. Encontré una acogedora zanja y me estuve escondiendo mientras los demás se dedicaban a disparar. Ahora tomaré la bandera y me la llevaré a casa para ganar. —Levantó las manos en un simulacro de ovación y susurró: «¡Zara! ¡Zara! ¡Zara!».

Él soltó un bufido a modo de burla.

—No van a gritar tu nombre.

«Difícil, terco y obstinado». ¿Por qué no la habían emparejado con alguien divertido?

—Bueno, el tuyo tampoco. Nunca te has presentado. ¿Cómo te...? —Se interrumpió cuando oyó el sonido de unas ramas crujiendo bajo sus pies y vio unas hojas moverse.

Él se puso alerta al instante.

—No es momento de charlar.

—Los nombres facilitan la comunicación —protestó ella—. En vez de gritar: «¡Eh, tú, el de la camiseta negra y las botas negras con los brazos como pistones de acero, cúbreme mientras voy a por la bandera!», podría decir simplemente: «Cúbreme, comoquiera que te llames».

Una bola de pintura le pasó rozando la cabeza y se tiró contra la cuneta.

—Yo llegué primero. —Ella le hizo un gesto para que se marchara—. Vete a esconder a otra parte.

—No me estoy escondiendo —espetó—. Esto es una maniobra táctica. Voy a emboscar al tipo que hay detrás del árbol y tomar la bandera.

—Lo siento por ti, pero me pido la bandera —dijo, solo porque sabía que le molestaría. Quería ganar, pero no a costa de una bola de pintura a toda velocidad. Con tres bodas que atender durante las siguientes ocho semanas y el autógrafo de un famoso del que presumir, no podía permitirse ningún moratón.

—La persona con más posibilidades de llevarse la bandera a casa debería tomarla, y esa persona no eres tú. —Ladeó la cabeza y su mirada se posó en su vestido cubierto de hojas—. Tú serías un objetivo muy fácil, mientras que yo puedo moverme con rapidez y disimulo entre la maleza porque voy vestido para pasar desapercibido.

—He sobrevivido tanto como tú con mi vestido rosa —contraatacó—. Pienso tomar la bandera para saber qué se siente al correr campo a través con el equipo azul pisándote los talones.

—No se trata de divertirse. —Se volvió sobre sí mismo y avanzó aplastando con su pesado cuerpo las hojas y ramas que tenía debajo—. Se trata de ganar.

—No sabía que se excluían mutuamente.

—Pues ahora lo sabes.

Zara levantó su arma y le apuntó al culo. Si alguien merecía un segundo disparo era él.

—Yo no lo haría —dijo él sin darse la vuelta—. Es mejor que utilices tu munición para el enemigo.

—Eso es exactamente lo que pensaba hacer.

Él resopló con irritación y avanzó unos centímetros.

—Sígueme. Tengo un plan.

Zara, divertida ante su gran seriedad, imitaba todos sus movimientos. Cuando él movía la mano izquierda cinco centímetros, ella movía la suya cinco centímetros. Cuando él gateaba, ella también. Cuando su culo (y era un culo increíble) se contoneaba, ella también lo hacía. Estaba casi encima de él cuando se dio cuenta de que había girado la cabeza para mirarla.

—¿Te estás *burlando* de mí? —Alzó la voz con incredulidad.

—*Burlarse* significa «reírse de una manera desdeñosa o despectiva de alguien» —replicó ella—. No he dicho ni una palabra. Solo te estoy siguiendo, tal y como me ordenaste.

Lo había calado tan bien… Era justo el tipo de hombre que siempre había intentado evitar. Arrogante y egoísta, absorbía la alegría de vivir como un agujero negro.

Él levantó una mano y señaló al frente.

—El enemigo está delante de nosotros. Siete grados al noreste.

Ella levantó la vista y se echó a reír cuando vio a su amigo Kamal apoyado en un árbol, sin la máscara y prestándole más atención a su teléfono que a la bandera azul, que estaba atada a un arbusto cercano.

—¿Por qué no has dicho simplemente «detrás del árbol grande»?

—Me gusta ser preciso.

«¡Cómo no!».

—Pues si vamos a ser precisos, debes saber que él no es ningún enemigo. Es Kamal Chandra, el hermano de uno de mis colegas de trabajo. Es diseñador gráfico, toca el ukelele y es conocido por haber decepcionado a su familia desi. No me disparará, así que si él es el único que está custodiando la bandera, tiene sentido que yo me haga con ella.

—¿Cómo sabes que no te disparará?

—Me lo dijo Parvati. Cree que está enamorado de mí.

—¿Quién es Parvati?

—Mi compañera de piso. La que llevaba el vestido azul. La emparejaste con uno de tus cariñitos. —Tomó impulso y se puso de pie—. Voy a por la bandera. Cúbreme.

Ignorando sus protestas, salió corriendo en dirección a la bandera azul. Las hojitas del vestido se le iban cayendo mientras atravesaba los arbustos. Una bola de pintura pasó zumbando por su lado. El Hombre Misterioso maldijo. Oyó el chasquido de una pistola de bolas de pintura. El rápido intercambio de disparos. Kamal saltó de detrás del árbol, con el arma preparada.

Zara se levantó la visera mientras corría a su lado.

—¡Soy yo!

—¡Maldita sea! —Kamal bajó su arma—. Simula que no te he visto. Los demás me matarían si supieran que te he dejado escapar.

—Te invitaré a una copa en el *sangeet* del próximo jueves como agradecimiento.

Sacó la bandera del arbusto y se volvió para observar el bosque. Invitar a Kamal a una copa en el fiestón que habría antes de la boda de Tarun y María sería un precio a pagar muy pequeño a cambio de fastidiar al Hombre Misterioso.

—¡Dos copas y un baile! —gritó Kamal cuando ella se alejaba por el bosque.

—¡Hecho!

Oyó más palabrotas, el crujir de hojas, sonoros pasos y entonces el Hombre Misterioso apareció frente a ella, cortándole el paso mientras la apuntaba con su pistola.

A Zara se le cortó la respiración.

—¿Me estás cubriendo? ¿O vas a quitarme la bandera como un colegial quisquilloso para poder ganar? Si es así, te advierto que practico artes marciales. Tendrás tu patético culo en el suelo antes de que seas consciente de lo que ha pasado.

—Dame la bandera. —Le tendió la mano—. Nunca lo conseguirás. Una carrera en línea recta es un suicidio.

—¿Y si no qué? ¿Vas a dispararme? ¿A tu propia compañera de equipo?

El corazón le latía con fuerza, a pesar de que la pistola solo estaba cargada con perdigones de pintura, y como mucho le daría un pequeño pinchazo. No era una persona competitiva, pero hoy quería llevarse la bandera a casa, no por su equipo, sino para que el Hombre Misterioso no se llevara toda la gloria. Su ego era lo bastante grande. Aun arriesgándose, estiró los brazos.

—Adelante. Dispárame. Llévate la bandera. Si de verdad se trata de ganar, harás todo lo que haga falta.

Estuvieron mirándose durante un largo instante. Ella pudo distinguir su propio visor reflejado en el suyo y se preguntó qué estaría viendo en su rostro. Su arma bajó un centímetro y luego otro, pero antes de saber si le permitiría pasar, un arma rompió el silencio y la pintura azul le salpicó el hombro.

—¡Lo tengo! —dijo Kamal desde la profundidad del bosque—. Vete, Zara. No olvides que me lo debes.

Sin dudarlo, Zara salió corriendo por la maleza mientras sujetaba la bandera azul con la mano. Cuando llegó a la base, entre los vítores de su equipo, se dio cuenta de que su victoria no era tan dulce sin el gruñido del hombre que había dejado atrás.

3

Jay abrió de un empujón la puerta del *sports bar*, donde la fiesta que se celebraba tras la partida de *paintball* estaba en pleno apogeo. Se había quedado un rato con uno de los padrinos de la boda para hacer unos ejercicios de tiro en el campo, pero no le había servido para librarse de la frustración. Había tenido que soportar durante toda la tarde la desbordante energía de Zara, que había roto la formación, se había infiltrado en las líneas enemigas, se había burlado del equipo azul con gritos y bailoteos, y había hecho llorar de la risa a su propio equipo con sus payasadas. No entendía por qué no podía tomarse la partida en serio. Después de todo, ¿qué sentido tenía jugar si no era con el objetivo de ganar?

La vida de Jay había girado en torno al éxito. Nunca había perdido de vista su objetivo final. La experiencia de haber sido criado por una madre soltera lo había marcado a la hora de afrontar cualquier reto. Aplastaba cada obstáculo que se interpusiera en su camino. Y, sin embargo, por alguna razón que desconocía, había dejado que Zara lo pisoteara.

Mientras buscaba a Tarun, su mirada se posó en un grupo de mujeres que había en la barra y que gritaban palabras de aliento mientras el camarero le echaba cerveza a alguien con un embudo.

Jay se burló de la escena. Estaba orgulloso de su autocontrol y eso significaba que ya no se emborrachaba como antes. Los años de instituto fueron difíciles para él. Estuvo enfadado con su padre por no estar presente, enfadado con una sociedad que no apoyaba a las madres solteras y enfadado con su familia materna por haberlos abandonado. Pasó por una etapa de rebeldía que dio a su madre un sinfín de angustias y preocupaciones. Si no hubiera sido por un comprensivo tutor escolar que le sugirió alistarse en el ejército para canalizar su ira, se habría arruinado la vida.

Finalmente, la mujer que era el centro de atención de aquel grupo se hizo a un lado. Él atisbó unas piernas largas y tonificadas, unas Converse de color rosa, un vestido con volantes y el escotazo de la mujer que durante la partida lo había sacado de sus casillas. ¿Era consciente Tarun de que su prometida tenía un gusto muy discutible para los amigos? Quizá debería hablar con él antes de que pronunciara el «Sí, quiero».

Apoyándose en un codo, Zara se limpió la boca con el dorso de la mano y levantó los brazos en señal de victoria. Como en el campo de *paintball*. Sin duda, en menos de una hora alguien tendría que llamar a un taxi para que la llevara a casa. Nada le gustaba menos a Jay que una persona carente de disciplina. Había despedido a varios empleados por emborracharse en la fiesta de Navidad de la empresa y por hacer fotocopias del culo de alguien.

Entonces, ¿por qué seguía mirándola?

Buscó una distracción entre el gentío y vio a Avi en el otro extremo de la barra. Avi era su mejor amigo y siempre había sido el primero en defenderlo en el colegio cuando se metían con él. Compartían la afición por los videojuegos, el fútbol de fantasía[1] y los coches deportivos de alta gama.

—Felicidades por la victoria —dijo Jay. Avi lo saludó con una palmada en la espalda. Más bajo que el resto de sus amigos y de complexión delgada, llevaba un corte con volumen en el moreno y rizado cabello para parecer más alto.

—Me sorprende que Zara y tú no os hayáis matado hoy el uno al otro. —Avi sonrió—. Tarun me dijo que os emparejó para ver cómo saltaban las chispas.

—Me alegro de haberle divertido —dijo Jay en tono seco—. Nunca había jugado con alguien que estuviera tan decidido a saltarse las reglas.

———————

1. Juego en el que los participantes actúan como propietarios y directores generales de equipos de fútbol en campos virtuales. (N. de la T.)

Aún podía ver a Zara al otro lado de la barra. Había sobrevivido al embudo de cerveza y ahora chocaba los cinco con su séquito. A lo largo del día solo la había visto una vez sin la máscara, mientras que ahora la veía con claridad: una mujer preciosa con una energía apabullante. Con su cabello moreno, que ahora era una melena rizada que le caía sobre los hombros, labios carnosos y curvados en una sonrisa, y ojos negros y brillantes, era el tipo de mujer que calentaba la sangre de cualquier hombre. No podía quitarle los ojos de encima.

—Nos vendría bien otra persona para el baile en grupo del *sangeet* —dijo Avi, conduciendo de nuevo a Jay a la conversación.

—Tengo dos pies izquierdos y ningún sentido del ritmo. No creo que le convenga al grupo.

A la madre de Jay le encantaba Bollywood. Le había enseñado los pasos básicos cuando era pequeño y bailaban juntos en casa, riéndose a carcajadas cuando tropezaban con los pies del otro. Pero aquellos días se acabaron cuando llegó la adolescencia y él puso toda su energía en convertirse en el hombre que quería ser. Exitoso. Respetado. Un hombre que no bailara ni llevara a cabo actividades que le dieran mala imagen.

—Puede que te sorprendas a ti mismo. A veces, cuando te abres a nuevas experiencias descubres habilidades que desconocías. —Avi siguió la mirada de Jay hacia la barra, donde la amiga de Zara la apartaba del camarero, que se había hecho con un embudo aún más largo—. ¿Planeas beber con embudo? Por favor, dime que sí.

—Claro que no. —Jay negó con la cabeza—. Eso solo puede dar problemas. Nadie puede metabolizar una segunda pinta de cerveza tan rápido. ¿Dónde está Rishi? Es el padrino de Tarun. Se le ha encargado que nadie acabe en el hospital esta noche.

—Zara puede cuidarse sola. —Avi rio entre dientes—. Pero si te hace sentir mejor, iré a pedirle que la vigile. Creo que está jugando al *beer pong*, así que no te prometo nada.

Cuando Avi se hubo marchado, Jay observó que Zara se colocaba en posición, riendo y charlando con todos los que la rodeaban. Le recordaba a su antiguo copiloto, J. D. Hobbs. Había sido un tipo lleno de energía que realizaba proezas inimaginables de fuerza y resistencia hasta que se estrellaba estrepitosamente, poniéndose en peligro a sí mismo y a veces a todo el escuadrón. Jay siempre le había cubierto las espaldas, hasta que J. D. lo necesitó de verdad. Ahora J. D. estaba muerto, y se llevó con él a una docena de buenos hombres. Alguien tenía que cuidar de Zara. Dado que Rishi no estaba por allí cerca, tendría que hacerlo él mismo.

Zara le sujetaba a Stacy el cabello con la mano, mientras esta vomitaba en el retrete.

—Los embudos de cerveza no son para todo el mundo. —Zara le frotó a Stacy la espalda con la mano libre—. No puede salirte bien a la primera.

—Viéndote a ti parecía fácil. —Stacy sollozó en la taza del inodoro.

—Tengo mucha práctica. Mi hermano mayor, Hari, solía traer a sus amigos a casa para jugar al embudo cuando mi padre no estaba. Yo me escondía en el armario escobero para aprender sus trucos. —Era una mentira piadosa. A los dieciséis años, Zara ya hacía el embudo con Hari y sus amigos, no solo los miraba.

Stacy tuvo más arcadas en el retrete. Zara recogió los pliegues del vestido de Stacy, apartando del suelo la gasa rota y salpicada de pintura. Se alegró con malicia al ver que el vestido no había resistido los rigores de la partida de *paintball*.

—¿Por qué eres tan amable conmigo? —Stacy respiró de forma entrecortada—. Te di el peor vestido. A propósito.

Zara miró su vestido manchado, roto y cubierto de pintura e intentó decir algo positivo.

—Creo que es un vestido de la buena suerte —le aseguró a Stacy—. Conocí a Chad Wandsworth con este vestido. Mi equipo ganó todas las partidas de *paintball*. Y tú y yo como que nos hemos hecho amigas. ¿Quién sabe qué otras cosas maravillosas me deparará la noche mientras lo llevo puesto?

—Ahora me siento mucho mejor. —Stacy se sentó, apoyando la cabeza contra la pared—. No hace falta que te quedes. Me refrescaré y llamaré a un taxi para que me lleve a casa. ¿Podrías avisar a María? No creo que haya visto mi mensaje.

—Claro. Pero volveré y te haré compañía hasta que llegue el taxi.

Después de arreglarse un poco, Zara se pasó una mano por el cabello, intentando alisar los rebeldes rizos. Al tenerlo suelto, se le había encrespado por el calor y la humedad del bar. Peinarlo rápidamente con los dedos y aplicarle una toallita de papel húmeda no había servido para nada.

De repente la golpeó el cansancio y se quedó sin aire en los pulmones antes de llegar a la puerta. El día la estaba agotando. Gracias a Dios, Parvati le había impedido volver a jugar al embudo. Se apoyó en la pica del lavabo y sacó del bolso su reserva de energía de emergencia. De ninguna manera iba a rendirse ahora.

Después de dos puñados de gominolas y una severa reprimenda a sí misma, abrió la puerta de un empujón. Un atractivo desconocido estaba apoyado en la pared de enfrente con el ceño fruncido.

—Llamaré a un taxi para que te lleve a casa.

Su voz, que le resultaba familiar, le recorrió la piel como si fuera terciopelo. Era alto y de aspecto melancólico, con una mandíbula fuerte y atractiva, y una barba incipiente. Llevaba una camisa de vestir negra que debía de estar hecha a medida para su musculoso cuerpo, pues se ceñía a su pecho como un guante.

—¿Te conozco?

¿Y cómo sabía él que estaba cansada? Ella no se había dado cuenta de que se había quedado sin energía hasta que sintió aquella pesadez en el pecho. No era ninguna enfermedad. Tan solo una peculiaridad que le permitía sobrepasar sus límites físicos hasta que su cuerpo decidía que ya era suficiente.

Él enarcó una poblada ceja en un gesto que le pareció de incredulidad. Un delicioso escalofrío le recorrió la columna mientras observaba su rostro duro y sensual. Sus ojos eran del tono marrón más intenso, oscuros como el suelo del bosque en el que se había escondido antes de arriesgarse a reclamar la victoria para su equipo. Una ligera hendidura en la barbilla y unos labios carnosos en una boca bonita suavizaban lo que, de otro modo, habría sido una expresión demasiado severa. Cuando él le recorrió el cuerpo de arriba abajo con la mirada, los pezones se le pusieron duros y se tapó el pecho con los brazos, agradeciendo a la moda de los años ochenta que inventara las mangas abullonadas.

—¿Me tomas el pelo? Hoy hemos estado en el mismo equipo.

Ella lo observó, intentando ubicar su voz profunda. Algo rondaba en el fondo de su mente, pero después de varias horas bebiendo, sus recuerdos eran un poco confusos.

—Lo siento. No recuerdo quién eres. Soy buena con las caras, pero no tanto con las máscaras. Y excelente con los embudos de cerveza, así que puedes cancelar ese taxi. Los he estado haciendo durante años. Tengo un truco para relajar los músculos de la garganta y que la cerveza vaya directamente hasta el estómago. Podría meter una manguera contra incendios ahí dentro y no asfixiarme.

—Yo… —se aclaró la garganta— no necesitaba esa información.

—Si crees que debes llamarme a un taxi, entonces sí la necesitabas. —Señaló hacia el bar—. Tengo que encontrar a María y decirle que tiene una dama de honor menos.

Él levantó la barbilla en dirección a la puerta del cuarto de baño.

—¿Necesita ayuda?

A pesar de sus bruscos modales, el tipo tenía un buen corazón que acompañaba a su magnífico aspecto. Era el paquete completo.

—Gracias, pero lo tengo todo bajo control. —Caminó por el pasillo, consciente de que el guapísimo hombre la seguía muy cerca—. Se agradece tu interés después del imbécil que me ha tocado hoy en el campo. Menudo mandón. Creía que lo sabía todo sobre el *paintball*.

Se detuvo cuando llegaron a la barra, esperando que él continuara su camino. Era demasiado atractivo y rezumaba poder y confianza a cada paso que daba. Para una mujer que había renegado de los hombres, era toda una tentación.

—Quizá sí que lo sabía todo sobre el *paintball.* —Volvió a fruncir el ceño, esta vez con voz dura y entrecortada.

—Lo dudo —dijo Zara—. Aunque fuera un profesional, no soporto a los tipos así. Apuesto a que es uno de esos aspirantes a militar que se pasa los fines de semana jugando al *paintball* con sus amigos frikis, fingiendo serlo de verdad. Ha sido muy triste. Era evidente que no se le daba bien la estrategia. No se puede ganar haciendo lo mismo que hacen los demás, pero a él no le interesaba escuchar lo que nadie tuviera que decir.

—¿«Aspirante a militar»? —gruñó como si esas palabras fueran una ofensa.

Zara sintió un pinchazo de inquietud cuando vio que fruncía el ceño, pero ya era demasiado tarde para dar marcha atrás.

—Ya sabes de quién hablo. Los tipos a los que les encanta la idea de servir a nuestro país pero no tienen huevos para alistarse… —Se interrumpió cuando él frunció todavía más el ceño—. ¿Es amigo tuyo?

—No exactamente. —Caminó por delante de ella, abriéndose paso entre el gentío con una seguridad que la dejó impactada.

—Te he estado buscando por todas partes. —Parvati los interceptó cerca de la barra—. María va a probar el embudo. Tienes que venir a animarla.

—No puedo. —Zara observó que Parvati prestaba atención al hombre que tenía al lado—. Tengo que cuidar de Stacy. Se le ha acabado la fiesta por esta noche.

Parvati tendió la mano al acompañante de Zara.

—Parvati Chopra. Actualmente soltera.

—Jay Dayal. —Le estrechó la mano y recorrió a Zara con la mirada, mientras sus labios se curvaban en una sonrisa—. También conocido como «el imbécil».

Zara inspiró con fuerza. ¿Por qué no lo había reconocido? Lo había tenido delante de sus narices. La altura. El pecho musculoso. Los grandes bíceps. Y esa voz. Sin duda había bebido demasiado.

—Lo siento. —Ella tragó con dificultad—. Si hubiera sabido que eras tú, me habría reservado la opinión.

—Lo dudo mucho —dijo él sin rodeos—. En el poco tiempo que nos conocemos, no te has reservado la opinión sobre nada.

«¡Ah!». Por un momento, pensó que lo había juzgado mal.

—¿Cómo está la herida? —Esbozó una temblorosa sonrisa—. Nunca le había disparado a nadie en el culo. ¿Te duele?

Él arqueó una ceja.

—No siento nada.

—¡Qué oportuno!

¿Era el atisbo de una sonrisa lo que veía en sus labios? ¿O el comienzo de otro ceño fruncido? Se dio cuenta de que nunca lo había visto sonreír. Puede que fuera algo bueno. Ya era demasiado atractivo. Una sonrisa podría hacer que ella pasara por alto su carácter irritable y quisiera llevárselo a la cama.

—Hemos pedido unas botellas de champán para celebrar la carrera que Zara hizo hasta la meta —dijo Parvati, malinterpretando la situación—. ¿Quieres venir con nosotras?

—Gracias, pero tengo otros planes. —Su mirada se dirigió hacia Zara y se detuvo en su boca.

Un deseo irrefrenable se encendió en el interior de Zara. Apretando los dientes, habló con una calma que no sentía en absoluto.

—Ninguno de esos planes será ni la mitad de interesante que los que yo tendré esta noche.

Decidida a escaparse antes de perder el control sobre sí misma, se volvió hacia la barra y vio a su tía de pie junto a la puerta. A su lado había un tipo alto y delgado con una cabeza en forma de piruleta.

—¡Oh, Dios mío! —Agarró a Parvati de un brazo—. La tía Bushra está aquí. Alguien le habrá hablado de la fiesta de después. Tengo que esconderme.

—Demasiado tarde —dijo Parvati—. Te ha visto. Viene para acá.

Una sonrisa apareció en los labios de Jay.

—Me alegra saber que no soy el único que sufre las atenciones de las tías casamenteras durante la temporada de bodas. Por suerte, solo soy medio indio, así que me consideran un candidato de segunda categoría.

Zara le agarró impulsivamente de la muñeca.

—No puedes irte. Necesitamos que intervengas.

Él se tensó y ella observó que se lo había acercado. Demasiado. Podía sentir el calor de su cuerpo sobre su piel e inspirar su olor a bosque frío y oscuro y a aire fresco de montaña. El pulso de él latía con fuerza bajo las yemas de sus dedos, enviándole una corriente de electricidad a sus venas.

—Me necesitas. —Esbozó una sonrisa de complicidad.

Nada molestaba más a Zara que esa arrogante mirada masculina. Respiró hondo y expulsó el aire poco a poco mientras le soltaba la muñeca. La neblina del deseo se disipó y su mente se aclaró.

—La verdad es que no —dijo con voz firme—. Entré en pánico por un momento, pero ya lo he superado. Debería haber esperado que mis tías me encontraran. Estoy acostumbrada a tratar con ellas durante la temporada de bodas. Cada año compiten por ver quién forma más parejas. Sin tapujos.

—Mi madre me habló de esa competición. —Sacudió la cabeza—. Nunca imaginé que…

—Sí, bueno… ¡Bienvenido a mi vida! —Ladeando la cabeza, forzó una sonrisa—. Gracias por ofrecerme un taxi. Como puedes ver, estoy bien. Ahora, si me disculpas, tengo que conocer a un pretendiente.

Preparándose para la tormenta que se avecinaba, lo dejó junto a la barra y se encaminó hacia la tía Bushra y el pobre hombre que habrían arrastrado a la fiesta con la promesa de encontrarle novia.

—Nunca me dijiste que tu hombre misterioso era tan guapo —susurró Parvati mientras se abrían paso entre las mesas.

—No sabía qué aspecto tenía cuando nos conocimos. Llevaba camuflaje y una máscara. Tampoco es que haya cambiado nada. Ha sacado a relucir su difícil personalidad. —Lanzó una mirada curiosa a su amiga—. ¿Quieres que os prepare una cita? Podríais ser mi primera pareja de la temporada. Pienso superar a las tías sin que lleguen a saber que estoy compitiendo con ellas. No le desearía este hombre ni a mi peor enemiga, pero si te interesa…

—Sería demasiado para mí —dijo Parvati—. Demasiado melancólico e intenso. Creo que estaría deprimida todo el tiempo si estuviéramos juntos.

—¿Quién ha dicho nada de una relación? Llévatelo a la cama una noche. A ver qué te parece.

Parvati se rio.

—No es un coche que vaya a probar.

—Si fuera un coche, sería un Lamborghini Huracán Evo —reflexionó Zara—. Con un atractivo incendiario, una apariencia que detiene el tráfico y un alma salvaje y desenfrenada oculta bajo un estilo sensacional. —A Zara le encantaban los coches deportivos, no solo por sus espectaculares diseños, sino también porque alcanzaban unas velocidades que la dejaban sin aliento—. Creo que se guarda muchas cosas dentro. Si no fuera tan gruñón, sería un tipo interesante.

—¿Intentas venderme el coche o al hombre? —dijo Parvati, mirando hacia atrás por encima del hombro—. Porque no es a mí a quien está mirando ahora mismo.

4

A Jay le ardía el culo.

¿Quién iba a imaginar que un tiro con una bolita de *paintball* en la zona más mullida de su cuerpo podría ser tan doloroso? Ni el banquero de inversiones que había al otro lado de la mesa ni su hija, sentada a su lado, se imaginarían que estaba sufriendo. Jay pasó por un infierno durante sus años en las Fuerzas Aéreas, soportando heridas de bala, huesos rotos, cortes, quemaduras, peleas y caídas sin una sola queja. Pero ¡por Dios! Ni siquiera el enemigo le había disparado nunca en el culo. Tres días después, el hematoma no había hecho más que empeorar.

Se removió en su asiento mientras su socio, Elías Woods, acababa su presentación sobre las finanzas de J-Tech Security. Elías destacaba entre los hombres trajeados, por mucho que intentara encorvarse, con su metro noventa de altura. Tenía un cuerpo musculoso que había perfeccionado a base de transportar a soldados heridos a los aviones y levantar pesadas cajas de suministros médicos. Jay y Elías se habían conocido en una clínica de veteranos poco después de que Jay dejara el ejército. Elías había sido dado de baja tras resultar herido de gravedad en un ataque con mortero. Necesitaba un trabajo y Jay necesitaba un socio que le ayudara a hacer realidad su sueño de crear una empresa de seguridad formada por veteranos de guerra. Al final de la semana ya tenían un nombre, un plan de negocio y el capital inicial de un generoso inversor.

A lo largo de los años se habían expandido por todo el país. Con la idea de trabajar también a nivel internacional, acudieron a la banca de inversión Westwood Morgan Financial para solicitar financiación. Jay se había encargado de las ventas y la parte logística de la presentación, dejando a Elías la parte financiera y el cierre.

Jay consultó su reloj. Unos minutos más y por fin podría ponerse de pie, aunque bailar en el *sangeet* de Tarun sería imposible. ¿Estaría allí Zara? En los últimos días, su mente había vuelto una y otra vez a su pesadilla portadora de armas. No tenía sentido. No tenía problemas para encontrar mujeres con las que salir. Entonces, ¿por qué se preguntaba qué sentiría si metiera las manos entre los sedosos rizos de su cabello o posara sus labios sobre su exuberante boca? ¿Era porque ella lo había desafiado? ¿O era por el reto que suponía? Estaba acostumbrado a tener el control y a conseguir lo que quería. Zara era una mujer dueña de sí misma y no lo quería a él.

—¿Jay? ¿Tienes algo más que añadir? —Thomas le devolvió al momento presente. Jay cerró la puerta a la imagen de una hermosa mujer corriendo por el bosque con un vestido ajustado y gritando mientras ondeaba la bandera enemiga.

—Creo que Elías lo ha resumido muy bien —dijo—. Se prevé que el mercado mundial de servicios de vigilancia alcance los doscientos veintiocho mil seiscientos millones de dólares en 2025, impulsado por el aumento de los índices de delincuencia y las crecientes necesidades de seguridad de particulares y empresas con grandes patrimonios. Con una sólida presencia nacional, J-Tech está en condiciones de expandirse internacionalmente con la ayuda de Westwood Morgan.

—¿Brittany? ¿Alguna pregunta? —Thomas sonrió a su hija, que tenía un máster en Administración de Empresas y hacía prácticas en el banco de su padre. Alta y delgada, iba vestida con un traje de chaqueta color negro y una camisa blanca. Llevaba el cabello castaño cortado justo por encima de los hombros y era una versión femenina de Thomas hasta en los anchos pómulos y los ojos color avellana.

—¿Qué pasa con la demanda de Triplogix? —Era evidente que había estado investigando y no se andaba con rodeos.

—No es nada de lo que preocuparse. —Jay hizo un gesto desdeñoso con la mano—. Nuestro cliente Triplogix sufrió una violación de seguridad de sus datos. Parece ser que alguien burló a nuestros guardias de seguridad y entró en el edificio para introducir un virus en sus servidores. Estamos seguros de que el virus procedía de fuera del edificio y de que los responsables piratearon los cortafuegos de sus ordenadores. Tenemos una vista judicial la semana que viene. Nuestro abogado nos ha asegurado que se desestimará antes de ir a juicio.

—Me alegro de oírlo. —Thomas garabateó algo en su bloc de notas—. Mantenednos informados.

—Claro.

Compartió una rápida mirada con Elías, que había pasado los últimos días en las instalaciones del cliente intentando solucionar el lío. Llevaban seis meses buscando un banco que financiara su expansión internacional y el maldito pleito estaba haciendo recelar a los inversores. Nadie quería contratar a una empresa de seguridad que no podía mantener seguro un edificio.

—Entonces, ¿podemos contar con vuestro apoyo? —La silla de Elías crujió al levantarse.

—No depende solo de mí. —Thomas los acompañó a la puerta con Brittany caminando detrás de ellos—. Tengo que llevar vuestra propuesta al consejo de administración. Pero, con una recomendación por mi parte, no debería haber ningún problema.

Jay escuchó el mensaje alto y claro.

—¿Necesitas alguna otra garantía? Estamos abiertos a sugerencias. Refinanciación de la deuda…

—No solo nos fijamos en los datos financieros de las empresas en las que podríamos invertir —afirmó Thomas—. También nos fijamos en sus líderes. La estabilidad es importante. La familia. Los lazos con la comunidad. Para ser sinceros, si vuestra sede no estuviera aquí en San Francisco, no estaríamos teniendo esta conversación. Aún somos lo bastante pequeños como para que no nos importen los vínculos personales.

Jay no tenía ni idea de qué hacer con esa información. Siempre había mantenido su trabajo separado de su vida privada. A los primeros inversores de J-Tech no les importó si él estaba casado o no, dónde vivía o cómo pasaba su tiempo libre. Querían apostar sobre seguro, y si la empresa podía obtener beneficios, estaban encantados de proporcionar el dinero.

—Estamos comprometidos al ciento diez por cien con el éxito de J-Tech en todo el mundo y haremos lo que haga falta para que este acuerdo salga adelante. —Jay estrechó con fuerza la mano del hombre.

Desde que era niño, Jay había comprendido que el trabajo duro y la determinación podían atraer oportunidades que harían rico hasta al hombre más pobre. Había devorado autobiografías de hombres hechos a sí mismos, que no habían tenido nada y ahora dirigían empresas multinacionales. Soñaba con darle a su madre la vida que merecía; una vida en la que no tuviera que preocuparse por cómo pagar las facturas ni dejar de comer para que su hijo pudiera hacerlo al día siguiente. Nunca se había sentido más feliz que el día en que se alistó, porque sabía que, por fin, podría hacer realidad muchos de sus sueños.

—Me alegro de oírlo —dijo Brittany mientras le estrechaba la mano un poco más de la cuenta y le sostenía la mirada hasta que él comprendió que su interés no solo estaba relacionado con los negocios. En cualquier otra circunstancia, Jay le habría dado un apretón en la mano y habría respondido a su mirada con una sonrisa. Brittany era el tipo de mujer con la que se imaginaba en un futuro, cuando hubiera alcanzado su objetivo de llevar su empresa a lo más alto. Pero ahora mismo no tenía ningún interés en mezclar los negocios con el placer. No cuando estaban a punto de globalizar la empresa. No cuando Zara seguía entrometiéndose en sus pensamientos.

—Si seguimos adelante con la inversión, Brittany seguirá involucrada en el proyecto. —Thomas abrió la puerta para que salieran—. Quiero que llegue a conocer a todos nuestros clientes para que pueda sustituirme cuando me jubile. —Le pasó a Brittany un brazo por los hombros y le dio un apretón—. Haría cualquier cosa por mi chica.

—No confío en ese tipo. Quiere algo.

Elías caminaba al lado de Jay por el inmenso vestíbulo de mármol y cristal del edificio de oficinas de Westwood Morgan. Todo, desde el moderno mobiliario de diseño hasta las esculturas de cristal de Chihuly, pregonaba la exitosa posición del banco. Algún día J-Tech tendría unas oficinas como esas, pensó Jay.

—Quizá quiera capital social en nuestra empresa o algo que sabe que no le daremos. —Thomas no era fácil de convencer, concluyó Jay. Podía ver el potencial de su expansión internacional y querría participar de los futuros beneficios de J-Tech.

—Brittany te estuvo mirando durante toda la reunión —dijo Elías—. Es tu tipo. Sofisticada. Profesional. Con clase. Inteligente. No podía quitarte los ojos de encima.

Jay abrió la puerta principal con una carcajada.

—Tal vez te quiera a ti y, como sabía que la estabas mirando, tuvo que mirarme a mí.

Elías negó con la cabeza mientras seguía a Jay hasta la puerta.

—A las mujeres así no les gustan los tipos como yo. No sabría qué hacer en un baile, un banquete o una cena benéfica. Nunca he ido a la ópera y mi idea de una buena cena es el bufé libre del restaurante de la esquina.

—Estás haciendo suposiciones —le advirtió Jay—. A lo mejor se pasa los fines de semana de acampada y es campeona en comer alitas en el Área de la Bahía.

—De ninguna manera. Sus uñas eran demasiado perfectas. Si eres un campista las mantienes cortas para que no te estorben. —Elías redujo el paso a medida que se acercaban al vehículo de Jay—. ¿Vas a invitarla a salir?

—No tengo tiempo para una relación y desde luego no voy a enrollarme con la hija del hombre que tiene la llave de nuestra expansión internacional. Eso sería buscarse problemas.

Abrió su vehículo. Como todo lo que compraba, había escogido el Audi R8 no porque le gustara, sino por lo que representaba.

Riqueza. Poder. Éxito. Crecer en la pobreza lo había hecho muy consciente de las apariencias. Nadie intimidaba a los niños que llevaban la ropa y los zapatos adecuados, y no tenían que depender de la escuela para comer todos los días.

—No nos rechazará si sales con su hija —insistió Elías—. Dijo que haría cualquier cosa por ella. Vosotros dos haríais una buena pareja.

Jay miró a Elías con curiosidad. Su amigo se sentía claramente atraído por ella. Entonces, ¿por qué trataba de emparejarlos?

—Si quieres invitarla a salir, entonces hazlo. No te lo impediré. Solo espera a que hayan tomado una decisión sobre la financiación y tengamos firmados todos los documentos.

—De ninguna manera. —Elías negó con la cabeza—. Estoy demasiado hecho polvo para una mujer como ella. Todavía tengo pesadillas tras dos años de terapia para mi trastorno por estrés postraumático.

Jay también tenía pesadillas, pero no hablaba de ellas. Eso las habría hecho reales y no quería que su pasado se entrometiera en su presente o afectara su futuro. Mantenía el trauma de su último despliegue militar bajo siete llaves. Si eso significaba que tenía que controlar sus emociones, ese sería el precio a pagar. Nada iba a impedirle alcanzar su objetivo.

—¿Quieres ir a tomar un par de cervezas y hablar del resto de los inversores de nuestra lista? —Elías hizo un gesto en dirección al *sports bar* que había enfrente.

—Voy a recoger a mi madre a la guardería y a llevarla luego a nuestra cena de los viernes. Otra vez será.

—Es genial que tú y tu madre estéis tan unidos, pero tienes que salir más. —Elías sacó su teléfono, sin duda para encontrar un compañero de copas para la noche—. La última vez que saliste fue cuando hicimos aquel viaje a Las Vegas.

Ese había sido el día en que habían declarado a la madre de Jay libre de cáncer. Lo habían celebrado tranquilamente en casa, pero a la mañana siguiente, abrumado por la emoción, no había podido ir a la oficina. De alguna manera, Elías supo por lo que estaba pasando, y en pocas horas estaban en un avión rumbo a Las Vegas para pasar un fin de semana de puro desenfreno.

—Las Vegas fue una auténtica locura —dijo Elías.

—Ojalá lo recordara.

—Ojalá lo hicieras.

El ánimo de Jay mejoró en cuanto entró en la guardería Sunny Days. Las gemelas Mia y Eve, de cuatro años, corrieron a tomarle de la mano, y Adrian, de cinco años y un acróbata nato, se le subió a la espalda.

—¿Cómo están mis monstruitos? —preguntó.

—No somos monstruos —protestó Eve—. Somos niños.

—Yo soy un monstruo. —Adrian levantó la cabeza y lanzó un rugido.

—No habléis tan fuerte, por favor. —Annalise Abbott, la gerente de la guardería, saludó a Jay con una sonrisa—. Llevad a Jay a la otra habitación. La señorita Padma está leyendo un cuento. Y vigiladlo. Recuerdo que tenía voz de monstruo cuando venía aquí de niño.

Preocupado por que Annalise pudiera contar alguna anécdota vergonzosa de sus años de guardería, Jay condujo a los niños, pasando por las estanterías pintadas de vivos colores y los cubos llenos de juguetes, hasta la sala de preescolar.

Vio a su madre en un círculo de lectura con diez niños pequeños con diferentes niveles de atención. Su cabello moreno, cortado en una media melena, estaba cubierto por las canas y le caía delicadamente alrededor del rostro. Sin embargo, sus ojos, de un intenso color marrón salpicado de motitas doradas, brillaban como en su juventud, a pesar de que las primeras arrugas de la edad se dibujaban en sus extremos. El ejercicio regular y perseguir a los niños por la guardería la habían mantenido en forma a lo largo de los años, y cuando sonreía, Jay no la veía diferente de cuando él era pequeño. Llevaba un polo color rojo con el logotipo de la guardería en la espalda, zapatillas deportivas resistentes y un par de vaqueros desgastados que habían sobrevivido a todo, desde mocos hasta salpicaduras de pintura.

Jay se agachó, dejando que Adrian se escabullera de su espalda antes de tomar asiento en una pequeña silla roja que había en un extremo del círculo de lectura.

—¿Qué cuento vamos a leer hoy?

Su madre sonrió.

—*El gato del sombrero.*

Jay evitó lanzar un gemido. Nunca le había gustado la truculenta historia de un impulsivo gato que entraba en una casa con la intención de divertirse sin pensar en las consecuencias. La única criatura sensata de aquella historia era el pez; la voz de la razón que permanecía a salvo en su pecera mientras insistía en que la casa debía estar ordenada para cuando la madre regresara.

Después del cuento, Jay presenció batallas de naves espaciales y carreras de coches. Sujetó muñecas para sus «mamás», arregló aviones rotos y prestó su cuerpo para que los niños practicaran sus habilidades de escalada. Aunque era un participante pasivo, pues rara vez se levantaba de su pequeña silla roja, a los niños no parecía importarles.

Después de muchos besos pegajosos y despedidas, ayudó a su madre y al resto de los empleados a recoger los juguetes.

—He invitado a un amigo a cenar con nosotros esta noche. —Su madre limpió la encimera de la cocina—. Se llama Rick Sánchez. Lo conocí en un bar después de la reunión de mi club de lectura. Hemos salido varias veces y pensé que estaría bien que lo conocieras.

A Jay se le erizó la piel de la nuca en señal de advertencia. Su madre le soltaba estos novios sorpresa solo si sabía que él no lo aprobaría.

—¿Qué le pasa?

—¡Oh, cariño! Te preocupas demasiado. —Lo dejó para que acabara con lo que estaba haciendo y regresó poco después vestida con un suave jersey de color negro, el cabello recién peinado y los labios pintados de rojo.

Jay la siguió hasta la puerta.

—Solo dime que no es un criminal.

—Es un motero. —Ella se encogió de hombros, se puso una chaqueta de cuero que él no había visto antes y se volvió para mostrarle la espalda—. Su club se llama «Los Diablos»…

A Jay el corazón le dio un vuelco cuando vio el parche de Los Diablos en su espalda.

—¡Por Dios, mamá! Son un club de moteros.

Con una risita, ella se subió la cremallera de la chaqueta.

—No son un club ilegal, si es lo que estás pensando. Son tipos normales que tienen Harleys y se reúnen para darse una vuelta los fines de semana.

—No estás… —Jay inspiró con fuerza y se apoyó en la pared más cercana—. ¿Vas a montarte en su moto?

Jay había acabado su servicio en el ejército cuando a su madre le diagnosticaron cáncer de mama por primera vez. Había regresado a casa para cuidarla, decidido a que recibiera los mejores cuidados. Pensaba que ya había superado su miedo a perderla, pero los desbocados latidos de su corazón le indicaron lo contrario.

—Ya me he subido a su moto. No soporta estar en una «jaula». Así es como llama a los coches.

Jay tuvo que respirar hondo varias veces antes de poder hablar.

—¿Qué pasó con aquel contable tan simpático que conducía un Honda Civic y jugaba a los bolos todos los martes?

Su madre se encogió de hombros.

—No me hacía sentir viva.

—Quiero que te sientas viva y que estés a salvo —refunfuñó Jay—. ¿Cómo voy a dormir por las noches si estás paseándote en moto?

—No necesitas cuidarme, Jay. —Su rostro se relajó—. Ya no.

—Yo soy así.

Había participado en numerosos despliegues en Irak y Afganistán como piloto de búsqueda y rescate en combate y como oficial de acción táctica, y había sido condecorado por ello. Más adelante canalizó ese deseo de servir y proteger creando una empresa que proporcionara seguridad por todo el país. No podía cambiar eso, y mucho menos cuando se trataba de la única persona a la que quería.

—Eres tú quien me preocupa. —Su madre se apoyó en la barandilla que impedía que los niños salieran corriendo al aparcamiento—. Es viernes por la noche. Deberías estar en una cita, o yendo a clubes o bares con tus amigos, no cenando con tu madre. Necesitas encontrar a alguien con quien compartir tu vida. ¿Y si me pasa algo?

—No te va a pasar nada —dijo bruscamente—. Llevas cinco años sana. —Se le aceleró el pulso—. ¿O estás intentando decirme algo?

—Solo necesito saber que no estarás solo —contestó en voz baja—. Durante mi tratamiento no dejaba de pensar: «¿Quién va a querer a mi hijo si yo me muero?».

—¡Por Dios, mamá! —Tragó pese al nudo que se le había formado en la garganta—. No me hagas esto cinco minutos antes de quedar con tu novio motero.

—Quiero que me prometas que intentarás encontrar pareja —dijo—. Alguien que te quiera por lo que eres. Alguien que esté ahí para ti. Alguien a quien también puedas amar. —Levantó la mano cuando él abrió la boca para protestar—. Sé lo que vas a decir. Estás ocupado con el trabajo. No es el momento adecuado. Pero he encontrado algo con Rick que ni siquiera sabía que me faltaba, y quiero eso para ti también. Prométeme que estarás abierto a la idea, que te esforzarás por encontrar a alguien. No más viernes por la noche con tu madre.

—¿Y qué hay de la cena de los domingos? —Siempre habían cenado juntos los domingos. Incluso cuando ella había estado demasiado enferma para comer, habían pasado la velada tomando bebidas isotónicas y viendo películas clásicas en la televisión.

—Seguiremos cenando los domingos. Ese es tiempo para nosotros. No me lo perdería por nada del mundo.

Incluso si no estuviera tan preocupado, Jay no podría negarle nada a su madre, y ella lo sabía.

—De acuerdo. —Suspiró—. Lo prometo.

El estruendo de un motor resonó en el pequeño aparcamiento y un corpulento motociclista se acercó a ellos en una Harley-Davidson Gran Turismo con unos manillares tipo *chopper* de dieciséis pulgadas.

—¿En serio? —Se le formó un nudo en el estómago—. ¿Vas a montarte en esa cosa?

—Deja de fruncir el ceño —dijo su madre—. Me gusta Rick, así que espero que seas educado. Un día conocerás a alguien que haga vibrar tu corazón y te darás cuenta de que la vida no está hecha para vivirla solo.

Enfadado por la concesión que se había visto obligado a hacer, se cruzó de brazos.

—Me gusta estar solo.

—Tiene una hija…

—Mamá… —Tenía treinta y cuatro años, era el director general de su propia empresa y su madre seguía intentando tenderle una trampa—. Estoy ocupado creando algo grande. Lo último que me interesa ahora mismo es una relación, y menos con la hija de un hombre que no sabe ni sentarse en un coche.

Su madre no entendía que estar en la cima significaba que podía respirar tranquilo. Significaba que, cuando llegara el momento de tener una familia, sus hijos nunca tendrían que preguntarse de dónde saldría su próxima comida o dónde dormirían por la noche. Significaba que, si alguien enfermaba, él podría pagarle los mejores médicos. Significaba seguridad, y eso era todo lo que siempre había querido.

—No se trata solo de una relación —dijo ella con delicadeza—. Se trata de amor.

—No necesito amor.

—Todo el mundo necesita amor. —Se acercó para besarlo en la mejilla—. Sobre todo tú.

5

Comparado con los anteriores bufetes donde Zara había trabajado, Cruz & Lovitt apenas era un punto de referencia en el panorama jurídico del Área de la Bahía. Con solo dos socios, tres asociados y un puñado de empleados, la pequeña firma jurídica de accidentes no podía permitirse los alquileres del distrito financiero. En su lugar, los socios habían convertido la planta superior de una residencia histórica en Lower Potrero en un diáfano y moderno espacio de oficinas. A Zara le encantaron las paredes de ladrillo visto y los suelos de madera que recorrían la recepción y la cocina. Donde estuvieron los dormitorios se hicieron unas salas de reuniones grandes y luminosas, y el antiguo comedor se convirtió en su amplio despacho. Ella habría sido la envidia de cualquier abogado de un gran bufete con ese despacho, que contaba con un sofá de cuero negro, grandes estanterías de madera reciclada y un escritorio rústico bajo un ventanal abatible. O lo habría sido de no ser por su inesperada visita.

—¿Por qué estás durmiendo en mi sofá?

Le dio un codazo a Faroz Jalal para que se despertara. El investigador privado del bufete se había puesto cómodo con la manta y los cojines amarillos que ella había comprado a juego con el póster del musical de *El rey león* que colgaba de la pared.

—Es más cómodo que una caja de cartón. —Bostezó y se pasó una mano por el cabello cortado a cepillo. Antiguo agente de la CIA (o eso decía), Faroz llevaba unas botas militares tan pulidas que estaban brillantes, pantalones de camuflaje y una camiseta gris ajustada que se ceñía a su esbelta figura. Rondaba la treintena y llevaba tres años trabajando para la empresa—. ¿Cómo te ha ido?

Zara dejó caer el maletín del portátil sobre la mesa. Había pasado toda la mañana en el plató de rodaje de una película y la tarde en una diminuta sala de juntas con su cliente, un doble de acción, y cuatro sudorosos abogados de seguros que no parecían haber oído hablar del desodorante.

—No pudimos llegar a un acuerdo, así que parece que vamos a juicio. —Zara sonrió. No había nada que le gustara más que litigar un caso en los tribunales—. Pensé que llevar al equipo jurídico de la aseguradora a visitar el set de rodaje serviría de algo. Una cosa es leer sobre alguien que salta de un helicóptero en llamas y otra es ver lo lejos que cayó nuestro cliente cuando se rompió su arnés de seguridad. Pero todavía no estaban preparados para darnos lo que queríamos.

—¿Acabo de oír que no habéis llegado a un acuerdo?

Tony «el Tigre» Cruz entró en el despacho con su larguirucho metro ochenta oculto bajo un traje demasiado grande y sus voluminosos rizos rubios saliendo por debajo de un gorro verde de Yoda. Tony, antiguo doble de acción, había sufrido una lesión en la espalda que puso fin a su carrera tras un accidente en el rodaje de una película. Un mal acuerdo con la aseguradora del estudio lo llevó a dedicarse a la abogacía. Tras unos años trabajando como abogado de oficio, abrió su propio bufete con su amigo Lewis Lovitt. Los clientes les llegaban gracias a los contactos que Tony tenía en la industria cinematográfica, una red de informantes a sueldo y una agresiva publicidad basada en una plataforma de marca que resultaba insuperable.

—Parece que vamos a juicio. —Su sonrisa se desvaneció cuando Tony frunció el ceño—. ¿O no?

—No. —Se volvió hacia Faroz y arqueó una ceja—. ¿No tienes trabajo que hacer? Creía que estabas siguiendo una pista sobre el resbalón por la piel de plátano.

—El informe está en tu escritorio. El demandante es un colocador en serie de pieles de plátano. Cinco tiendas de comestibles este mes.

Faroz se levantó y se estiró.

—Supongo que iré a perseguir unas cuantas ambulancias, ya que un hombre no puede relajarse ni cinco minutos en este taller de explotación laboral.

Lanzando una breve carcajada, Tony le hizo un gesto para que saliera por la puerta.

—Me he enterado de que hubo un accidente en la Autopista Central. Quizá quieras pasarte por allí.

Disfrutaba interpretando el papel del baboso abogado que utiliza a un investigador privado, pero él y Lewis dirigían un bufete ético: nada de perseguir ambulancias, visitar lugares de accidentes o rastrear salas de urgencias. Eran hábiles negociadores, partidarios de la asistencia jurídica y fieros defensores de sus clientes. Zara no dudó en recomendar el bufete a sus amigos y parientes.

—No pareces muy contento de llevar el caso a los tribunales —dijo Zara cuando Faroz se hubo marchado.

—Los juicios son largos, caros y estresantes para los clientes. —Tony se apoyó en el marco de la puerta, con un pie cruzado sobre el otro—. Tampoco son rentables si trabajamos en régimen de contingencia, y siempre existe el riesgo de que el cliente se quede sin nada. Te contratamos por tu experiencia en los tribunales, pero esperábamos que no tuvieras que usarla.

—¿Así que de vuelta a la mesa de los acuerdos? —Controló el miedo a que Tony lo utilizara como motivo para despedirla cuando su contrato de un año expirara. Con dos despidos a sus espaldas, no volverían a contratarla si fracasaba en este bufete.

—Dile a Janice que reserve una de las salas de reuniones para mañana por la mañana y lo repasaremos juntos —dijo—. He tratado antes con esa compañía de seguros. No tienen ningún interés en ir a juicio. Solo tenemos que encontrar los puntos de presión adecuados. —Se ajustó la espada láser que llevaba enfundada. Como fanático de *La guerra de las galaxias*, afirmaba que la Fuerza le ayudaba en los casos más difíciles, y su historial de éxitos lo corroboraba.

—Gracias, Tony. No te decepcionaré.

—Lewis y yo vamos a tomar una copa con Daniel para celebrar su nuevo acuerdo. ¿Quieres acompañarnos? —Consultó su reloj—. Debería estar al caer.

Daniel King, alias «el Chico Topo», trabajaba de noche y dormía durante el día a causa de un trastorno del sueño que padecía desde su juventud. Mientras que otros bufetes se habían mostrado reacios a tener un asociado que no podía trabajar en horario de oficina, Lewis y Tony habían aprovechado la oportunidad de ofrecer un servicio de veinticuatro horas a sus clientes.

—Me encantaría, pero mi padre viene a recogerme para el *sangeet* de mi prima en Carmel Valley.

Ella se alegró de tener una excusa. Debido a su vida nocturna, el Chico Topo tenía escasas habilidades sociales, y las pocas veces que habían salido a tomar algo juntos, ella se había visto obligada a llevar la conversación.

—Las bodas son el mejor lugar para encontrar clientes. —Tony se dirigió hacia la puerta—. Ten a mano un montón de tarjetas por si alguien se cae en la pista de baile o se atraganta con una ostra. Y no olvides meter una debajo del parabrisas de los coches que veas en el aparcamiento. Quién sabe qué desgracias pueden ocurrir de vuelta a casa.

Cuando Tony se hubo marchado, Zara ordenó su mesa y envió las notas de la reunión a Janice para que las archivara. Aquella no era la vida que había imaginado cuando se licenció en Derecho, conociendo a famosos y promoviendo la diversidad en la industria del entretenimiento gracias a su trabajo. Pero ese camino la había llevado a dos grandes bufetes en los que abundaban la competitividad y las puñaladas por la espalda. Cruz & Lovitt le ofreció una alternativa. Tony y Lewis, firmes partidarios de la conciliación de la vida laboral y familiar, y que aceptaban a quienes no encajaban en el molde corporativo, le habían dado la oportunidad de forjarse su propio camino en un ambiente de cooperación mutua.

—*Beta*, ¿todo listo para irnos? —El padre de Zara entró en su oficina con una sonrisa en el rostro. Era diez centímetros más alto que ella y estaba muy delgado porque solía olvidarse de comer cuando pintaba sus cuadros. Tenía el cabello moreno y abundante salpicado de canas, y una barba y un bigote que siempre se olvidaba de recortar.

—Tu recepcionista, Janice, me dijo que pasara —continuó sin esperar su respuesta—. Estaba ocupada jugando al *Candy Crush*. Le dije que jugara la ficha del pez en último lugar porque irán a por las gominolas restantes.

—Ya casi estoy lista. —Metió en el bolso unas cuantas cajas de tarjetas de visita, todas ellas con el logo de la mascota de la empresa, un tigre rugiendo. Aunque tenía ciertas reservas a la hora de repartirlas (los tigres no le parecían un símbolo de profesionalidad), estaba dispuesta a hacer lo que fuera necesario para volverse valiosa para su nuevo bufete.

—¿Qué te parece mi nuevo atuendo? —Abrió los brazos, mostrando un chaleco *Nehru* color burdeos y una chaqueta amarilla de estampado floral con pantalones a juego. Zara parpadeó, intentando averiguar dónde habría conseguido un *kurta pajama* tan fabuloso y dónde podría comprar ella unos *Kolhapuri chappals* como los que él llevaba en sus delgados pies.

—Es fantástico. Muy tú.

—¿Crees que les gustará a las damas? —Se volvió para que ella pudiera ver desde todos los ángulos las flores de colores bordadas—. Lo compré en la nueva tienda de El Camino Real. La que está entre el centro de jardinería y la tienda de neumáticos. La dependienta dijo que era elegante y masculino, pero sencillo al mismo tiempo.

Estaba tan encantado con su nueva adquisición que ella tuvo que sonreír.

—No hay nada sencillo en este conjunto.

—Simplemente el mejor. —A su padre le encantaba citar cuñas publicitarias cuando no estaba liquidando chocolates y regalices en el *Candy Crush*, tocando el tambor o pintando en un *loft* repleto de lienzos—. Y mira —giró los brazos—, me ha dicho que si quiero llamar la atención de las féminas en el *sangeet*, tengo que remangarme las mangas de la *kurta* hasta los codos. Así muestro una parte de los antebrazos para parecer más hombre. A las mujeres les encanta.

Esta vez se rio. Su padre adoraba la compañía de las mujeres…, de todas excepto su madre.

—El conjunto es perfecto, pero a esta mujer en particular le gustaría que su padre pareciera más padre. Quizá enseñando menos piel. ¿Es mucho pedir?

—Sí, porque mira… —Levantó un pie—. Un centímetro por debajo del tobillo. Dijo que a las damas también les gusta así.

Zara sacó su bolsa de viaje y su *lehenga choli* del armario. Pensaba cambiarse al llegar para no ir toda arrugada.

—¿Qué ha pasado con esa escultora que estaba de alquiler en tu edificio? Pensaba que tú y ella…

Su padre hizo un gesto desdeñoso con la mano.

—Se dedicó a la metalurgia. Ya sabes que tengo el sueño ligero y el *loft* está abierto en las escaleras que van a la planta baja. No podía dormir con el soplete silbando toda la noche, así que corté con ella. Justo a tiempo. He oído que le prendió fuego a las cortinas de su último novio. Ahora estoy soltero y libre para hacer lo que quiera, y no hay mejor lugar que una boda para conocer a alguien especial.

—Será mejor que nos vayamos. —Ella le entregó la bolsa—. Tu dama especial podría estar esperándote.

Las bodas no eran solo un buen lugar para encontrar a tu media naranja, sino también para encontrar clientes. El *sangeet* de esta tarde sería una oportunidad para hacer contactos, así como para identificar solteros para posibles emparejamientos. Solo esperaba que el irritante amigo de Tarun no estuviera allí para estropearle la diversión. ¿Quién se creía que era, pavoneándose con sus camisetas ajustadas y sus vaqueros sexis de tiro bajo? Un tipo presumido, arrogante y demasiado engreído que necesitaba algo más que una bola de *paintball* en el culo para hacer mella en ese ego sobredimensionado.

Soltó un bufido de irritación mientras seguía a su padre hasta el monovolumen. Prefería la compañía de hombres que estuvieran abiertos a sugerencias en vez de limitarse a dar órdenes. Hombres que hicieran preguntas en vez de asumir respuestas. Quería un hombre capaz de abrirse a posibilidades y nuevas experiencias, un hombre capaz de entender la locura de su familia…

Excepto que ella no quería ningún hombre, se recordó a sí misma. Y, sobre todo, no quería a Jay.

6

Jay no entendió realmente el concepto de «pasar por la banqueta» hasta que entró en el patio de la bodega toscana donde se celebraba el *sangeet* de Tarun. Decenas de tías *rishta* se interponían entre él y la barra, con las cabezas giradas en su dirección y las narices olfateando su soltería. Para las casamenteras de mediana edad, él era carne fresca, y no había dado más que unos pasos cuando comenzó el frenesí.

«¿Cuáles son sus intenciones?».

«¿Has conocido a mi sobrina? Fue Miss Pakistán».

«¿Qué estás buscando? ¿Una chica alta? ¿Una chica lista? Tengo chicas de todos los tipos».

«¿Qué trabajo tienes? ¿Cuánto dinero ganas?».

Si Tarun no hubiera sido un buen amigo, Jay se habría dado la vuelta y cruzado el cenador cubierto de hiedra hasta llegar al aparcamiento. Nadie notaría su ausencia. El *sangeet* era una celebración con comida y baile, y una oportunidad para que las familias se conocieran antes de la recepción de la boda al día siguiente. Jay solía asistir a la comida y se marchaba cuando empezaba el baile. Se había pasado años trabajándose la imagen de director general de éxito. No iba a acabar con ella haciendo el ridículo en la pista de baile.

—Mantén el objetivo en mente, Dayal —murmuró mientras avanzaba por el cuidado césped y el laberinto de tías casamenteras. Vio a Tarun en el interior de la restaurada hacienda de piedra y cambió de rumbo, con una creciente sensación de fatalidad en su pecho.

«Contrólate. Solo son señoras de mediana edad. No pueden hacerte daño…».

—¡Vaya! ¿A quién tenemos aquí? —Tres tías lo abordaron a tan solo unos pasos de la puerta.

—Es el hijo de Padma Dayal. —La más alta de las mujeres consultó su teléfono, sin esperar una presentación. Llevaba un sari azul brillante ribeteado en oro y el cabello recogido en un elegante moño—. Treinta y cuatro años, soltero, exmiembro de las Fuerzas Aéreas y ahora director general de una empresa de seguridad. Calza el número doce y le gustan los deportes, los coches de carreras y la comida italiana.

Jay se sobresaltó ante la acertada descripción.

—¿La conozco?

—Mehar Patel. —Ella señaló a sus acompañantes—. Mi prima Bushra y mi hermana Lakshmi.

—Lo vi en un *sports bar* el pasado fin de semana —dijo Bushra, alisándose el traje *salwar* color verde y naranja—. Estaba por el barrio con el hijo de un amigo y se nos ocurrió pasar a ver a Zara.

—¿Ya has hecho una pareja? —Mehar jadeó.

—No era el tipo de Zara. —Bushra suspiró—. Ningún hombre es su tipo. No creo que podamos encontrarle pareja.

«No es de extrañar». Después de todo, Zara le había disparado con su pistola de *paintball* al poco de conocerse. Aun así, le resultaba difícil creer que alguien tan vibrante y enérgica como ella estuviera soltera. Archivó esa información para reflexionar sobre ella más adelante.

Lakshmi, que era bajita e iba impecablemente vestida con un sari amarillo ribeteado en plata, lo observó con atención.

—Hay oscuridad a su alrededor.

—No le hagas caso. —Mehar le dio una palmadita en el brazo—. Es la astróloga de la familia. Ve cosas. Nos resulta muy útil cuando estamos intentando emparejar a alguien. Pero no tanto cuando estás decidiendo qué hacer para la cena del domingo.

—Te dije que no compraras el pescado en el mercado —murmuró Lakshmi—. Aquella intoxicación alimentaria podía haberse evitado.

—Me dijiste que tuviera cuidado con las aletas —espetó Mehar—. Pensé que te referías a las personas que practican el atletismo.

—Si me disculpan… —Jay se alejó mientras seguían discutiendo.

—¡Los gatos salvajes pueden ver en la oscuridad! —le gritó Lakshmi—. No lo olvides.

Tras escapar rápidamente, se reunió con Tarun, María y Rishi en la barra. Pidió un *whisky* con soda para calmar los nervios y les contó su encuentro con las tías.

—No voy a echar de menos esos tiempos. —Tarun chocó las copas con Jay y Rishi—. Estoy harto de que intenten cazarme como una presa.

—¿Has olvidado que Zara nos presentó? —María le dio un codazo—. Es como una tía en prácticas. Si no fuera por ella, seguirías escondiéndote detrás de las macetas.

A Tarun se le tensó todo el cuerpo.

—Fue solo una vez y se me había caído algo debajo de las hojas.

Jay escudriñó el gentío, escuchando a medias la anécdota de cómo se habían conocido gracias a Zara. Ella tenía que estar por ahí. Había sentido una oleada de entusiasmo, una corriente de energía que avanzaba en su dirección.

—Lo siento. ¡Uf! ¿Eso era tu dedo del pie? —La voz de Zara llegó desde la puerta, haciendo que una inesperada emoción recorriera las venas de Jay. Ella no seguía un camino recto, sino que estaba en constante movimiento, abrazando a una persona, besando a la siguiente, girando para saludar a un tipo alto y rubio mientras le arrebataba una copa de champán a un camarero que pasaba por allí. Vibrante. Viva. Como él no se había sentido en años. Quizá nunca.

Como si ella hubiera sentido su presencia, levantó la vista y capturó su mirada justo cuando el gentío se estaba separando. Sus ojos recorrieron lentamente su cuerpo, observando su camisa azul, su corbata a rayas y su traje oscuro de lana. Fue el tiempo justo para que su cerebro registrara su *choli* azul eléctrico, diseñado para revelar su tonificado vientre y las delicadas curvas de su cintura. Su falda a juego, con bordados en color rosa y dorado, caía sobre unos elegantes zapatos con lentejuelas doradas, del mismo color que la purpurina de su cabello.

No sabía si sonreír o fruncir el ceño. Pero antes de que pudiera hacer ninguna de las dos cosas, ella se encogió de hombros con desinterés y se dio la vuelta.

Jay se quedó boquiabierto. Jamás una mujer le había dado la espalda. Era un hombre apuesto, exitoso, encantador cuando se esforzaba y con un cuerpo en forma. Por un momento deseó haberse puesto algo más atrevido para llamar la atención de Zara: una corbata estampada, una camisa de rayas, quizás incluso un chaleco. Tuvo que darse una bofetada mental cuando se dio cuenta de que seguía intentando encontrarla entre el gentío.

Durante la siguiente media hora, Jay estuvo bebiendo en la barra con los padrinos de boda de Tarun y contando los minutos que faltaban para que empezara el baile y pudiera escabullirse tranquilamente. A pesar de sus intentos de sacarse a Zara de la mente, era muy consciente de que esta no paraba de ir de aquí para allá sin acercarse nunca a donde estaba él.

Estaba empezando a enfadarse cuando Tarun le presentó a Salena Patel, una pariente lejana que había arreglado todas las flores para el *sangeet*.

Jay no sabía nada sobre flores. Él y su madre nunca habían tenido un jardín. Habían vivido en apartamentos de las zonas más asequibles de la ciudad hasta que él ganó dinero suficiente como para comprarle una casa. Su recepcionista, Jessica, encargaba las flores para sus citas y su madre prefería los regalos prácticos en las ocasiones especiales.

—Son preciosas —dijo.

—Hice los arreglos florales para Nasir y Priya, y los estoy haciendo ahora para las bodas de Layla y Sam y Daisy y Liam.

Jay no conocía a ninguna de las personas que ella había mencionado, aunque su expectante mirada sugería que debería. Ahora que había agotado su abanico de cumplidos florales, no sabía qué más decir.

—Preciosas.

—¿Sabes quién es preciosa? —Se acercó más—. Mi sobrina. Es una chica inteligente. Con un buen sueldo y mucha energía. No como esas chicas que se pasan el día sentadas mirando el móvil. Es muy sociable y tiene buen corazón.

—No estoy buscando casarme ahora mismo. —Desplazó su peso de un pie al otro, calculando mentalmente la distancia que había desde la barra hasta la puerta. Si el camino estaba despejado, podría alejarse en menos de diez segundos.

Ella frunció el ceño.

—¿Tienes novia? ¿Prometida?

—No.

Se ajustó las gafas y lo miró de arriba abajo.

—¿Estás enfermo? ¿Lesionado? ¿No tienes ingresos? ¿Por qué no quieres casarte?

Él buscó algo que decir.

—No es el momento adecuado.

—Los jóvenes siempre dicen que no es el momento adecuado. —Sacudió la cabeza con un suspiro—. Siempre piensan que deben tener el trabajo perfecto, la casa perfecta y el coche perfecto. Pero no. Esas cosas son más fáciles de conseguir cuando tienes a alguien a tu lado. Alguien que te apoye y te ayude. —Se volvió y buscó entre el gentío—. ¡*Beta*! —Agitó la mano—. Ven. Quiero que conozcas a alguien.

Jay le enarcó una ceja a Tarun a modo de súplica, pero su amigo se limitó a reír.

—Tengo que ir a ensayar mi baile para esta noche. —Tarun bajó la voz hasta convertirla en un susurro—. Estoy seguro de que puedes enfrentarte a la tía Salena. Tiene la mitad de tu tamaño.

—Prepárate —dijo Salena—. Aquí viene.

«¡Oh, Dios! Jay, no». ¿Por qué no la dejaban en paz sus tías?

Zara tuvo que sonreír al hombre al que había intentado ignorar durante toda la velada; algo prácticamente imposible porque dominaba el bar con la sola fuerza de su presencia. Alto y melancólico, con una barba incipiente y una mandíbula cincelada, era demasiado atractivo, demasiado seguro de sí mismo, demasiado intenso y, por la sonrisa de su rostro, demasiado consciente de sus encantos.

—Esta es mi sobrina Zara. —La tía Salena la empujó hacia delante y le hizo un rápido resumen de sus cualidades, entre las que se encontraban estar empleada, ayudar a la familia, tener una buena dentadura, no tener bigote y mostrar un apetito muy saludable.

—Esto no es un concurso, tía-ji —murmuró—. No estoy compitiendo para ganar el premio de una exposición.

—Y también es graciosa —dijo Salena con una ligera carcajada—. Hace un momento bromeaba diciendo que hablo de ella como si fuera un animal de granja en la feria.

—Muy divertido. —El tono plano de Jay sugería que no lo era. Zara cerró los ojos y deseó que el suelo se la tragara.

—Jay y yo nos conocemos. Estuvo en la despedida de soltero.

—Mejor aún. —Salena palmeó la mano de Zara—. ¿Le has dicho que tu madre es socia en un importante bufete de abogados? ¿Y que tu padre… —forzó una sonrisa— es ingeniero?

—Tía-ji… —Zara sacudió la cabeza en señal de advertencia. Sus tías siempre omitían la parte más importante, la que ahuyentaba a los posibles pretendientes—. Ya no es ingeniero. Es artista y músico. Mañana en el *baraat* tocará en el grupo de *bhangra*. —La música tradicional punyabí era ya habitual en muchas bodas indias, sobre todo en la procesión del novio que se hacía la mañana de la ceremonia.

Salena sujetó con una mano la muñeca de Jay, como si le preocupara que huyera ahora que se había hecho público el vergonzoso oficio del padre de Zara. Las artes estaban muy abajo en la lista de profesiones deseables para los indios. El cambio de carrera de su padre resultaba problemático para las tías, que estaban desesperadas por verla casada.

—La madre de Jay dirige la guardería donde la tía Taara lleva a sus hijos —continuó Salena, ajena a la corriente de tensión que fluía entre ellos—. Él fue capitán de las Fuerzas Aéreas y ahora es director general de una empresa de seguridad. No tuve tiempo de averiguar más sobre él, pero seguro que puede contarte todo lo que necesites saber.

Una oleada de náuseas recorrió las tripas de Zara cuando recordó su conversación en el bar. «Seguro que es uno de esos aspirantes a militar que se pasa los fines de semana jugando al *paintball* con sus amigos frikis, fingiendo serlo de verdad». ¿En qué estaba pensando? Pero ese era el problema. Siempre estaba viviendo el momento, sin pensar en nada más.

—Gracias por sus servicios —murmuró con las mejillas sonrojadas. Esperaba que hubiera estado tan borracho como ella y no recordara el desaire.

—De nada. —El profundo rumor de su voz provocó que se le encorvaran los dedos de los pies—. Después de todo, lo soy de verdad.

«¡Ay, Dios!». Deseó que la tierra se la tragara. ¿Dónde estaba un desastre natural cuando se lo necesitaba?

—Lo siento. No debería haber dicho lo que dije en el bar. No sabía que eras… tú.

—Os dejo para que habléis. —La tía Salena juntó las manos—. Tengo un buen presentimiento con vosotros. Creo que este verano añadiré otra pareja a mi marcador. Mehar no sabrá de dónde le vino el golpe.

Siguió un incómodo silencio. Desesperada por distraerse, Zara detuvo a un camarero que pasaba por allí y tomó una copa de champán de su bandeja.

—¿Quieres algo de beber? —Le ofreció la copa a Jay.

Él estaba disfrutando de su incomodidad y ella se dio cuenta cuando él sonrió con satisfacción.

—Pensaba que preferías la cerveza. ¿O es que dificulta los poderes de observación?

—Tómate la copa —espetó—. Podría ayudar.

—¿Con qué exactamente?

—Con tu tendencia al mal humor y tu reticencia a sonreír.

Sabía que estaba a la defensiva, pero le resultaba muy molesto que le llamaran la atención, sobre todo estando tan cerca de él, respirando su aroma a pino y a brisa fresca del océano, porque eso hacía que le flaquearan las rodillas y se le retorciera el estómago.

—Sí que sonrío —replicó él, sin sonreír.

—¿A qué? ¿A un buen estado financiero? ¿A una hebilla de cinturón pulida perfectamente? ¿A un empleado que grita «¡¿Desde qué altura?!» cuando le pides que salte? ¿A un equipo de *paintball* que obedece todas tus órdenes?

Jay arqueó una ceja, con un brillo de superioridad en los ojos.

—Habríamos ganado la partida si hubiéramos seguido mi estrategia.

—Puede que tengas razón —admitió ella con reticencia—. Pero ¿habría sido divertido? ¿Por qué pasarte horas arrastrándote por hojas húmedas y frías cubiertas de arañas cuando puedes correr por el bosque esquivando las balas enemigas mientras tu equipo te vitorea?

Él se quedó callado durante tanto tiempo que ella se preguntó si lo habría ofendido.

—Está claro que tenemos ideas distintas sobre lo que es la diversión —concluyó por fin.

Ella ladeó la cabeza, pensativa.

—Sigues hablando conmigo, así que no sé si es así.

La mayoría de los ejecutivos ya se habrían ido. No solía gustarles que les tomaran el pelo o les plantaran cara, y ella se había pasado con Jay. Pero no podía evitarlo. Había algo en él que la impulsaba a correr el riesgo, a averiguar más y descubrir qué había debajo de ese exterior tan estoico. Costara lo que costase.

—¿Cuándo fue la última vez que tu corazón latió emocionado, Jay? ¿Cuándo fue la última vez que algo te dejó sin aliento?

Oyó gritos y risas por detrás. Alguien chocó contra la espalda de ella, que dio un traspié y levantó las manos para apoyarse en su pecho. Zara recordó demasiado tarde que tenía una copa en la mano. Y entonces se sintió envuelta por su calor.

Cuando Jay empezó a visitar a su madre en la guardería, se ponía el traje de vestir. El primer viernes, uno de los niños dibujó una carita sonriente en su chaqueta italiana de lana hecha a medida. La segunda semana, un niño del primer curso le cortó la corbata. En su tercera visita se sentó sobre pintura verde y en la cuarta se vio envuelto en una batalla con pistolas de agua (empezó Adrian). Dados estos percances con la ropa y el hecho de que siempre llevaba una muda en el coche, que le hubieran tirado encima una copa de champán no le pareció nada grave.

No hasta que se dio cuenta de que Zara estaba entre sus brazos.

—Vigila por dónde vas. —Jay frunció el ceño al tipo que había chocado con ella, enviándolo de vuelta con sus amigos mientras balbuceaba una disculpa.

La fuerza de voluntad y una copa de champán situada de forma muy inconveniente evitaron que Jay pudiera acercársela más. Le gustaba tenerla entre sus brazos. Sus delicadas curvas se ajustaban perfectamente a su cuerpo. Inspiró y el aroma de su atrevido perfume le nubló los sentidos; al igual que lo hizo el roce de su sedoso cabello en su mejilla cuando ella se apartó.

—Lo siento mucho. —Respiraba de forma entrecortada y sus largas pestañas aleteaban sobre sus sonrosadas mejillas—. Deja que te limpie. —Antes de que él pudiera responder, ella se quitó la *dupatta* y empezó a frotarle en el pecho.

Jay levantó la vista, receloso de llamar la atención. Se esforzaba mucho por evitar este tipo de situaciones humillantes. Y, sin embargo, no podía moverse. No podía respirar. No podía pensar en nada más que en las manos de ella sobre su cuerpo.

—No hace falta que… —Las palabras se le quedaron atascadas en la garganta cuando sus manos bajaron por el pecho y luego rozaron los abdominales y se detuvieron en el cinturón. Cuando el extremo de su largo fular rozó su bragueta, maldijo en silencio a la vendedora, que había insistido en que los pantalones de vestir ajustados estaban de moda.

—Mi padre tiene este mismo cinturón. —Ella pulió la hebilla y la situación se volvió crítica allí abajo. ¿Podría distraerla dándole conversación?

—Dijiste que toca en un grupo de *bhangra*. —Su voz era tan ronca que le costaba creer que saliera de él.

—Sí. —Levantó la vista, con el fular entre los dedos—. Estuvo a punto de perder la vida en un accidente de coche y tuvo una epifanía. Dejó su carrera para dedicarse a su pasión por el arte y la música.

«Pasión». Mala palabra. Su cuerpo se tensó mientras la sangre le corría por los oídos como un tren de mercancías. Intentó inspirar profundamente, apretando los dientes para calmarse, pero tan solo emitió un siseo.

—Eso acabó con el matrimonio de mis padres. —Suspiró mientras sujetaba el fular con una mano—. Fue una de las razones por las que no estudié teatro en la universidad. Eso y el hecho de que me habrían repudiado. Ahora tengo que conformarme con hacer teatro *amateur* en mi tiempo libre y bailar y cantar en las bodas. —Miró hacia el patio, donde tendrían lugar los festejos—. ¿Bailarás con la cuadrilla del novio esta noche?

Él se armó de valor para no arrepentirse.

—Yo no bailo.

—¿Una mala experiencia? —Hizo una compasiva mueca—. ¿Lo intentaste alguna vez? ¿Te equivocaste con los pasos? ¿Tropezaste en el escenario sin saber qué hacer, la gente se rio, te sentiste humillado y ahora tienes miedo de volver a probarlo?

Jay frunció el ceño.

—No. Eso no es…

—¿Una exnovia? —Se puso una mano sobre el corazón y le brillaron los ojos—. ¿Bailasteis juntos hasta que ella se fue con otro y te rompió el corazón? ¿Juraste que no volverías a bailar porque cada vez que oías «The Humma Song» pensabas en ella y sufrías?

La boca de Jay se abrió y se cerró. Él era una persona práctica que carecía de una pizca de imaginación. ¿Cómo podían ocurrírsele a ella estas ideas tan rápido?

—De ninguna manera.

—Entonces solo eres una persona insegura —dijo—. De lo contrario, bailarías esta noche para apoyar a Tarun.

Indignado, Jay soltó un resoplido.

—No soy una persona insegura.

—Bueno, entonces veamos qué tienes ahí. —Ella empezó a dibujar lentamente un círculo con las caderas, mientras tarareaba una melodía.

No podía quitarle los ojos de encima. Tenía que dejar de mirarla. Tenía que hacer algo porque sus pantalones no eran lo bastante anchos para acoger su creciente deseo.

—Diviértete un poco, Jay. ¿Qué tal un poco de *jazz*? —Dibujó unas ondas con las manos delante de él.

—No me gustan las exhibiciones públicas de ningún tipo. —Se arrepintió de su tono brusco cuando la sonrisa desapareció del rostro de Zara.

—Claro que no. —Su voz se agudizó—. ¿En qué estaría pensando? Debes de estar desesperado por escapar. —Sin previo aviso, se puso en cuclillas frente a él y le frotó el muslo con el pañuelo.

Se le secó la boca.

—¿Qué estás…?

—Son solo las últimas gotas. Se me derramó hasta la rodilla.

«Cerebro paralizado». No podía seguir en ese alocado viaje que iba del insulto a la reprimenda, de la atractiva mujer que bailaba contoneándose a la mujer arrodillada que tenía las manos puestas en su muslo. ¿Intentaba seducirlo? ¿Confundirlo? ¿Molestarlo? ¿Torturarlo? ¿O quizá no era consciente del efecto que esa postura podía tener en un hombre?

—Déjalo. —La agarró de la delgada muñeca y la levantó del suelo—. Puedo hacerlo yo mismo.

—¿Estás seguro? No me gustaría que andaras por ahí toda la noche con los pantalones mojados. Salí con un modelo hace unos años y cada vez que lo miraba... —Sacudió la cabeza y suspiró—. Digamos que sé por experiencia lo incómodos que pueden ser los pantalones mojados. A veces es mejor no usarlos.

Jay intentó apartar esa imagen de su mente. Fracasó. Salir de allí se convirtió en una necesidad acuciante. Si había pensado que lo estaba pasando mal cuando ella lo estaba toqueteando, no era nada comparado con imaginar todas esas sensuales curvas bajo su falda.

—No necesito tu ayuda. —Retrocedió cuando ella volvió a levantar el pañuelo—. Ya has hecho suficiente.

A Zara se le tensaron los hombros.

—Entonces no te robaré más tiempo.

Él se arrepintió al instante de sus palabras y de su tono cortante. Pero antes de poder disculparse, ella ya se había dado la vuelta y empezaba a alejarse.

Se abrochó la chaqueta para ocultar la mancha y observó cómo ella se abría paso entre el gentío. Se dijo a sí mismo que, si no le hubieran incomodado tanto sus intentos de limpiarlo, habría manejado mejor la situación. Tan solo había reaccionado de forma exagerada porque estaban en medio del bar.

No tenía absolutamente nada que ver con el hecho de que fuera la mujer más cautivadora que había conocido nunca o que le hiciera sentir cosas que no debería sentir, desear cosas que no debería desear.

Nada.

7

Cuando Zara llegó a la recepción de la boda de Tarun y María el sábado por la noche, se arrepintió de no haber escogido otra ropa para las celebraciones. En todo el día no había podido dar dos pasos sin que la abordara una tía para buscarle pareja. Los divertidos y coquetos conjuntos que había llevado para el *baraat* de la mañana y la ceremonia de la tarde ya le habían causado suficientes problemas, pero el llamativo *lehenga choli* color verde azulado y bordado con hilo de oro que llevaba esa noche atraía a las tías como si fueran compradoras en las rebajas del Black Friday.

—Mi sobrino Akash ha venido de visita desde la India. Un muchacho grande y fuerte, y solo unos centímetros más bajo que tú.

—El hijo de la hermana de mi prima acaba de doctorarse en Estadística. Lee diccionarios en su tiempo libre. Solo come alimentos crudos. Es muy sano.

—El hijo de mi vecina está soltero y busca una buena chica que cocine, limpie y dé a luz a sus hijos.

Tras esquivar a las tías y deambular un rato por la zona de la recepción, se detuvo a charlar con tíos, primos y amigos que no había visto desde la última temporada de bodas. Con la alegre música *bhangra* de fondo y todos ellos vestidos con sus mejores galas, era imposible no sentirse feliz a pesar del acoso constante. Las bodas eran mágicas y cuanto más ruidosas, mejor.

—Aquí está. Aquí está. —La tía Taara la agarró de las mejillas y les dio un apretón—. Te vemos muy poco, *beta*. Layla y Daisy siempre vienen por aquí. Los niños echan de menos a su prima.

Zara sospechaba que a unos niños en edad escolar les importaba un bledo su prima adulta a menos que les trajera chucherías.

Su tía era famosa por ser una mala cocinera, y a menudo ofrecía sus recetas de fusión indio-americana a los recién llegados desprevenidos. Sus hijos habían aprendido rápidamente a buscar comida donde fuera.

—He estado ocupada con el trabajo. —También procuraba evitar las grandes reuniones si sabía que su madre iba a estar allí. Aunque la mayoría de las bodas de la temporada eran para los amigos y parientes del lado paterno de la familia, siempre había una o dos en las que su madre estaría presente. Por suerte, esta no era una de ellas.

—Ven a ver a tus tías. —La tía Taara le soltó las mejillas—. Necesitan distraerse. Lakshmi y Bushra se pelearon porque Bushra se negó a formar grupos de tres cuando llegamos y luego se rio de Lakshmi cuando esta dijo que eso significaba que rodarían cabezas. Ahora no se hablan… —Se interrumpió cuando Zara se movió en la dirección opuesta.

—¿No quieres verlas? Quieren presentarte a unos muchachos encantadores.

—Claro, tía-ji. Pero le prometí a Parvati que me reuniría con ella para comprobar dónde íbamos a sentarnos. Me pasaré más tarde. —Sacó un paquete de tarjetas de visita de su bolso—. Son de mi nuevo bufete. ¿Podrías repartirlas por ahí?

—Claro, *beta*. —La tía Taara observó el logo de la mascota—. Me gusta. Estoy segura de que Lakshmi hará alguna profecía sobre el tigre. Me leyó las hojas de té y dijo que alguien me estaba vigilando. ¿Te lo imaginas?

Después de escapar, Zara se encontró con Parvati en la entrada de la sala del banquete. Su amiga se había puesto un *lehenga choli* de color verde esmeralda y bordado profusamente con hilo de plata. Unos pendientes también de plata y una gargantilla a juego realzaban su abundante y morena melena.

Parvati señaló con un suspiro el plano de asientos.

—Estamos en una de las mesas de los solteros.

—¿En la lista A, con los parientes simpáticos y los amigos divertidos? —preguntó Zara—. ¿O en la lista B, con la gente que no les gusta a Tarun y María pero que no tuvieron más remedio que invitar? Tampoco es que me importe. Puedo hacer mi magia de casamentera con cualquiera.

—¿En serio? —Parvati arqueó una ceja—. Yo lo veo como otra noche aburrida en la que vemos las mesas de las parejas pasándoselo bien y nos sentimos desgraciadas porque nos han puesto con primos borrachos, tíos divorciados y universitarios cachondos que están intentando coquetear.

—Tienes que ser más optimista. —Zara sacó de su bolso un pequeño espejo de maquillaje y comprobó si tenía bien el pintalabios—. Yo lo veo como una oportunidad para emparejar a algunas almas solitarias y llevar alegría a sus corazones o un poco de amor a sus camas. En la última temporada de bodas formé seis parejas. Quiero batir mi récord.

—Eres una tía *rishta* en ciernes. —Parvati puso los ojos en blanco en señal de disgusto—. ¿Por qué no participas en su competición?

—No estoy preparada para algo así. —Meterse en esa competición sería como admitir que no tenía intención de casarse, y había una pequeña parte de ella que aún no podía dar ese paso.

—Kamal se alegrará de saber que todavía estás disponible. Está en nuestra mesa.

Zara evitó lanzar un gemido. Kamal llevaba enamorado de ella desde el sexto curso, cuando ella tomó la mala decisión de hacerle un regalo por San Valentín porque se había enterado por su familia de que le costaba hacer amigos.

—Será mejor que te sientes entre nosotros. Tras tomarse un trago aguado de ginebra en el *sangeet*, me dijo que era libre para «aprovecharme de él». —Hizo el signo de las comillas—. Luego me pidió unos «abrazos» como los que le da su madre a la hora de dormir. Casi le vomito en los zapatos. ¿Acaso cree que eso es atractivo? Yo puedo beberme cinco chupitos de ginebra y seguir caminando en línea recta.

—Pensé que la parte sobre su madre era lo que te había revuelto el estómago —dijo Parvati.

—Su madre está bastante buena, así que me tomé esa parte como un cumplido.

Parvati golpeteó con el dedo el final de la lista.

—Han puesto a alguien en nuestra mesa a última hora.

—¿Quién? —Curiosa, entrecerró los ojos sobre la lista, pero Parvati tapó rápidamente el nombre que había escrito a mano.

—El único e inigualable (redoble de tambores, por favor)... ¡Jay Dayaaaaaal!

Zara miró atónita a su amiga.

—No.

—Sí. Stacy lo comentó. Al parecer, suele sentarse con su madre, pero ella invitó a un acompañante a última hora y a él lo desterraron a la mesa de los solteros.

«¿Esta noche podría empeorar?».

Zara miró a su alrededor buscando a uno de los camareros vestidos de esmoquin que había visto llevando bandejas de champán. Iba a necesitar grandes cantidades de alcohol para aguantar aquella cena.

—Esto estropeará mis planes de emparejar a las personas de la mesa. —Suspiró—. Es demasiado guapo. Llamará toda la atención mientras se sienta en un engreído silencio y piensa en maneras de continuar aburrido. Los hombres hetero van a pasar desapercibidos.

—¿Esa atracción fatal también la sientes tú o Kamal todavía tiene una oportunidad? —Parvati alcanzó dos copas de champán de la bandeja de uno de los camareros que pasaban por allí y entraron en el salón de baile.

—¿Me tomas el pelo? —Zara frunció el ceño—. Kamal nunca para de hablar. No puedo estar con alguien que sea tan parlanchín como yo. Es estresante. Cada vez que abro la boca, me preocupa que vaya a interrumpirme antes de tiempo. Y, cuando él habla, me pregunto cuándo me tocará hacerlo a mí. Con los hombres callados es diferente. No tengo que preocuparme. Saben escuchar porque solo hablan cuando tienen algo que decir.

Parvati pasó diez segundos sin decir nada mientras se ajustaba el *lehenga* con la mano libre, ceñía la cintura, alisaba la falda y fruncía el volante del dobladillo.

—¿Qué pasa? —Zara entrecerró los ojos—. ¿Pasa algo malo? Tu *lehenga* está perfecto. También sabes que estás impresionante. Así que todo este ajustarse la ropa significa que tienes algo que decir que crees que no quiero oír.

—Jay no es muy hablador. —Parvati arqueó una ceja—. También está bueno con mayúsculas…

—No seas tonta. —Zara tomó un sorbo de champán, dejando que el dulce y efervescente líquido permaneciera en su lengua—. Es el último hombre con el que querría estar. No tenemos absolutamente nada en común. De hecho, es todo lo contrario a mí.

Tampoco estaba interesado en ella, como demostró su brusca despedida en el *sangeet* la noche anterior. No le había gustado su tono cortante cuando ella solo intentaba ayudar, sobre todo después de que él la hubiera estrechado entre sus brazos. Tan fuerte y firme. Segura. Durante unos dichosos instantes había sentido una gran sensación de calma. Debería haber imaginado que no duraría.

La tía Mehar anunció la inminente llegada de los novios, y Zara y Parvati se reunieron con los demás cerca del salón de baile. La tía Salena se había excedido con su decoración. Unos enormes arreglos de flores rosas y naranjas colgaban del techo sobre las mesas, que estaban engalanadas en rojo y morado y tenían unos centros de mesa florales muy elaborados. Dos columnas que replicaban estatuas de la diosa griega Afrodita flanqueaban la mesa principal, y lámparas con forma de hadas y farolillos centelleaban en todos los rincones.

Zara sacó el móvil y tomó unas cuantas fotos para su carpeta de las bodas. No es que pensara casarse, pero algún día Parvati conocería a alguien especial y quería estar preparada para ser la mejor dama de honor del mundo.

Siempre la dama de honor. Nunca la novia. Por alguna razón, las palabras no le sentaron tan bien como de costumbre.

Jay acercó su silla a la mesa de los solteros y maldijo a todos los grupos de *bhangra* que habían existido nunca.

Si Tarun no hubiera contratado un grupo de *bhangra* para su *baraat* aquella mañana, Jay se habría saltado la procesión del novio (bulliciosa, vibrante y llena de música) y habría podido trabajar unas horas en la oficina antes de la ceremonia. Pero a la madre de Jay le encantaba la música alegre y rítmica, y no podía obligarla a ir sola a la celebración.

Si no fuera por el grupo de *bhangra*, Jay no se habría fijado en que uno de los músicos se parecía mucho a Zara. Aquel hombre de mediana edad, con cabello moreno y abundante y una radiante sonrisa, había aumentado la energía con sus golpes de *dhol* y marcado el ritmo de los bailarines, que llevaban trajes rojos y morados a juego. Tampoco habría preguntado al hombre que tenía al lado si conocía al batería. El hombre no se habría presentado como Ajay Singh y no habrían entablado conversación. Ajay no habría mencionado que era viudo y que había pensado saltarse la recepción porque se sentía demasiado viejo para sentarse en la mesa de los solteros. La madre de Jay no le habría ofrecido el asiento de Jay en su mesa. Y Jay no habría tenido que ocupar el lugar de Ajay con los solitarios solteros.

Sin duda, había sido culpa de aquel grupo de música.

Una mujer con un vestido rosa con volantes inició una ronda de presentaciones. Un primo lejano con perilla puntiaguda. Un compañero de universidad que parecía haber estado en el bar desde que abrió. La compañera de trabajo de Tarun, que se había separado del resto de sus amigos del trabajo y no podía estarse quieta. Estrechó la mano de Kamal antes de tomar asiento. El tipo lo había alcanzado en el bar tras la partida de *paintball* para disculparse por haberle disparado a la espalda y le había invitado a un chupito de *whisky* para resarcirse.

—Una de estas sillas debe de ser para Zara —dijo Kamal, señalando las dos sillas vacías que había al lado de Jay—. Vi su nombre en la lista de nuestra mesa.

A Jay el corazón le dio un vuelco. Inclinándose hacia un lado, leyó la elegante caligrafía de la tarjeta más cercana. ZARA. Los hados habían conspirado; aún estaba por verse si a su favor o en su contra.

Pero ¿dónde estaba? Buscó con la mirada por la sala del banquete y la vio haciendo fotos a Tarun y María frente a la mesa principal. Destacaba incluso en una sala llena de color. Era su espíritu, decidió mientras la observaba yendo y viviendo para hacer fotos desde distintos ángulos, una chispa que la hacía brillar.

Con la mano libre, hizo un gesto a Tarun y María para que se colocaran frente a una de las columnas que flanqueaban la mesa. Tarun dio un paso atrás y luego otro. Su espalda chocó contra la columna y la estatua se salió de su sitio. Esta se tambaleó sobre uno de sus extremos y después cayó al suelo con un ensordecedor estruendo. La cabeza de la estatua se separó del cuerpo y rodó con el impulso de la caída.

—Yo la alcanzo. —La voz de Zara resonó en el silencio del salón de baile. Empujando a un paralizado Tarun, persiguió a la cabeza rodante. Su falda levantada dejó al descubierto dos piernas largas, torneadas y bronceadas, así como unos tacones de aguja plateados que repiquetearon en el suelo embaldosado.

Jay no podía apartar los ojos. Aquella mañana había estado temiendo que llegara la noche. El corazón le latía con fuerza por la emoción de la persecución y se sentía muy vivo.

—¡La tengo! —Agarró la cabeza y la sostuvo en alto con una mano ante los vítores del público.

Debería haberle extrañado que la pusiera sobre la mesa, pero ya esperaba cualquier cosa cuando se trataba de Zara.

Se presentó a sus compañeros de mesa y colocó la cabeza junto al vaso de agua de Jay, con sus ojos sin pupilas clavados en su alma.

—Otra vez tú —dijo ella sin esbozar una sonrisa siquiera—. No debería haberme cortado las uñas esta mañana.

—¿Perdón? —Jay era un hombre lógico. Las conversaciones solían empezar con un saludo, seguido de frases corteses y luego esa cháchara que despreciaba pero que tenía que aprender para poder trabajar como director general de una gran empresa.

—Su tía cree que cortarse las uñas un sábado trae mala suerte. —Parvati se sentó al lado de Zara, mientras hacía un breve saludo.

—No te importa que deje ahí la cabeza de Afrodita, ¿verdad? —Los brazaletes de Zara tintinearon cuando acarició el cabello de escayola—. No quiero que nadie tropiece de camino al bufé.

—¿Es una pregunta retórica? —Se estremeció bajo la invidente mirada de Afrodita—. Claro que me importa. ¿No podrías pedirle a algún camarero que se la lleve, o incluso volver a pegársela al cuerpo?

—Podría ponerla en tu regazo. ¿O eso te parecería demasiado excitante?

Su tono cortante le erizó la piel.

—¿Ahora es cuando hablamos de lo divertida que eres tú y el muermo que soy yo?

Ella se levantó con una sonrisa.

—Ahora es cuando os dejo solos a ti y a Afrodita para que os conozcáis, porque ella no se irá a ninguna parte hasta que acabe la cena.

Antes de que pudiera responder, Zara se levantó y abrazó a una mujer que tenían al lado en la mesa. Luego se dirigió a otra mesa para estrecharle la mano a un hombre. Unos instantes más tarde, estaba dándole vueltas a una niña que llevaba un vestido de fiesta de color rosa, y después habló con una mujer en silla de ruedas. Volvió a la mesa, empezó a contar una historia sobre su gato que hizo partirse de risa a todo el mundo, y luego siguió con una narración de sus desafortunadas citas en la mesa de los solteros durante la última temporada de bodas.

—¿Quién más se pregunta «¿Por qué yo?», «¿Cómo he acabado aquí cuando toda la gente guay está en una mesa para parejas?» y «¿Por qué soy un perdedor?». —Zara levantó la mano y recorrió la mesa con la mirada como si fuera una monologuista en el escenario—. No tenéis por qué preocuparos. Me gusta emparejar a la gente y, con mi historial de éxitos, no estaréis solteros por mucho tiempo. También evitaréis situaciones embarazosas, como hacer el amor en un armario de suministros con el padrino que en teoría está soltero (y que no lo está), o besar al hermano gemelo del novio (que en realidad es el novio).

—Para ser justos —intervino Parvati—, eran gemelos idénticos y ella no sabía que yo me había llevado al otro gemelo a casa.

—Ten cuidado con lo que deseas —continuó Zara—. Acabé jugando desnuda al ajedrez en una habitación de hotel con un maestro de ajedrez porque cometí el error de quitarme la ropa y decir: «Juguemos». Me gusta el ajedrez, pero después de una noche bebiendo y bailando, «torre al peón seis de la reina» no era el tipo de diversión que estaba buscando.

Y luego se marchó en un torbellino de risas, dejando a Jay con la mente repleta de imágenes que no resultaban adecuadas para una boda familiar.

—Se va a perder el bufé —señaló Jay cuando, por fin, llamaron a su mesa.

Kamal miró con nostalgia al otro lado de la sala, donde Zara hablaba con tres tías vestidas con saris de colores chillones.

—Ya volverá. Tú solo asegúrate de no estar cerca de ella hasta que tengas una muda de ropa.

—De hecho, la tengo. —Jay estaba orgulloso de no cometer dos veces el mismo error. Había traído un traje de repuesto por si volvía a sufrir un altercado con su ropa.

—¿Cuál es tu veneno, Jay? —Zara apareció en la cola del bufé unos minutos más tarde—. Déjame adivinar… Algo oscuro y picante que da mucho calor. ¿Tal vez el *rista*? ¿O un curri *naga*? —Ella lo observó, sacudiendo la cabeza—. Mmm… No, algo menos exótico. Creo que eres más un *vindaloo*. Rico y complicado, con profundidades ocultas. Cada bocado sacia tus papilas gustativas y te deja con ganas de más.

Inquieto por su análisis, que resultaba sorprendentemente acertado, se dedicó a llenarse el plato con la abundante comida del bufé. Los tíos indios lo utilizaban para aventurar si una boda sería un éxito, comentando y criticando el tipo de comida, el nivel de picante, la hora en que se servía y la variedad de platos. A medida que su fila avanzaba, Jay no podía imaginar que encontraran motivo de queja. Su decepción no vino por la cantidad o la variedad de la comida, sino porque tuvo que volver a la mesa antes de tiempo debido al pequeño tamaño del plato.

—Mi tía y mi tío prepararon la cena. —Zara regresó con el plato lleno a la mesa—. Son los dueños de El Molinillo de Especias. No voy muy a menudo a su restaurante de Sunnyvale, así que siempre es un placer. ¿Has pedido una *samosa*? Nadie las hace como la tía Jana.

—Tengo de sobra. —Señaló su montaña de comida. Los aromas a canela, cardamomo y clavo le hacían la boca agua.

—Si tuvieras de sobra, no te estarías comiendo mis *samosas* con los ojos. —Pinchó una *samosa* con el tenedor y la mojó en uno de los platitos con chutney que habían colocado en la mesa mientras estaban en el bufé—. Cómetela. Tengo que asistir a cuatro bodas más este verano. Tengo que ir a mi ritmo.

—No, gra...

Ella lo interrumpió metiéndole la *samosa* en la boca. Jay nunca había querido llenarse tanto la boca que pareciera una ardilla. Pero la etiqueta lo obligaba a comérsela, así que intentó masticar y tragarse el delicioso pastel relleno de patata sin pasar demasiada vergüenza.

—¿Qué te parece? —preguntó Zara.

Jay se limpió los labios con la servilleta.

—Creo que no era necesario que me la metieras en la boca.

—¿Acaso no es la mejor samosa que habías probado nunca?

Él se encogió de hombros a regañadientes.

—Sí.

—Entonces no hay más que hablar. —Se acomodó en su asiento—. Alégrate de que te la haya dado, porque se habrán acabado antes de que vuelvas al bufé a por más.

Jay dirigió su mirada hacia la cabeza que había sobre la mesa.

—¿Debería alegrarme también de nuestro invitado no deseado?

—¿No deseado? —Sus ojos se abrieron de par en par mientras alzaba la voz—. Es la diosa del amor, la fertilidad, la belleza y el deseo. ¿Quién podría ser más adecuado para una boda? Aunque… —se golpeteó los carnosos labios, pensativa— tiene su lado malo, pero no se la puede culpar por ello. ¿Quién no tendría problemas si hubiera nacido de la espuma marina que surgió de la sangre de Urano después de que su hijo menor, Cronos, lo castrara y arrojara sus genitales al mar?

La mujer de rosa se atragantó con la comida. El hombre de la perilla lanzó una carcajada. Jay cruzó las piernas, aunque las joyas de su familia no estaban en peligro.

—También tuvo muchas aventuras adúlteras —continuó Zara ante su ahora embelesada audiencia de solteros—. Sobre todo con Ares. Así que tal vez cortarle la cabeza sea lo mejor al fin y al cabo. —Levantó un tenedor con *biryani*—. ¿Sabíais que su nombre dio origen a la palabra «afrodisíaco»? O que su nombre en latín, «Venus», nos dio la palabra «venérea» para las enfermedades vené…

Jay la cortó levantando una mano.

—No quiero pensar en algo así mientras como.

—Yo pienso en cosas así todo el tiempo —dijo Zara—. Mi cerebro nunca descansa. A veces me gustaría que fuera más despacio.

—Quizá si te centraras en la comida… —sugirió con malicia.

—Buena idea. Me va mejor con el picante.

Si él pensaba que así había ganado tiempo para comer en paz, estaba muy equivocado. Solo había probado un bocado cuando ella volvió a hablar en voz baja.

—¿Qué sabes de las dos personas que están al otro lado de la mesa? ¿Te parecen compatibles? Ella se atragantó antes mientras estaban hablando.

—Sé que son dos adultos competentes que pueden encontrar a sus propias parejas.

—Jay —suspiró—, ¿tienes siempre que ser tan gruñón? —Partió su *naan* por la mitad—. He emparejado a Tarun y a María, y a muchas otras parejas felices. Durante esta temporada de bodas, tengo la intención de ayudar a algunos pobres solteros a encontrar a su media naranja.

—¿Les has preguntado si quieren que te metas en sus vidas? —Dio un mordisco a un tiernísimo trozo de cordero. El *korma* estaba sazonado a la perfección.

Su sonrisa no flaqueó en lo más mínimo.

—Yo los guio, no me entrometo. Lo que hago implica mucha habilidad.

—No hay habilidad en decir «A conoce a B».

Él no solía ser tan desagradable, pero disfrutaba provocándola. No solo porque ella estaba siempre a la altura de un desafío, sino porque así no se pondría a hablar con otras personas. Aunque no tenía sentido, la quería solo para él.

—No estoy hablando de presentar a dos personas al azar como hacen mis tías para ganar puntos en su competición —espetó ella, cada vez más enfadada—. Yo llego a conocer bien a la persona para que cuando aparezca la pareja ideal… —ella abrió los brazos y Jay se apartó por lo que veía venir—, ¡bum!, la golpee como un rayo. Amor verdadero.

—Nada de eso. —Añadió una cucharada de chutney de mango a su plato—. La idea romántica del amor implica sacrificarse sin esperar nada a cambio. Vivimos en un mundo donde la gente es egoísta por naturaleza, lo que significa que el verdadero amor no puede existir.

—¡Oh, Jay! —Le dio una palmadita en el brazo—. Ser tan ingenuo…

—Soy realista —replicó—. Las personas se juntan por intereses compartidos y no por ideales románticos. No hay magia ni química. No existe el amor verdadero.

Su madre decía que se había enamorado de su padre al verlo al otro lado de una habitación llena de gente, y mira cómo había acabado la cosa. Si su madre no hubiera tenido ideas tan románticas, nunca se habría casado con su padre y este no la habría abandonado en cuanto tuvo un bebé.

Zara mordisqueó un trozo de *naan*.

—Puedo sentir tu desesperación. Pero no te preocupes. A ti también te encontraré a alguien.

Jay sintió que se le formaba un nudo en el estómago.

—No tengo ni tiempo ni interés en una relación.

—Por fin tenemos algo en común. —Levantó la mano—. Choca esos cinco. Solteros para siempre.

Sintió una punzada de culpabilidad cuando le palmeó la mano. Le había prometido a su madre que se esforzaría por encontrar pareja. Pero no podía aceptar lo que no podía dar, y él no tenía nada que ofrecer después del devastador accidente que había puesto fin a su servicio en el ejército.

—¿Qué hay de ti? —replicó—. ¿Una casamentera que cree en el amor verdadero pero planea quedarse soltera para siempre? Creo que eso se llama «oxímoron».

—Creo en el amor y el romanticismo para los demás. —Zara se encogió de hombros y se le borró la sonrisa del rostro—. Estoy acostumbrada a tener muchas citas y poco juicio cuando se trata de hombres. El último con el que estuve resultó que estaba casado y tenía un hijo. Las relaciones no son para mí. Mi vida ya está completa con mi familia, mis amigos y el teatro. Además, acabo de empezar en un bufete de abogados y tengo que centrarme en el trabajo para que me quieran hacer socia.

—¿Eres abogada? —Supuso que tenía sentido. Había algo teatral en los tribunales y Zara era extrovertida, inteligente y no parecía tener miedo a decir lo que pensaba.

—Trabajo en Cruz & Lovitt. Estamos especializados en accidentes. —Zara sacó un montón de tarjetas de su bolso y le dio una antes de pasarlas por la mesa. Jay nunca había visto una tarjeta profesional con un tigre, pero a ella le quedaba bien.

—La guardaré en el archivo. —Se metió la tarjeta en el bolsillo.

—Quería ser abogada para la industria del entretenimiento. —Esbozó una resignada sonrisa—. Pero no me fue bien. Le di mi tarjeta a Chad Wandsworth el fin de semana pasado y me dijo que le gustaba el tigre. Espero que alguno de sus amigos famosos se lesione de gravedad (por motivos puramente profesionales) y él diga: «Oye, deberías llamar al bufete del tigre», y entonces tendré un cliente famoso, que es un paso más para hacer realidad mi sueño.

—Trabajo con famosos todo el tiempo. —Le costaba concentrarse en sus palabras teniéndola tan cerca. Olía a miel y canela y a los dulces que su madre solía traerle todos los viernes del trabajo—. Mi empresa presta servicios de vigilancia a dignatarios extranjeros, multimillonarios, políticos, equipos deportivos, estrellas de cine y de Broadway...

—¿Estrellas de cine y de Broadway? —Zara lo agarró de la corbata y tiró de él hasta que sus narices prácticamente se tocaron—. Nombres. Dame nombres. ¿A quién has vigilado? ¿A alguien superfamoso? ¿O de segunda fila? ¿Alguien que haya actuado en *Hamilton*? —Tenía toda la atención puesta en él y era difícil no dejarse atrapar por la profundidad de sus ojos marrones.

—Nuestra lista de clientes es confidencial.

—¿Has trabajado para Lin-Manuel Miranda? —Ella llevó la cabeza hacia atrás y lanzó el tipo de gemido que él solo le había oído a una mujer entre las sábanas—. ¿Cómo es? Dímelo. No, no me lo digas. Estamos en público y no quiero hacerme responsable de lo que pueda pasar.

Jay abrió la boca, pero no salió ninguna palabra. Se había convencido a sí mismo de que no había química entre ellos. Pero ahora, con su rostro a escasos centímetros, se sintió abrumado por el deseo de saborear sus labios.

—Vamos, Jay. —Ella se acercó a él. Los destellos dorados de sus ojos brillaban y su voz era un ronroneo que él sintió como una punzada en la ingle. ¿Había conocido alguna vez a una mujer con las pestañas tan largas? Juraría que, cada vez que ella parpadeaba, sus pestañas aleteaban sobre las mejillas.

—Tan solo un nombre —suplicó—. Un nombre pequeñito con el que pueda fantasear cuando esté sola en la cama esta noche. —Se pasó lenta y sensualmente la lengua por el labio inferior—. O, mejor aún, una presentación. No te arrepentirás.

Jay tragó saliva y se aflojó el cuello de la camisa. El deseo, que hasta ahora había mantenido bajo control, empezó a descontrolarse. Sabía que no debía preguntar, pero las palabras le salieron igual de la boca.

—¿Qué quieres decir con «No te arrepentirás»?

—¿Tú qué quieres, Jay? —Su aliento le rozó la mejilla—. ¿Qué es lo que más deseas? ¿Dominar el mundo? ¿Diez glamurosas modelos en una limusina? ¿Tu propia isla? ¿Un suministro interminable de *samosas*? ¿Seis corbatas de seda azul? ¿Unos balances contables perfectos? ¿Una noche de sexo salvaje sin ataduras?

Se le secó la boca.

—¿Estás sugiriendo que te acostarías conmigo si te presento a alguien?

La sorpresa y luego el pavor cruzaron el rostro de Zara, acabando de golpe con su deseo.

—No me refería a mí. —Ella soltó una carcajada—. No estoy tan desesperada.

Se quedó boquiabierto. ¿Hablaba en serio?

—¿Crees que solo una mujer desesperada se acostaría conmigo?

—No —dijo ella rápidamente, formando una mueca con los labios—. Quiero decir que no estoy tan desesperada como para acostarme con alguien por eso. —Levantó la barbilla—. Pero podría encontrarte a alguien si es necesario… cueste lo que cueste.

La miró atónito.

—¿Contratarías a una prostituta?

—Jay —ella lanzó un exasperado suspiro y se dejó caer en la silla—, ¿por qué siempre piensas en los extremos? Soy una casamentera. Puedo encontrarte una pareja.

—¿Para una noche?

Su cerebro seguía atascado en «sexo salvaje» y no lo soltaba.

Ella esbozó una lenta sonrisa.

—Puedo hacerlo mejor. Encontraré a tu pareja ideal. Será el desafío de mi vida. Te protegeré de los peligros de las citas y de una vida solitaria en la mesa de los solteros; todo por el módico precio de presentarme a un famoso.

Jay no necesitaba ninguna pareja. No necesitaba una novia, ni una esposa, ni siquiera un rollo de una noche. El trabajo ocupaba todo su tiempo. Tenía su objetivo al alcance de la mano. La soledad era el precio a pagar por el éxito. Pero le había hecho esa promesa a su madre y la mujer que le había disparado en el culo le ofrecía ahora una forma de cumplirla.

No podía negar que le había picado la curiosidad. Y no se trataba solo de un juego. Ella había tocado algo en su interior. Algo que había escondido bajo la oscuridad que lo despertaba noche tras noche. Podía sentirlo cuando estaba con Zara. Ella había irrumpido en su vida como un huracán y, después de años entumecido por dentro, se sintió tentado a capear el temporal.

—¿Hola? ¿Jay? ¿Estás ahí? —Le golpeó la cabeza con los nudillos y todas sus terminaciones nerviosas se dispararon a la vez—. ¿Tenemos un trato?

Incluso mientras dudaba, su boca traicionera formó la palabra:

—Sí.

—¡Síííííí! —Ella agitó su puño en el aire—. Va a ser divertido. Sé que esta palabra no forma parte de tu vocabulario, pero cuando acabe contigo lo será.

—Eso suena a amenaza. —¿Por qué había accedido? Él no quería «diversión». Ni siquiera quería una pareja. Tal vez le había echado algo en el vino.

—Es una promesa. —Rebotó en su asiento con un entusiasmo contagioso—. Necesito conocerte mejor para encontrar a tu pareja ideal. ¿Por qué no disfrutas del tiempo que pasemos juntos?

—¿No puedo rellenar un simple formulario con mis datos e intereses?

Zara sacudió la cabeza con un suspiro.

—Jay. Jay. Jay. Yo solo emparejo a personas que conozco. No voy a juntar a una amiga o una pariente con un tipo cualquiera que acabo de conocer en la mesa de los solteros.

—No soy un tipo cualquiera —resopló—. Nos conocimos en el *paintball* y luego otra vez en el *sangeet*. Hemos estado aquí sentados hablando toda la noche. Soy un hombre sencillo. Ya has visto todo lo que hay que ver.

—He visto la superficie. Ahora necesito ver lo que hay debajo. —Le dedicó una amplia sonrisa—. No estés tan preocupado. No te robaré mucho tiempo. Dos o tres entrevistas como mucho. ¿Qué te parece el miércoles por la tarde? Tengo reuniones para llegar a un acuerdo el lunes y el martes, el Tribunal Superior de Justicia el viernes, y el miércoles por la mañana…

—Mi abogado estará en el Tribunal Superior de Justicia el miércoles por la mañana —dijo Jay, interrumpiéndola—. Estamos intentando que se desestime un caso contra nuestra empresa en los tribunales.

—Perfecto. Iré a tu oficina el miércoles por la tarde y podrás hablarme del tipo de mujer que sacude el mundo de Jay Dayal.

Jay no tenía ni idea de qué clase de mujer sacudiría su mundo, pero la perspectiva de pasar tiempo a solas con Zara no le resultaba desagradable. Tal vez había una mujer ahí fuera capaz de manejar la oscuridad que albergaba su interior.

Tras un rápido intercambio de números, Zara se puso de pie y levantó la cabeza de Afrodita.

—Será mejor que vaya a entregar esto. Le dije al encargado que yo me ocuparía hasta que acabara la cena. ¿Quieres darle un beso para que te dé buena suerte?

—No. —Llevó la silla hacia atrás e hizo un ademán para alejarla.

—Solo un beso. —Ella se acercó un paso y tropezó con su pie, cayendo encima de él. Con los reflejos que le habían proporcionado los años de entrenamiento militar, atrapó a Zara mientras el impulso los tiraba al suelo.

Solo unos segundos después de caer, vio un rostro familiar que lo miraba desde arriba.

—Hola, mamá.

—Jay —arqueó una ceja—, si hubiera sabido que ibas a divertirte tanto, te habría enviado a la mesa de los solteros hace años.

8

El problema de repartir tarjetas de visita en las grandes celebraciones era que luego aparecían personas con historias muy extrañas.

—¿Qué ha sido ahora? —preguntó Janice cuando Zara vio salir por la puerta a la sobrina del marido de la prima tercera de su padre. La recepcionista del bufete era experta jugando al *Candy Crush* en el teléfono mientras fingía trabajar.

—Un caso de negligencia médica del tipo «¡Ups! Me lo dejé dentro del cuerpo» —respondió Zara—. Es el segundo de hoy. ¿Cuál es mi próxima cita?

—Compruébalo en el calendario *online*. Estoy intentando superar este nivel.

A sus sesenta años, Janice había sido despedida de tres bufetes de abogados porque su tosca personalidad y particular estilo habían ofendido a los clientes. Esbelta y tonificada por los intensos entrenamientos que hacía en el gimnasio y con el largo cabello teñido de un rubio dorado, hoy llevaba una camiseta rosa de pronunciado escote en la que se leía «No lamas el poste», de sus días de bailarina de *striptease* en el club Big Banana de la calle Broadway. A pocos años de su jubilación, Janice no tenía ningún interés en cambiar, pero Tony y Lewis eran partidarios de dar a la gente una segunda oportunidad o, en su caso, una cuarta. Todos los que trabajaban en Cruz & Lovitt habían sido contratados, básicamente, porque no tenían adónde ir.

Zara echó un vistazo por el pasillo.

—Tony viene para acá.

Janice dejó caer el teléfono sobre su regazo, transformándose en una servicial recepcionista en un santiamén.

—¿En qué puedo ayudarle?

—Próxima cita.

—Taara Patel. Supongo que es otra de tus parientes que viene a por… —miró a Tony por encima del hombro y alzó la voz— asesoramiento jurídico gratuito. ¿Qué has hecho? ¿Poner una valla publicitaria en algún sitio?

—Repartí cientos de tarjetas en una boda el pasado fin de semana. —Se cruzó de brazos—. ¿Por qué siempre me lo pones tan difícil?

—¡Porque nunca te molestas por nada! —gritó Janice—. No es normal. Aunque ocurran cosas malas, tú sigues sonriendo. Alguien tiene que rascar esa capa de teflón y enseñarte que el mundo no es de color de rosa.

—Sé muy bien cómo es el mundo —dijo Zara—. Soy hija de padres divorciados. He vivido muchos desastres autoinfligidos y he perdido dos trabajos y varios novios. El hecho de que elija ser positiva no me convierte en mala persona.

—¿Quién es mala persona? —preguntó Tony, alcanzando el final de su conversación.

Zara enarcó una ceja y miró fijamente el teléfono que Janice tenía en el regazo.

—Nadie. —Janice forzó una sonrisa—. Aquí todos somos buenos. Buena gente. Buenos tiempos.

De camino a su despacho, Zara informó a Tony del caso y le dijo que los costes podrían ser un problema si iban a juicio. La única opción era un acuerdo de contingencia, por el que, al acabar el caso, el bufete recibiría un porcentaje del dinero que pudiera conseguirse.

—Aunque aprecio tus grandes valores familiares —dijo Tony—, aquí llevamos un negocio. Necesitamos clientes que puedan pagar. —Sacó su espada láser y la blandió en el aire, llenando el pasillo de luz y sonido.

—¿Me estás amenazando con usar conmigo tu espada láser de juguete si no traigo clientes que puedan pagar? —Zara ya sabía que le iba a permitir llevar el caso. Él solo desenfundaba la espada láser si estaba de buen humor.

—No es un juguete —dijo Tony en tono seco—. Es una réplica que funciona perfectamente. Y claro que no te estoy amenazando. Eso sería ilegal y una violación de las normas de conducta profesional del colegio de abogados. Simplemente tenía ganas de practicar mientras manteníamos una conversación sobre la importancia de equilibrar los clientes que pagan y los que no. —Apagó la espada láser y la hizo girar con el pulgar antes de enfundarla como un pistolero profesional—. Sin embargo, como acabo de ganar una puja por el cinturón de Han Solo que aparecía en la película original de *La guerra de las galaxias*, dejaré que lleves el caso mediante contingencia.

—Gracias.

Cada nuevo caso era otro paso hacia un puesto indefinido, y siempre agradecía la oportunidad de ayudar a su familia.

—Bien hecho por traernos el caso —continuó—. Siempre me gustó una buena demanda de «¡Ups! ¡Me lo dejé dentro!». Cuando acabes con el caso, mete las tijeras en nuestro tarro de los trofeos. Tenemos esponjas, retractores, pinzas y clips, tubos de aspiración, gasas, tenedores…

—¿Tenedores? ¿Cómo entraría un tenedor en una cavidad corporal?

—¿Quién sabe? Quizás al cirujano le entró hambre en mitad de la operación. Yo siempre tengo antojo de bistec tártaro cuando veo *Anatomía de Grey*.

Zara, que iba preparada para ver solo a una tía, se sorprendió cuando Taara llegó con la tía Lakshmi y la tía Mehar a cuestas.

—Me gusta tu nuevo despacho, *beta*. —Mehar se acomodó en la silla que había frente al escritorio de Zara—. Y ese hombre de ahí con el gorro verde.

Divorciada a los treinta y cinco años y profesora de danza Bollywood tras un cambio de carrera, Mehar siempre iba a la caza de hombres solteros atractivos. Como de costumbre, iba vestida con elegancia, maquillada a la perfección y con el pelo cortado para acentuar su rostro con forma de corazón. En cambio, Taara parecía cansada y agobiada, sin duda, de tanto perseguir a sus dos hijos.

Lakshmi, la astróloga de la familia, llevaba varias capas de ropa desparejada y el largo cabello trenzado a la espalda.

—No te conviene —dijo Lakshmi—. El kiwi que he desayunado hoy estaba en mal estado. Eso significa que hay que evitar a los hombres que lleven un gorro verde.

—Lo que pasa es que te lo quieres quedar. —Mehar resopló—. Y que el kiwi estuviera malo solo significa que no sabes escoger la fruta.

—Dejad de pelearos. —La tía Taara se sentó al lado de Mehar y le entregó a Zara un táper—. He hecho un plato fusión especialmente para ti: Tex-Mex al curri de besugo con chucrut encurtido.

—Seguro que está delicioso. —Zara aceptó el táper con una mano temblorosa. Toda la familia sabía que no debían comerse los brebajes de Taara. Zara había oído el rumor de que el prometido de su prima Daisy, Liam, se había comido un táper entero del infame estofado de tiburón de Taara, pero no se lo creía—. Me lo comeré para cenar. Pensaba trabajar hasta tarde, así que ya no tendré que pedir comida a domicilio.

Taara sonrió.

—¡Qué buena chica eres!

—Supe que sería una buena chica cuando nació en una noche de luna llena. —La tía Lakshmi se tiró de la trenza—. Pero su camino no es fácil. Tiene muchas colinas y valles. Muchas sombras. El otro día vi una cabra en Potrero Hill con un ojo verde y otro azul, y eso significa que los muertos vivientes ayudarán a aliviar la carga de Zara. También las naranjas enanas.

—O quizá significa que una de las empresas ganaderas de la ciudad ha reintroducido las cabras para acabar con las plantas invasoras —dijo Mehar en tono seco—. Y puede que la gente también esté incorporando las frutas exóticas en su dieta.

Lakshmi se tensó.

—Las cabras son conocidas por ser las portadoras del futuro. Las naranjas enanas no tienen nada que ver con ellas. Tienen su propio camino.

—¡Valeeeeee! —Zara alzó la voz para cortar una conversación que estaba tomando un derrotero que no quería seguir—. Dime, ¿qué puedo hacer por ti?

—Esto. —Taara le tendió una pequeña cámara de color negro—. Estaba repartiendo tus tarjetas por las mesas de la boda cuando pensé: ¿por qué no pedirle a Zara su opinión sobre este problema? Verás, compré una cámara de seguridad para vigilar a mis hijos cuando juegan en el sótano. Esta cámara es la más popular. Puedo ver a los niños en mi aplicación y hablar con ellos mediante la función de audio bidireccional. Me gustó tanto que se la recomendé a todos mis conocidos. Parecía estar funcionando bien, hasta que el otro día un hombre les habló a los niños a través de la cámara cuando estaban jugando. Les dijo un insulto racista y los animó a hacer gamberradas.

—Para ser justos —murmuró Mehar—, nadie necesita animar a tus hijos a hacer gamberradas. Todavía estoy pagando los cristales de las ventanas que rompieron la última vez que vinisteis a casa, y a mi gato todavía no le ha crecido el pelo.

Zara estaba de acuerdo. Los hijos de Taara eran conocidos por ser traviesos y solo se estaban quietos cuando veían jugar a su equipo de *hockey* favorito. Llevaban camisetas de los Sharks, dormían con ropa de cama de los Sharks y tenían disfraces de tiburón de espuma de tamaño real para llevar a los partidos que se celebraban en casa.

—¿Qué pasó luego? —preguntó para desviar la atención de las quejas farfulladas de Mehar.

—Los niños me llamaron, bajé y me enfrenté a él. —La voz de Taara se alzó con nerviosismo—. Dijo que había pirateado nuestro sistema de seguridad y que tendría que pagar un rescate en bitcoins para detener su ciberataque. Desactivé la cámara y llamé a la policía. Me dijeron que no podían hacer nada porque no podían rastrear a nadie. Entonces me puse en contacto con el fabricante. Dijeron que la culpa había sido mía por usar una contraseña débil. —Sacó su teléfono y le dio la vuelta para mostrar a Zara una cadena de doce letras y símbolos aleatorios—.

Esta es la contraseña. No es débil para nada. El problema está en su sistema.

Zara hizo una pausa en su toma de notas.

—¿Pudieron acceder a información sensible, como cuentas bancarias…?

—¡A mis hijos! —Taara se inclinó hacia delante—. Miraba a mis hijos, les hablaba, los asustaba. Invadía nuestra intimidad. Nos sentíamos vulnerables. Y no soy la única a la que han atacado; Mehar y Lakshmi también fueron amenazadas por este hombre. No es correcto. La empresa no debería vender estos productos. Las familias están en peligro.

—Hablaré con los socios y lo investigaré —dijo Zara, mientras reflexionaba sobre posibles causas de acción judicial—. Este tipo de casos son complicados porque es difícil demostrar que se ha sufrido algún daño aparte de la violación de la intimidad.

Después de recopilar la información y completar toda la documentación, se levantó para acompañar a sus tías a la puerta, pero no parecían tener prisa por marcharse.

—Te hemos traído una sorpresa —dijo Mehar con una sonrisa—. Una grande.

—Es un hombre —añadió Lakshmi—. Ideal para el matrimonio.

—Se suponía que no debías decírselo —espetó Mehar—. En eso consiste una sorpresa.

A Zara se le heló la sangre. Debería haber imaginado que tramaban algo. Taara podría haber venido a discutir el caso por su cuenta.

—El sobrino de la hermana de la prima de Deepa estaba en Krishna Fashions cuando fuimos a recoger nuestra ropa para la boda. —Mehar le dedicó una soñadora sonrisa—. Es muy guapo. Bueno con su familia. Y tiene un buen sueldo. Está esperando en recepción. Taara lo irá a buscar.

Zara miró a sus tías cuando Taara se hubo marchado.

—Lo has secuestrado, ¿verdad?

—Claro que no —dijo Mehar—. Solo le di a escoger: cenar en casa de Taara o venir a conocerte.

Taara regresó sin aliento unos instantes después.

—Se ha escapado. Tenemos que seguirle la pista.

—Quizá deberías tomártelo como una señal de que no está interesado —señaló Zara mientras se dirigían a la puerta.

Lakshmi frunció el ceño.

—¿Quién no estaría interesado en nuestra Zara?

—Te sorprenderías. Soy demasiado intensa para la mayoría de los hombres.

Pero no para Jay. A pesar de que le había disparado, tirado encima la bebida y hecho caer de la silla, había accedido a que ella le encontrara pareja. Nada le molestaba. Era tan tranquilo que ella sentía que podía respirar cuando lo tenía cerca. Sereno. Seguro. Era inquietante y peligroso. Cuanto antes le encontrara una pareja, mejor.

9

—No me lo puedo creer. —Jay le abrió la puerta de la sala de juntas a Lucía Sánchez, socia sénior de Tillbert & Huttle y abogada corporativa de J-Tech. Se había pasado por allí después del juicio para discutir sobre su fallida moción para que se desestimara el caso del *hacker*—. Primero el juez se niega a desestimar la demanda y ahora Triplogix se niega a llegar a un acuerdo.

—No me preocupa. —Lucía pasó por su lado y entró en el vestíbulo de las oficinas de J-Tech. Alta, delgada y vestida de forma impecable con un traje de chaqueta negro entallado y una camisa blanca, Lucía tenía fama de ser un tiburón en los tribunales. Con la expansión internacional de J-Tech en peligro, Jay necesitaba su instinto asesino para acabar con cualquier pleito—. Has contratado a la mejor y eso significa que nos libraremos de esta demanda antes de que vaya a juicio.

—Eso dijiste antes de la vista. —Sabía que estaba siendo injusto, pero el futuro que había soñado para su empresa estaba en juego.

—Lo dije en serio. Todavía estamos muy lejos del juicio. Nada está escrito en piedra.

Esperaba que así fuera, pero cuanto más se alargara, menos posibilidades tendrían de conseguir financiación por parte de Westwood Morgan. De no ser por la reunión que había concertado con Zara, se habría encerrado en su despacho y habría intentado enterrar su frustración bajo papeleo.

—Parece que alguien está celebrando una fiesta —dijo Lucía mientras el sonido de risas y parloteo se extendía por el pasillo.

—Estoy seguro de que no —dijo con firmeza. Y, si así fuera, rodarían cabezas. J-Tech ya había sido acusada de conducta poco profesional en el pleito de Triplogix. No quería que Lucía pensara que las acusaciones podían ser ciertas.

—¡No puedo creer que Jay se cayera de la silla! —La voz de Jessica sonó desde la recepción. La recepcionista de J-Tech tenía un característico acento australiano y una tendencia a hablar a todo volumen.

—Me agarró a mí y a la cabeza de Afrodita. Fue increíble.

Conocía esa voz. Su pulso se aceleró al doblar la esquina de la recepción. Zara levantó la vista del escritorio de Jessica y sonrió.

—Estábamos hablando de ti.

Vibrante con un vestido verde esmeralda y un fular de colores, iluminaba la blanca y acristalada recepción, y llenaba el pequeño espacio con su energía.

Consciente de que Lucía estaba a su lado, frunció el ceño al ver a Jessica y al resto del personal administrativo agolpado alrededor de su mesa.

—¿Por qué no está trabajando nadie?

—Es culpa mía —dijo Zara—. Quería hacerme una idea del tipo de empresa que sois, así que le pregunté a Jessica si podría hablar con algunos empleados. Tenían muchas anécdotas que contar.

—¿Qué anécdotas? —Nunca se le había ocurrido que sus empleados pudieran cotillear a sus espaldas. No es que hubiera nada que contar. Llegaba puntualmente al trabajo cada mañana a las siete y se iba cada noche a las diez. Salvo para jugar al *squash* con Elías al mediodía y hacer ejercicio por la noche, rara vez salía de la oficina.

—No te preocupes. —Levantó un portapapeles—. Aquí lo tengo todo apuntado. Estoy volviendo a la vieja escuela del papel y el boli porque no puedo tomar buenas notas con el teléfono.

Jay le presentó a Lucía y ella estrechó la mano de Zara.

—Me alegro de volver a verte. Me gustó mucho conocerte. Siento que no fuera bien.

—¿Os conocéis? —preguntó Jay.

—Me hicieron una entrevista en el bufete de Lucía —dijo Zara—. Estás en buenas manos. Es la mejor cuando se trata de litigios corporativos. ¿De qué va el caso?

Jay no dudó en compartir información. El caso era de dominio público.

—Uno de nuestros principales clientes sufrió una violación de la seguridad de sus datos. Nosotros nos encargábamos de la seguridad física del edificio. Han demandado tanto a J-Tech como a su proveedor de ciberseguridad, alegando que alguien entró en su oficina y descargó un virus en su sistema. Es imposible que eso ocurriera. Hemos revisado las grabaciones de seguridad y confío en lo que dicen mis hombres. Lucía ha estado hoy en el juzgado intentando que se desestimara el caso, pero el juez no ha dado su brazo a torcer.

—Tal vez lo hicieran desde dentro —dijo Zara en tono despreocupado—. Jimmy, el exnovio de mi compañera de piso, solía infiltrarse en las empresas para robar información confidencial y venderla al mejor postor. Por eso estaba tan nerviosa en la entrevista.

—Eso me estuve preguntando —dijo Lucía—. Parecías un poco distraída.

Una mueca de dolor cruzó el rostro de Zara antes de sonreír.

—Tuve un mal día. Mi compañera de piso, Parvati, acababa de romper con Jimmy y se había estado atiborrando de comida cuando él apareció borracho en la puerta. Tuve que poner paz entre ellos hasta que llegó la policía.

—¡Madre mía! —Lucía arqueó una ceja perfectamente depilada.

—Jimmy pertenecía a la mafia. —Zara se encogió de hombros como si los vínculos de Parvati con la mafia no fueran gran cosa—. No me sentí nada segura cuando me hizo con los dedos la señal de «Te estoy vigilando» y luego la de degüello. Me recordó a la cabeza de caballo en la cama… —Sacudió la cabeza—. No estaba preparada para algo así. Acababa de comprarme ropa de cama y ya sabéis lo difícil que es quitar la sangre de caballo de las sábanas.

Lucía no se perdía ningún detalle.

—La verdad es que no.

—No es fácil —dijo Zara—. Así que llamé a mi primo Aamir. Trabaja en el Departamento de Policía del Sur de San Francisco, y él y su compañero vinieron a ocuparse de Jimmy.

¿Debería acabar con esa conversación? No creía que Zara quisiera contarle embustes a la socia sénior de uno de los bufetes más importantes de la ciudad. Pero ¿y si no se lo estaba inventando? ¿Y si Parvati tuvo un novio en la mafia y Zara sabía lo difícil que era quitar la sangre de caballo de las sábanas? Tenía que saberlo.

—Entonces, ¿qué pasó?

Zara lanzó un suspiro.

—Jimmy está desaparecido. Creo que vive en Florida. Él y Parvati arreglaron las cosas antes de marcharse. Si no le hubiera cortado los dedos al compañero de Aamir, todo habría ido bien. De todos modos, se me hizo tarde limpiando toda la sangre y tuve que darme prisa para llegar a la entrevista. Por eso no estuve en mi mejor momento...

Se interrumpió cuando Lucía hizo una mueca. Jay aprovechó la ocasión para intervenir.

—Acompaño a Lucía a la puerta y luego nos reunimos. —Se dirigió hacia la puerta, pero Lucía no lo siguió.

—¿Dónde has acabado trabajando? —le preguntó Lucía a Zara.

—Con Cruz & Lovitt. —Zara canturreó una canción publicitaria, acabando con manos de jazz—. ¿Te suena?

—Sí. —Lucía esbozó una sonrisa—. Tenéis el tigre de mascota.

—Todo el mundo conoce al tigre. —Zara entregó una tarjeta de visita a Lucía—. Por si alguna vez necesitas asesoramiento legal. Somos el mejor bufete de accidentes de la ciudad.

—No me sorprende. Tony Cruz era el primero de nuestra clase en la Facultad de Derecho. —Lucía guardó la tarjeta en el bolso—. Siempre me pregunté dónde había ido a parar. Tenía un talento increíble, pero no encajaba en el molde tradicional. Llevaba el pelo largo y tatuajes y se negaba a llevar corbata.

—Sigue sin ponerse corbata —rio Zara—. Pero se ha cortado el pelo unas cuantas veces.

Cuando Lucía se hubo marchado, Jay envió a sus empleados de vuelta al trabajo, recordándose que debía averiguar lo que se había estado hablando sobre él y la forma de evitar futuros cotilleos.

—Llegas pronto —le dijo a Zara—. Había reservado dos horas y cuarenta y cinco minutos para nuestra reunión porque creía que vendrías a las tres.

—Quería tener tiempo para hablar con tus empleados. —Zara se encogió de hombros—. Puedo volver más tarde.

Eso era lo último que quería. Ella ya le había alegrado un día que, de otro modo, habría sido horrible.

—Lucía también se presentó de forma inesperada, así que tuve que reorganizar algunas reuniones. No pasa nada.

—A veces me pregunto si debería haber aceptado la oferta de Lucía —reflexionó Zara mientras lo seguía a su despacho—. Su bufete tiene un Departamento de Derecho del Entretenimiento. Ya habría conocido a unos cuantos famosos, quizá incluso me habrían invitado a los Oscar.

¿Había malinterpretado su conversación con Lucía?

—Creía que la entrevista no había ido bien.

—Y no fue bien —dijo—. Mi cabeza no estaba donde tenía que estar después de lo que había pasado. No puedes hacer una entrevista después de haber estado limpiando sangre y corriendo de aquí para allá con un cubo de hielo recogiendo dedos cortados. Todavía estoy avergonzada por lo mal que salió.

Aminoró la marcha cuando estuvieron cerca de su despacho y se volvió para mirarla.

—No pudo ir tan mal si te ofreció el puesto.

—Me ofreció el puesto porque fui la mejor de la clase y jamás perdí un caso en mis dos bufetes anteriores. Por desgracia, mis métodos eran muy poco ortodoxos para ellos, así que tomamos caminos separados. Lucía me entrevistó para hacerle un favor a mi madre cuando yo estaba buscando trabajo, y supongo que le gustó lo que vio. Pero para entonces yo ya sabía que nunca encajaría en un gran bufete, así que lo rechacé para trabajar en Cruz & Lovitt.

Su cerebro seguía atascado en los dedos cortados.

—¿Así que la anécdota sobre el novio mafioso era verdad?

—No iba a mentirle a la socia sénior de uno de los mayores bufetes de la ciudad. —Garabateó algo en su portapapeles.

—¿Qué has escrito? —Preso de la curiosidad, intentó mirar por encima del hombro, pero ella se apartó.

—He escrito que te falta olfato para los negocios. —Arqueó una ceja a modo de reprimenda—. Quemar puentes no tiene sentido. Puede que algún día quiera trabajar en el bufete de Lucía. Quizá ella tenga un caso para mí, o viceversa. En cualquier caso, las mentiras son malas. Siempre regresan para morderte en el culo. Recuérdalo.

Jay estaba seguro de que recordaría cada momento de los últimos veinte minutos durante el resto de su vida. Y aún les quedaban dos horas y veinticinco minutos del tiempo que había reservado para ambos. Sintió una curiosa sensación en el pecho. Algo que no había sentido desde que era niño y llegaba la Nochebuena. Tardó un momento en identificarla como ilusión.

—¿Quieres ver mi despacho? —Se hizo a un lado para dejarla pasar.

—De hecho, me gustaría ver tu cuarto de baño.

Desconcertado, frunció el ceño.

—¿Qué podrías averiguar sobre mí en el cuarto de baño?

—Averiguaría si ofreces un aseo a las visitas que necesitan hacer pis.

Mortificado por su olvido, la llevó al cuarto de baño y regresó a su despacho. Acababa de revisar su correo electrónico cuando Zara entró por la puerta.

—Entonces así es como vive la otra mitad.

—No es que viva aquí —dijo—. Trabajo aquí.

—No según tus empleados. Dicen que estás aquí a todas horas, tanto del día como de la noche, y también los fines de semana. También dicen que tu sofá tiene una cama extraíble para dormir la siesta y que tienes trajes y corbatas en el armario y camisas dobladas en el cajón del escritorio. Nadie mencionó los calzoncillos, pero espero que tengas varias mudas para no tener que utilizar siempre el mismo par.

Resopló por la afrenta.

—Desde luego que no.

Zara escribió en su portapapeles y de nuevo se despertó su curiosidad.

—¿Y ahora qué escribes?

—Eres muy entrometido. Lo anotaré cuando haya acabado de escribir que debo buscarte a alguien que no requiera mucho tiempo y atención. Es evidente que la diversión y las relaciones sociales no son una prioridad en tu vida. Lo mejor sería encontrarte el equivalente humano de una suculenta.

Jay se reclinó en la silla y se cruzó de brazos.

—¿Quieres emparejarme con una suculenta?

—Con una suculenta humana. Espinosa. Resistente. Capaz de sobrevivir a climas calientes[2], temperamentos fríos y sequías emocionales. Envíale unos cuantos correos electrónicos e invítala a almorzar de vez en cuando y sobrevivirá a los largos meses de invierno.

—Pero crees que estoy bueno —dijo con voz engreída. Por alguna razón, su opinión le importaba, dejando de lado toda la negatividad.

—Sabes que lo estás o no estarías hinchando el pecho. —Ella anotó algo más y levantó la vista justo cuando él abría la boca—. Ni se te ocurra preguntar.

—¿Qué es lo siguiente? —preguntó Jay. El tiempo pasaba demasiado rápido—. ¿Qué más necesitas ver para conocerme?

—Tenía tu apartamento en la lista, pero ahora que veo tu oficina con su ambiente minimalista, tu escritorio ordenado de forma neurótica y la falta de objetos personales, tengo que preguntarte si tu apartamento está amueblado solamente con lo esencial, es decir, un sofá, una mesita de centro, quizá una silla, un televisor, una cama, una cómoda, una mesa de cocina y cuatro sillas.

—Sí.

—¿Nada de cuadros en las paredes, adornos, libros, cojines, mantas, cuadros, esculturas, revistas, periódicos, señales de vida ni nada que pueda reflejar tu personalidad?

---

2. En inglés, *hot* significa tanto «caliente» como «estar bueno»; de ahí que Jay capte la indirecta sobre su aspecto. (N. de la T.)

Jay se removió incómodo en su asiento.

—No paso mucho tiempo allí. Más que nada voy a dormir.

—Bien. Entonces no necesitamos perder el tiempo yendo a tu casa —dijo ella—. Estoy en tu cabeza, Jay. Me paseo por ahí dentro. Uno o dos días más y te conoceré tan bien como a mí misma.

Se le revolvió el estómago al pensar en Zara derribando sus muros y viendo lo que había debajo. ¿Seguiría queriendo encontrarle pareja cuando descubriera que era responsable de la muerte de doce hombres? ¿Y las pesadillas? Había una razón por la que nunca invitaba a sus amantes a pasar la noche con él.

—Creo que deberíamos dar un paseo. —Caminó despacio por el despacho, inspeccionando los cuadros abstractos de las paredes. Había dejado la decoración en manos del diseñador de interiores de la empresa—. Me gustaría ver cómo te relacionas con la gente corriente.

—Solo son personas. Igual que yo.

Zara abrió la puerta de su armario y miró adentro.

—¿Qué es esto?

Jay apagó el ordenador y cruzó la habitación para ver qué le había llamado la atención.

—El uniforme de empresa. Elías y yo solíamos trabajar en todos los eventos, pero después de expandirnos a escala nacional, contratamos a un equipo para poder centrarnos en la dirección del negocio.

—Eso te da más puntos. —Zara sonrió—. A las mujeres les encantan los hombres de uniforme.

¿Estaría enamorada de un hombre con uniforme? La pregunta se coló en su cerebro como los *paparazzi* se colaban en los eventos de los famosos para los cuales contrataban a J-Tech.

—¿Todavía tienes el uniforme del ejército? —Cerró la puerta e hizo otra anotación en su portapapeles—. Pregunté por ti en la boda. Ocho años en las Fuerzas Aéreas. Múltiples despliegues de combate en Irak y Afganistán. Piloto condecorado de búsqueda y rescate en combate…

Jay casi pudo sentir una puerta de acero cerrándose en su mente.

—Esa parte de mi vida quedó atrás y no quiero hablar sobre ella.

—Lo siento mucho. No debería haber preguntado. —Su sonrisa se desvaneció y él se arrepintió al instante de haber empleado ese tono.

—¿Adónde te gustaría ir? —Se arregló la corbata y se alejó de su atractivo cuerpo y de su seductor aroma floral.

—No me gusta hacer planes. —Volvió a sonreír, rechazando los grises nubarrones que habían aparecido cuando mencionó su pasado—. Veamos adónde nos lleva el viento, siempre que nos lleve a buena comida.

—No suelo comer a esta hora. —Jay desenvolvió su perrito caliente y se sentó junto a Zara sobre el césped de Yerba Buena Gardens—. Tampoco he venido nunca a este parque y no me siento en la hierba.

—Pareces un extraterrestre.

Zara dio un pequeño mordisco a su perrito caliente, intentando desesperadamente no mancharse la boca de kétchup. A pesar de su actitud estirada, Jay se había mostrado dispuesto a seguirla por las calles de la ciudad en busca del perrito caliente perfecto, respondiendo a sus preguntas sobre el trabajo y las fiestas de famosos que se había callado (aunque sin revelar nombres, claro). Se había sentido segura con Jay, libre para hablar sin tener que preocuparse por todo lo que la rodeaba. Él apartaba a la gente que aparecía en su camino con un gesto del brazo. Su mano, colocada con delicadeza en su espalda, la guiaba entre las bocas de incendios, los perros, los cochecitos y los niños pequeños, y la detenía en los semáforos. Era como un ángel de la guarda.

Y ahora estaba sentado sobre el césped en una tarde soleada, con su caro traje de lana y comiendo un perrito caliente como si no hubiera probado nada mejor en su vida.

—Más despacio, amigo —bromeó ella—. No sabes lo que nuestra comida terrestre puede hacerle a tu organismo.

Jay se acabó el último bocado y se limpió los labios con la servilleta de papel.

—Ahora tengo energía suficiente para continuar con la dominación del planeta.

Zara levantó la cabeza y lo miró fijamente.

—¿Acabas de hacer un chiste?

—No. —En su rostro apareció una expresión de culpabilidad—. Yo no hago chistes.

—Pues ha sonado, sospechosamente, como un intento de ser gracioso. Anotaré que tienes sentido del humor en potencia, pero que está oculto bajo tu gélido exterior.

—Muy elocuente —dijo en tono seco.

Zara levantó la vista y sonrió.

—Aprendí todo tipo de palabrejas en la Facultad de Derecho. ¿Qué te parecen estas: «Aficiones y actividades»? Adelante.

Jay estiró las piernas. Ahora tenía el rostro más relajado y el cuerpo menos tenso. Le gustaba pensar que le había ayudado a relajarse, porque cuanto más tiempo pasaba con él, más sospechaba que lo que mostraba en la superficie era solo la punta del iceberg de Jay Dayal.

—*Paintball* con mi socio una o dos veces al mes. Levantar pesas en el gimnasio. Correr a primera hora de la mañana. Alguna partida de *squash*.

El bolígrafo de Zara volaba sobre el portapapeles.

—¿Algo que no implique actividad física? No es que esté en contra de eso. De vez en cuando salgo a correr o hago una clase de *spinning* en el gimnasio. Pero solo de escucharte ya estoy agotada.

—En un día soleado tomo una pila de revistas *Economist* y me siento en el balcón con una copa de vino...

—Para. —Levantó la mano—. No voy a escribir eso. La idea es encontrarte una pareja, no aburrirla hasta la muerte. ¿Qué tal hacer algo divertido?

—Eso es divertido.

Zara suspiró.

—Diversión normal.

—Voy al Salón del Automóvil de San Francisco todos los años —dijo.

—Ahora estamos hablando. Yo solía ir allí con mi padre y mi hermano mayor, Hari, hasta que se mudó a San Diego para alejarse de nuestra disfuncional familia. Ahora solo voy con mi padre. A los dos nos encantan los coches. Se quedó horrorizado cuando le conté un caso que tuve la semana pasada. Fui al plató de una película y vi a un hombre saltar de un helicóptero, prenderse fuego y estrellar un coche contra un muro. Fue increíble.

—¿El caso o el hombre en llamas?

Él se apoyó sobre los codos, con un pie cruzado sobre el otro. Era un león en reposo. Si se relajaba más, probablemente se quedaría dormido. No es que eso fuera malo. Así podría observarlo sin tener que lanzarle miradas furtivas por debajo de las pestañas. Era el hombre más guapo que había conocido. Cabello perfecto. Cuerpo perfecto. Rostro perfecto. Todo lo que tenía que hacer era sonreír y ella no tendría que buscarle pareja; sus amigas le rogarían que se lo presentara. La idea no la complació como debería. Tal vez necesitaba pasar más tiempo con él, reducir el segmento para asegurarse de que encontraba a la mujer adecuada.

—El deportivo —dijo ella, apartando la mirada antes de comenzar a pensar que su perfección tal vez se extendía por debajo del cinturón—. Era un Ford GT. Se arrugó como si fuera papel de aluminio. Tenía pensado comprarme uno cuando me tocara la lotería, pero ahora tendré que decantarme por el Lamborghini Aventador S. Es una bestia.

Él arqueó una ceja.

—Sabes de coches.

—Es importante que conozcas el coche de tus sueños, sobre todo si te toca la lotería. A la gente le gustan los detalles. Es muy aburrido que los ganadores de la lotería digan que van a irse de vacaciones, comprarse un coche nuevo o construir la casa que siempre han querido ¿Qué coche? ¿Dónde estará la nueva casa? ¿Cuántas habitaciones tendrá? ¿Adónde se irán de vacaciones? ¿Dejarán su trabajo? Siempre dicen que no, pero todos acaban haciéndolo.

Ella hablaba demasiado. Tenía tendencia a explayarse cuando estaba nerviosa, y Jay, tumbado al sol, sin chaqueta ni corbata, la hacía sentir inusualmente cohibida. No solía importarle tener un poco de carmín en la mejilla o compartir información personal de más, pero él estaba tan tranquilo y lo tenía todo tan bajo control que no quería que viera el desastre que ella solía ser.

—¿Dejarías tu trabajo si te tocara la lotería? —preguntó ella para volver a centrar en él la conversación.

—Fundé mi propia empresa, así que no podría irme. —Se tumbó en la hierba con las manos detrás de la cabeza, mostrando el amplio pecho y los duros pectorales. A Zara le preocupó más ahora ponerse a babear, y se llevó la servilleta a los labios. De repente sintió el impulso de echarse a su lado y colocar la cabeza sobre su pecho. Él la estrecharía con uno de sus fuertes brazos, se acercaría a ella y…—. ¿Pasa algo? Estás mirando al vacío.

Zara sacudió la cabeza para volver a la realidad. Necesitaba controlarse. ¿Qué clase de casamentera fantaseaba con sus propios clientes? Estaba harta de las relaciones. La ruptura con su ex, Javier, la hizo consciente de que el divorcio de sus padres la había traumatizado hasta el punto de impedirle establecer relaciones sanas. Su nueva terapeuta, Catherine, creía que tenía miedo al abandono. Lo único que sabía Zara era que no quería volver a sufrir el dolor que sintió cuando su familia se rompió; cuando aprendió la lección de que el matrimonio no era para siempre y que el amor podía acabarse.

—Así que ¿qué buscas en la futura señora Dayal? —preguntó.

—¡Guau! —Jay se tensó—. Dijiste que me buscarías una pareja, no una esposa. No me importaría conocer a alguien que pudiera acompañarme a cenas de negocios o a alguna que otra velada si nuestras agendas nos lo permiten, pero el matrimonio implica un tipo de compromiso que ahora mismo no puedo ofrecer.

—Es bueno saberlo. —Habló mientras escribía esas palabras—. Miedo al compromiso.

Jay se tensó.

—No tengo miedo. Simplemente no tengo tiempo.

—Tal vez deberías hablarlo con tu terapeuta —dijo—. ¿Se trata realmente de un problema de tiempo o de evitación? Te doy mi propio ejemplo. Soy hija de padres divorciados. Eso hace polvo a cualquiera. Saboteo las relaciones de forma inconsciente porque no sé recibir amor y no quiero que me hagan daño, blablablá. Y luego está todo el tema de mi madre.

—No tengo terapeuta —dijo Jay.

—Estamos en el siglo XXI —soltó—. ¿Quién no tiene terapeuta? Yo he tenido a cuatro o cinco en los últimos cinco años y soy licenciada en Psicología, así que podría ahorrarme mucho dinero tratándome a mí misma.

Jay se sentó de repente, con su rostro convertido en una máscara inexpresiva.

—No necesito ayuda.

Zara no necesitaba un título en Psicología para saber que había tocado hueso. Se esforzó por encontrar un tema que fuera menos sensible.

—¿Qué tal tu familia? Hermanos, hermanas, primos, tías, tíos…

—Solo estamos mi madre y yo. —Miró al cielo azul—. Me tuvo cuando tenía diecisiete años. Sus padres emigraron del mismo pueblo de la India. Vinieron juntos a California para trabajar en el sector de la informática y se instalaron en San Diego. La repudiaron cuando se enteraron de que estaba embarazada. Incluso ahora se niegan a reconocer que existimos, y el resto de la familia siguió su ejemplo. —Se agarró los muslos con ambas manos—. Mi padre había venido desde Londres con un programa de intercambio universitario. Se marchó poco después de que yo naciera. No quiso saber nada de nosotros y yo no tengo ningún interés en conocer a su familia.

Zara se dio una bofetada mental. Otro tema espinoso. ¿Era posible meter más la pata?

—Lo siento mucho. Debió de ser muy duro para tu madre.

—Es la persona más fuerte que he conocido nunca. —La voz de Jay se llenó de orgullo—. Tenía tres trabajos para llevar comida a la mesa y aun así encontró tiempo para sacarse el título de secundaria. Al final encontró un puesto fijo en una guardería y estudió por las noches para sacarse el título de educadora infantil. Ahora es copropietaria de la guardería junto con la mujer que le dio esa oportunidad.

A Zara le encantaba que estuviera tan orgulloso de su madre, pero ¿quién había cuidado de él mientras su madre estaba pluriempleada? ¿Había tenido una infancia solitaria? Ella había disfrutado de una familia feliz durante once años, e incluso, después del divorcio, había seguido teniendo a sus padres y a docenas de parientes que cuidaban de ella.

—Me gustaría mucho conocerla. En la boda de Tarun no tuvimos la oportunidad de hablar. ¿Irá a alguna de las bodas de este verano?

—Estuvo en la boda de Tarun y creo que la han invitado a unas cuantas más. —No parecía tener ningún problema con que Zara conociera a su madre, así que tendría que buscarla en la próxima boda. No solo para obtener más información sobre Jay, sino porque le interesaba conocer a una mujer que se había abierto camino tras unos comienzos tan difíciles.

—Entonces, ¿qué tipo de mujer andas buscando? Déjame adivinar. Profesional. Sofisticada. Con clase. Inteligente. Básicamente, Lucía pero más joven. ¿O prefieres a una Sra. Robinson[3] entre las sábanas? —Dio otro mordisco a su perrito caliente. ¿Había algo más bueno que se pudiera comer?

—Mi relación con Lucía es estrictamente profesional, pero sí, me interesaría conocer a alguien parecido.

---

3. «Mrs. Robinson» es el nombre de una canción escrita por Simon y Garfunkel y que apareció en película de 1967 *El graduado*. La Sra. Robinson es el estereotipo de mujer madura que persigue a un hombre mucho más joven. (N. de la T.)

—Así que quieres un mini-yo —bromeó—. Quiero decir un mini-tú. No yo, claro. Lucía es todo lo contrario a mí; otra razón por la que sabía que no encajaría en ese puesto de trabajo.

—Tienes kétchup en la mejilla. —Tomó una servilleta y se la pasó con delicadeza por la comisura de los labios.

El deseo inundó sus venas seguido por una oleada de desolación. Podía enamorarse muy fácilmente de un hombre como Jay. Era inteligente, guapo, ambicioso y exitoso, y, sin embargo, percibía un anhelo en él; un Jay secreto que esperaba ser liberado.

—¿Ya no lo tengo? —Su voz salió en un susurro.

Se acercó a ella y la observó con una intensidad que la dejó sin aliento. Estaba tan cerca que podía ver la pequeña hendidura de su mentón y la oscura barba incipiente. Sus labios eran firmes y delicados; su boca del tamaño perfecto para besar. Inspiró su aroma a pino, a montaña y al intenso olor de la tierra que ella removía en el jardín cuando aún tenía una familia y no debía preguntarse en qué casa se despertaría a la mañana siguiente.

Pero no era el momento de imaginarse a Jay abrazándola o lo que sentiría si la besaba, ni de pensar que el mero hecho de estar cerca de él había calmado el runrún incansable de su cabeza. Debía concentrarse en encontrarle pareja y en conseguir un autógrafo cuando él le presentara a un famoso.

—Deberíamos irnos. —Ella se levantó tan bruscamente que lo que quedaba de su perrito caliente cayó al césped—. Tengo que volver a la oficina y no quiero abusar de tus dos horas y cuarenta y cinco minutos.

Jay recogió el perrito caliente y lo tiró en un contenedor de basura.

—¿Cuándo quieres que nos volvamos a ver?

La pregunta provocó que una curiosa emoción recorriera sus venas. No lo había agotado con sus divagaciones, ni con su búsqueda del perrito caliente perfecto, ni siquiera con las incómodas preguntas que le había hecho mientras se relajaban al sol. No podría haber estado más emocionada si él le hubiera pedido una segunda cita. Excepto que él no estaba interesado en ella de esa manera, y ella necesitaba tenerlo en mente. Lo último que quería era meterse en una situación a lo Cyrano de Bergerac, en la que se viera obligada a ayudar a otra persona a conquistar el corazón del hombre al que amaba. Se recordó que debía volver a ver la versión de Broadway de la obra del año 1973, con sus baladas y emocionantes juegos de palabras y espadas, como recordatorio de la angustia que podría provocarle.

Sacó su teléfono y fingió observar la pantalla para no decir una estupidez como «¿Qué tal esta noche?».

—Mmm… Tengo una reunión de conciliación el viernes, así que el resto de la semana estaré ocupada. Ya te diré algo.

Si él se dio cuenta de su fría despedida, no mostró reacción alguna. En su lugar, le dijo lo único que le aseguraría que no podría dormir hasta que volviera a verlo.

—Estaré esperando.

10

¿Qué diablos estaba haciendo? Jay abrió la puerta de la sala de audiencias número 62 y se sentó en el último banco, agradecido de que los estudiantes de secundaria y oyentes hubieran ocupado los asientos delanteros. Zara le había enviado un mensaje diciéndole que estaría libre el viernes después del tribunal y que podrían verse para tomar una copa en un restaurante cercano, pero le picó la curiosidad. ¿Cómo podía llevar un caso judicial una mujer que disparaba a la gente en el culo y los tiraba de sus sillas? Tenía que saberlo. En vez de repasar los últimos estados financieros de las sucursales estatales de J-Tech, le pidió a Jessica que llamara a un Uber para que lo llevara a los tribunales.

El abogado del demandante subió a su cliente al estrado. Vestido con una camiseta de fútbol americano de los San Francisco 49ers y pantalones vaqueros, el hombre de mediana edad cojeó hasta el estrado apoyándose con fuerza en un bastón. Gracias a su testimonio, Jay se enteró de que el cliente de Zara se había saltado un semáforo en rojo y había chocado con el vehículo del demandante cuando estaba girando a la izquierda. El demandante, que estaba lesionado de gravedad, alegó que ya no podía jugar al fútbol con su hijo ni trabajar como pintor porque las lesiones de la espalda y del cuello lo habían dejado con movilidad reducida y dolor crónico.

Pobre tipo. Un encuentro imprevisto y su vida había cambiado para siempre.

Se solicitó hacer un contrainterrogatorio al demandante. Durante dos interminables minutos, Zara rebuscó en sus archivos. El juez suspiró en voz alta y la instó a que se diera prisa, mientras el abogado de la parte contraria se reía con disimulo. Finalmente, sacó un papel y se acercó al estrado.

Su interrogatorio fue perspicaz y exhaustivo. Empezó con preguntas sobre la vida familiar del testigo para profundizar después en los detalles de las actividades que afirmaba que ya no podía hacer. El testigo se removió incómodo en su asiento. Su abogado se opuso, pero fue desestimado.

—Usted declaró que su hijo había sido fichado por la NFL —dijo Zara, cambiando el exigente tono de su voz por otro más coloquial—. ¿Heredó de usted el amor por el deporte?

—Jugué en la universidad —respondió el testigo—. Como receptor abierto. Iban a seleccionarme entre los diez primeros del *draft*, hasta que me rompí un ligamento y ese fue el final de mi carrera.

—Debió de recibir unos buenos pases en aquellos tiempos. —Su voz estaba teñida ahora por la compasión.

Los ojos del testigo se humedecieron.

—Echo de menos aquellos tiempos.

El abogado del demandante se opuso alegando irrelevancia y el juez lo admitió. Zara volvió a su mesa y consultó sus notas.

¿Se trataba de eso? Él había esperado algo teatral, como una pistola humeante o un testigo llorando. Incluso sin tener ninguna formación jurídica, se dio cuenta de que su interrogatorio no había aportado ninguna información útil, y, sin embargo, ella no parecía preocupada.

Zara se agachó para sacar algo de su bolso.

—¡Atención! —Se dio la vuelta y lanzó una pelota de gomaespuma al demandante, dejando a todo el mundo perplejo.

El demandante salió disparado de su asiento y dio dos pasos hacia un lado con las manos en alto.

—La tengo, la tengo. —Agarró la pelota de un salto y la levantó victorioso. Su sonrisa se desvaneció cuando miró al atónito público y comprendió lo que acababa de hacer.

—Protesto. —El abogado del demandante miró a Zara—. ¿Qué ha sido eso?

—Creo que a este tipo de pase se le llama «Bomba». —Zara sonrió al juez—. No hay más preguntas, señoría.

El teléfono de Jay vibró en su bolsillo y salió de la sala. ¡Maldita sea! Podría haberla estado mirando durante todo el día.

Tres Pesos no era el tipo de lugar al que Jay iría para charlar tranquilamente. El exclusivo restaurante mexicano era una sobrecarga sensorial de decoración, música, conversaciones y olores a comida que hacían la boca agua. Había cactus y suculentas, falsos chiles, sombreros, cestas y mantas tejidas en cada rincón y en cada estante. Una combinación de platos de Talavera, paisajes de México y descoloridos pósteres de viejas películas mexicanas cubrían una pared amarilla de estuco.

Se incorporaron al gentío de hombres trajeados, turistas y personas que comían informalmente en mesas de bancos corridos. En el bar había una gran variedad de mezcales, pero Zara pidió un *mai tai* mexicano en vaso alto. Después de resolver el caso se había soltado el cabello y quitado la chaqueta del traje, mostrando un top rojo sin mangas y con un escote que revelaba el inicio de sus pechos. Llevaba un collar de libélulas de plata con una piedra azul en el centro que refulgía con las luces del techo, y en algún lugar entre el juzgado y el restaurante se había puesto una pinza a juego en el cabello. Si no fuera porque se había llevado el portátil al restaurante, podría haber sido su cita de aquella noche. La idea no le resultaba desagradable.

—Estuve en tu juicio —dijo él cuando se hubieron sentado—. Me sorprendió que el juez permitiera una estrategia tan poco convencional.

—Te vi merodeando por la parte de atrás. —Zara sonrió—. No lo habría hecho con ningún juez. Algunos son muy estrictos con las normas y él aceptó con razón la objeción del abogado contrario. Yo no tenía intención de dejar constancia de sus acciones. Quería que llegaran a un acuerdo y así lo hicieron. Pidieron un aplazamiento antes de que el juez dictara sentencia y obtuvimos la oferta que esperábamos.

—Enhorabuena. —Apreciaba una estrategia arriesgada tanto como una victoria.

—Tengo ganas de fiesta. Avisado estás. —Sacó su portátil y alzó la voz por encima de *Volver, volver* de Vicente Fernández, que sonaba por los altavoces.

Jay apartó rápidamente su vaso, felicitándose a sí mismo por haber evitado un desastre. De hecho, se las había ingeniado para mantener su camino despejado desde el juzgado hasta el restaurante, yendo siempre un poco por delante de ella para que pudiera hablar sin tener que preocuparse por nada. Se sintió orgulloso de mantenerla a salvo, como si hubiera nacido para ello.

El camarero se acercó a tomarles nota. Zara charló un poco con él y, en pocos minutos, sabía más de su vida que Jay de la mayoría de sus empleados. Observó que ella hacía sonreír a la gente. Su genuino interés por las personas derrocaba muros que él nunca podría cruzar.

—He puesto todas mis notas en el documento «Encontrarle pareja a Jay» —dijo, echando un vistazo al portátil—. Necesito hacerte unas preguntas más sobre el tipo de mujer que buscas.

—Pregúntame lo que quieras. —Dio un sorbo a su bebida, dejando que el líquido agridulce permaneciera en su lengua mientras él se acomodaba en su asiento.

—¿Activo o pasivo? Diría que activo, ya que te vuelve loco el deporte y, mírate, músculos por todas partes. Ni un gramo de grasa. Eres un hombre que se cuida y creo que te gustaría alguien que también estuviera en buena forma física.

—Supongo que sí…

—¿Viajar o no viajar? Supongo que viajar, porque estuviste en las Fuerzas Aéreas. No tienes un trabajo así si eres una persona hogareña, y si viajas querrás una pareja que también lo haga.

—Sí, pero…

—¿Mujer profesional o ama de casa? —Ni siquiera hizo una pausa para dejarle hablar—. Yo diría que profesional. Has desarrollado tu propia carrera y montado un negocio. Creo que apreciarías a una mujer que fuera culta, independiente, y que contribuyera a la economía familiar...

Se interrumpió cuando Jay negó con la cabeza.

—Estás olvidando que no busco una relación a largo plazo. Mi madre me pidió que hiciera un esfuerzo por encontrar pareja y tengo curiosidad por saber quién crees tú que encajaría conmigo. Pero no quiero que nadie se haga una idea equivocada.

—Lo siento. Me he dejado llevar. —Hizo una mueca—. Tacharé la siguiente pregunta, que era sobre los hijos.

—Nunca he pensado en tener hijos. —Pero sí lo había hecho. De niño, quería lo mismo que sus amigos: el ruido y el caos de una gran familia. Cumpleaños con tanta gente que no cabían en el patio. Bodas tan grandes que necesitaban un local gigantesco. Tías, tíos y primos que estarían allí pasara lo que pasase. Quería a su madre, respetaba sus decisiones y agradecía profundamente todo lo que había hecho para darle una infancia feliz. Pero a veces se había sentido muy solo.

—Sé que es un poco prematuro porque aún estamos en la fase de investigación, pero hay alguien que me gustaría que conocieras. —Zara abrió su bolso y sacó una tarjeta—. Mi padre es artista y músico, y el próximo lunes presenta una nueva colección en la Galería Indra Roy. Pensé en Indra en cuanto hicimos nuestro trato. Es inteligente, elegante y sofisticada, y su galería acaba de ser aceptada en la prestigiosa Asociación de Comerciantes de Arte de Estados Unidos. Es todo lo que un director general adicto al trabajo y lector del *Economist* podría desear. Puedes pasarte a cualquier hora a partir de las siete. Si no te gusta, no pasa nada, porque ella no sabrá que has ido por eso.

Las yemas de los dedos de Zara rozaron su piel cuando le entregó la tarjeta, haciendo que una corriente eléctrica recorriera todo su cuerpo. Él no quiso apartar la mano.

—Me impresiona cómo has conducido la entrevista para convencerme de que conozca a Indra.

—¡Ah! —Por un instante la abandonó su respiración y se arrepintió de lo que había hecho—. A veces me dejo llevar.

—Me he fijado, pero yo lo llamaría «entusiasmo». —La verdad es que se había fijado en muchas cosas de ella. La delicada curva de su cuello, el brillo de su piel, su risa fácil y su radiante sonrisa. ¿Qué tenía Zara que lo volvía tan consciente de ella? Intentó centrarse en la conversación y dejar de pensar en sus carnosos labios y en lo excitante que sería besarla. ¿Había tenido antes este tipo de reacción con una mujer? Cuando ella lo miró, pudo ver otro mundo en el fondo de sus cálidos ojos marrones. Un mundo donde las bebidas se tiraban encima, las cabezas rodaban, las pelotas volaban por las salas de audiencias y la oscuridad que había en su interior era barrida por el sol de su sonrisa.

—Cuando estoy concentrada en algo, me olvido de todo lo demás —continuó—. Es una de las razones por las que no tengo relaciones serias. Estaría tan centrada en esa persona que, si el mundo colapsara a mi alrededor, no me daría ni cuenta. Nadie quiere recibir ese tipo de atención.

Jay creía que había cosas peores. Como un niño cuyo padre no lo había querido y cuya madre estuvo pluriempleada para sacarlos adelante, siempre había estado desesperado por recibir atención.

La comida llegó, y con ella un cóctel margarita en un vaso enorme, cortesía del camarero con el que Zara había estado charlando mientras esperaban a sentarse.

—Eso es mucho margarita —señaló Jay.

—Yo soy mucha mujer.

A él se le escapó una carcajada de forma tan inesperada que casi no reconoció el sonido. ¿Cómo sería reír así todos los días? ¿Tener una relación con alguien que lo hiciera sentir tan vivo?

Zara sujetó un vaso con cada mano.

—Tendrás que despegarme del asiento cuando llegue la hora de irnos.

—Dile que no lo quieres. Estoy seguro de que lo devolverá.

—¡Qué gracioso! —Zara se rio entre dientes—. Devolver un margarita gigantesco gratis. Me matas, Jay. Sabía que tenías sentido del humor.

A ella le parecía gracioso. Ahora le sonreía mientras se lamía el dedo con la sal del vaso. ¿Qué diablos se suponía que debía hacer? ¿Adónde debía mirar cuando se estaba pasando la lengua por los carnosos labios, los ojos le brillaban y la camisa había caído un poco y revelaba la parte superior de sus pechos?

Jay tomó una cucharada de su pozole rojo para distraerse. Con un sabor rico e intenso por la salsa casera de chile rojo y el pimentón ahumado, estalló en su lengua y le dio algo en qué pensar que no implicara besar o tocar a la guapa y divertida abogada que intentaba encontrarle a su media naranja.

Zara había dado dos mordiscos a sus enchiladas cuando el suave rasgueo de una guitarra rompió el silencio.

—¡Un mariachi! Vamos a pedirle una cumbia y a bailar.

—¿Qué tal si pedimos algo que podamos comernos sentados? —Podía ver el derrotero que tomaría aquello. No charlarían tranquilamente mientras cenaban. Ella ya se estaba levantando de la silla.

—¡Ey, ey, ey! —Los cinco artistas se dirigían hacia ellos mientras los primeros acordes de la canción rasgaban el aire.

—¡El Mariachi Loco!

Y ella había desaparecido. Instantes después, estaba bailando con el grupo, levantando las rodillas al ritmo de la música. Algunos clientes del restaurante se le unieron y bailaron juntos.

—¡Veo cómo golpeteas con los pies! —gritó—. Ven a bailar.

Jay sacudió la cabeza y obligó a su pie a quedarse quieto. El restaurante estaba en el centro del distrito financiero, donde podrían verlo los potenciales clientes o, incluso, los banqueros que estaba intentando cortejar como inversores. Había trabajado demasiado para arriesgar su reputación, aunque hubiera estado tentado de ir con ella.

El cantante le puso a Zara su sombrero y se la acercó de un tirón. A Jay no le gustó nada cómo movía la pelvis frente a la mujer con la que había fantaseado besarse hacía tan solo unos minutos.

Como si pudiera oír el diálogo interno de Jay, el cantante captó su mirada. Separó los labios en una engreída sonrisa y recorrió la espalda de Zara con la mano hasta llegar a la curvatura de su culo. Ella le apartó la mano de un manotazo, pero Jay no pudo evitar que le invadiera una oleada de posesividad.

«No me concierne». Pero ya se había levantado de la mesa y cruzaba el salón. Se dijo a sí mismo que lo hacía por la falta de respeto que había mostrado el cantante, el peligro que suponía y el guante que le había arrojado a los pies. Nada más.

—¡Has venido! —Zara se había lanzado a sus brazos antes de que pudiera abrir la boca para echarle la bronca al cantante.

Jay emitió un gruñido de satisfacción y la abrazó. Consciente de que su suave y atractivo cuerpo estaba apretado contra el suyo, su calor le penetró la piel como si fuera una droga. Algo se aflojó en su interior y contuvo un suspiro.

—Jay.

Ella pronunció su nombre y sus ojos se encontraron. El mundo desapareció y la música se atenuó bajo los latidos de su corazón y el torrente de sangre que corría entre sus oídos. En ese momento supo dos cosas: iba a besarla y lo iba a hacer ahora. Bajó la cabeza, acortando la distancia que los separaba, con sus pensamientos centrados en cuerpos desnudos, sábanas frías, respiraciones jadeantes y el golpeteo de la cabecera de su cama contra la pared.

Estaba a tan solo unos segundos de saborear sus labios cuando ella rompió el momento con unas terribles palabras: «¡A bailar!».

Cuando fue consciente de que sus labios solo habían besado el aire, una mano firme le apretó el hombro.

—¡Jay! Sabía que eras tú.

Él se volvió y apartó de su mente el deseo no correspondido y el latido del pulso que sentía en la ingle. Trabajo. Negocios. Inversor. Thomas.

—Thomas —estrechó la mano del banquero—, encantado de verte. —Miró al pulpo con pelvis superflexible por encima del hombro de Thomas, pero Zara ya estaba fuera de su alcance.

—No me digas que estabas a punto de ponerte a bailar. —Thomas se rio entre dientes—. No creo que al consejo de administración le guste un director general que se pone a zapatear en medio de las negociaciones.

—No, claro que no. —Soltó una desdeñosa carcajada—. Estaba buscando al camarero para pagar la cuenta y volver a la oficina.

—Puede que esté en nuestra mesa. Brittany quería hacerle unas preguntas sobre el menú. Le gusta que todo sea perfecto para nuestros clientes.

Claro que le gustaba. Pero él prefería estar aquí, viendo bailar a Zara con un malogrado sombrero, que en una estirada cena de empresa donde tuviera que preocuparse por todo, desde el tenedor que debía usar hasta dónde colocarse la servilleta.

Thomas se acercó a él, alzando la voz por encima de la música.

—La vuestra no es la única empresa que se plantea una expansión internacional.

—No me asusta la competencia —dijo con una confianza que no sentía en lo más mínimo.

—¿Cómo va ese pleito? —preguntó Thomas.

—Todavía estamos trabajando en ello. —No quería mentir, pero tampoco podía decirle a Thomas que acababan de perder la oportunidad de que el caso fuera desestimado. Si estaba aquí con otro potencial cliente, Jay no iba a darle el cuchillo para apuñalar a J-Tech por la espalda.

—Muy bien. —Thomas le dio una palmada en el hombro—. Te dejo con ello. Estamos en contacto.

Jay volvió a la mesa y envió un rápido mensaje a Elías para informarle de que Thomas estaba explorando otras oportunidades de inversión. ¿Qué diablos estaba haciendo él aquí? Se le acumulaba el trabajo y aún tenía que averiguar cómo podía resolver el pleito para no acabar con su sueño de llevar J-Tech a lo más alto. Pero, en vez de eso, perdía el tiempo con una mujer que estaba decidida a encontrarle una pareja que él ni siquiera quería. ¿Por qué se había subido a su loco carro para ir a un lugar al que no estaba preparado para ir? Llamó al camarero y pidió la cuenta. Cuando Zara volvió a la mesa, ya había descartado dejar propina.

Su sonrisa se desvaneció cuando vio el recibo.

—¿Te vas?

—Solo estaba siendo eficiente. Tengo que volver a la oficina y así no tendremos que esperar cuando acabemos.

Zara se sentó frente a él y agarró su gigantesca copa de margarita, que ocultó su rostro cuando le dio un buen sorbo.

—Sé lo que ha pasado. Cuando me viste bailando con el mariachi, pensaste que sería imposible que te encontrara una pareja seria.

Su apreciación dio en el clavo.

—De hecho, estaba pensando que necesito al banquero de la esquina para financiar la expansión internacional de mi empresa y que eso no ocurrirá si me ve bailando como un idiota en un restaurante.

Zara se quedó inmóvil, con la copa a medio camino de sus labios.

—Crees que parezco idiota.

—No, claro que no. —Dio marcha atrás rápidamente, dándose una bofetada mental por sus irreflexivas palabras. No estaba enfadado con ella, sino consigo mismo. Por unos segundos, mientras imaginaba algo que no existía había olvidado lo que de verdad importaba—. Me ha gustado mucho verte bailar. Ojalá pudiera sentirme tan libre.

—Puedes hacerlo. —Ella sonrió, pero sus ojos habían perdido el brillo.

—Tengo que ser este hombre —dijo, acariciándose la corbata.

—Puedes ser el hombre que quieras ser. Depende de ti cómo elijas vivir tu vida.

Tensándose ante la tácita reprimenda, espetó:

—¿Igual que tú escogiste ser abogada en vez de hacer realidad tus sueños?

Zara dejó la copa y frunció el ceño.

—Escogí ser *esta* abogada —dijo—. Yo no encajaba en el grupo de los que trabajan dieciocho horas diarias, visten de negro y se apuñalan por la espalda mientras escalan posiciones, pero seguí intentándolo porque quería hacer feliz a mi familia. Estaba meditando la oferta de Lucía cuando conocí a Tony Cruz. Me entrevistó con un gorro de Yoda mientras su compañero patinaba por la oficina porque piensa mejor sobre ruedas. Supe enseguida que eran mi gente porque me dieron ganas de arriesgarme. ¿Sigo soñando con subirme a un escenario? Sí, pero hago teatro *amateur* para tener mi dosis de música, mientras trabajo para una empresa que prefiere ayudar a pequeños clientes en vez de llenarse los bolsillos con clientes corporativos.

—Lo siento —dijo arrepentido—. Me he pasado de la raya.

¿Qué le había pasado? No pensaba mal de ella ni del bufete en el que trabajaba. Al contrario, admiraba a Zara por su valentía, por arriesgarse, por conocerse lo suficiente como para ir en busca de la empresa que más le convenía.

—Sí, lo has hecho. —Comió en silencio, observando al grupo que cantaba al otro lado del restaurante.

—Si no quieres seguir adelante con nuestro trato, lo entenderé —dijo Jay, desesperado por hacerla hablar de nuevo. Zara no era una persona callada y su silencio le hacía sentir mal—. No debería haber dicho eso.

Zara hizo un gesto circular con la mano.

—Continúa.

—¿Quieres que me vaya?

—Quiero que sigas arrastrándote. Has empezado bien. Sigue así.

—Yo no me arrastro —resopló—. Me disculpo.

—Una vez es una disculpa. —Dio un sorbo a su margarita—. Tres veces te lleva al territorio de la humillación. Quizá deberías besarme los zapatos.

—¿En serio? —balbuceó—. No voy a…

Se interrumpió cuando ella se rio.

—Es tan fácil tomarte el pelo… Tu cara… —Sus hombros empezaron a temblar de la risa.

Ofendido, se echó hacia atrás y se cruzó de brazos.

—Supongo que no quieres acabar con nuestro trato.

—¿Estás de broma? —Zara llevó su copa hacia él en un simulacro de brindis—. Necesitas una mujer que te ponga recto. Ahora estoy aún más decidida a encontrarte pareja.

11

Zara se encontró con Parvati a pocas manzanas de la galería de su padre, después de hallar milagrosamente un sitio para aparcar tras dar cinco vueltas en coche por La Misión.

—No sé por qué siempre me dejo convencer. No sé nada de arte. —Parvati se pasó una mano por el vestido negro, que estaba un poco arrugado. Lo guardaba en el maletero del coche para citas de última hora, copas de emergencia y, esta noche, la exposición de arte del padre de Zara.

—No necesitas saber nada —dijo Zara—. Solo tienes que estar ahí para mostrarle tu apoyo. Lleva dos años trabajando en esta colección. Es tan secreta que ni siquiera me la ha enseñado a mí.

—Pero es que miento fatal —dijo Parvati—. Si me pregunta qué pienso, puede que le suelte la verdad.

—Estará demasiado ocupado para preguntar. He invitado a docenas de personas. Amigos, parientes, todos los que trabajan en mi bufete, gente al azar de la calle… No quería que se encontrara con una galería vacía.

—Y yo no quiero que me dé un bajón de azúcar. —Parvati señaló un *food truck* cercano—. Necesito comida. Solo he ingerido un sándwich y una barrita de chocolate desde las cuatro de la mañana.

Zara siguió a Parvati al otro lado de la calle.

—La tía Bushra me ha dado una copia de la lista de invitados a la boda del próximo sábado. Creo que tengo algunas parejas potenciales para Jay si Indra y él no congenian.

Parvati observó el menú del lateral del camión.

—¿Hablas en serio? ¿Después de lo que te dijo en el restaurante? Olvida el estúpido trato que tienes con él. Puedes buscarte tus propios clientes famosos.

—Creo que lo he puesto nervioso. —Zara hizo un gesto desdeñoso con la mano—. La gente se pone a la defensiva cuando sacas a la luz su dolor. Además, se disculpó. Bueno, se arrastró, y muy amablemente, además. Ya lo he superado.

Parvati la conocía demasiado bien para creerse esa mentira.

—Hay algo más. ¿Qué es lo que no me has contado?

Zara pisoteó el suelo con su zapato.

—Hubo un momento en la pista de baile, cuando lo estaba abrazando... —Se encogió de hombros—. No fue nada. —Otra mentira. Aún podía sentir su intenso calor, los músculos duros bajo sus manos, los brazos que la sujetaban con fuerza, la calidez de su aliento cuando se inclinó para darle un...

—Obviamente no fue nada, o no habrías intentado ocultarlo. —La aguda voz de Parvati la devolvió a la realidad—. Suéltalo.

—Sentí como un... bulto.

—¿Un bulto?

A Zara se le sonrojaron las mejillas.

—Ya sabes, cuando a un hombre le gusta... que lo abracen.

—¿Una erección? —Parvati esbozó una temblorosa sonrisa—. ¿Es eso lo que intentas decir? Soy médica. Sé lo que es una erección. Lo que no entiendo es qué hacía allí. Creía que no os llevabais bien, que erais opuestos. ¿No dijiste que era frío, egoísta y engreído?

—Sí, pero hay más en él de lo que se ve a simple vista. —¿Y si no se hubiera marchado asustada? ¿Y si se hubiera acercado y saboreado aquellos labios? ¿O tal vez se lo había imaginado y él solo se había acercado para decirle que se les estaba enfriando la comida?

Parvati pidió un sándwich, una guarnición de patatas fritas, rollitos de macarrones con queso y un refresco.

—¿Cómo vas a comerte todo esto antes de que lleguemos a la galería? —Zara la ayudó llevando la segunda bandeja de comida.

—El truco del residente. Come rápido o muere. Es conocido que, cada vez que un residente se sienta a comer, se produce alguna emergencia.

—Creo que la emergencia son tus malos hábitos nutricionales. No conozco a nadie que coma peor que tú. Y eres médica. ¿Qué clase de mensaje estás enviando a tus pacientes?

—No conocen todos mis secretos. —Parvati sonrió—. Y nunca lo harán.

<hr>

La galería de Indra estaba en un edificio de ladrillo que antes había sido un garaje. Las puertas plegables se habían sustituido por ventanales de cristal y el suelo de hormigón se había pulido hasta dejarlo brillante. Los focos del techo visto apuntaban a los cuadros, que estaban cubiertos por sábanas en la pared. Era la mayor exposición que había hecho su padre. Zara contó, al menos, veinte cuadros a su alrededor, y eso sin incluir las obras que colgaban en el anexo trasero.

—Me preocupa lo que pueda pasar —dijo Zara mientras entraban en la galería—. ¿Y si a nadie le gusta su nueva colección?

Los cuadros de su padre eran, en su mayoría, imágenes abstractas y llenas de color. Sacudían las entrañas y hacían doler la cabeza. Ella prefería la calma de los paisajes y los colores suaves; un escape del caos de su vida, un ancla en el mar tormentoso.

—Así aprenderá a no pintar esas cosas para la próxima vez. —Parvati se acabó el refresco y tiró la lata al contenedor.

—Zara, querida. —Indra apareció ante ellas con sus tonificados brazos y sus delgadas piernas. Su moreno cabello, que llevaba enroscado en un moño perfecto, la hacía aparentar más que sus treinta y dos años. Llevaba un elegante vestido negro, largo y sin mangas, rematado por un collar de perlas—. Tu padre estará encantado de que hayas venido.

—No me lo perdería por nada del mundo. —Le dio un beso al aire mientras Parvati se reía a su lado.

—¿Por qué tantas sábanas? —le preguntó Parvati a Indra cuando Zara las hubo presentado.

—Buscamos crear una sensación de inmersión total, como si saltaras al océano desde un acantilado. El miedo. La emoción. El momento que te deja sin aliento cuando estás absorto, temeroso, embelesado y cautivado. —Con la mano en la frente, como si se protegiera los ojos del sol, Indra se volvió a un lado y a otro con rápidos movimientos—. Caes, te hundes, te sientes rodeado. Miras a tu alrededor. Buscas la superficie. Pero las imágenes están por todas partes. Te envuelven. —Estiró los brazos por encima de su cabeza—. Alcanzas… —Se echó hacia atrás y su vestido se desplazó a un lado, dejando al descubierto un delgado pie y un zapato de tacón de aguja de Manolo Blahnik con joyas incrustadas—. Das una patada. Nadas hacia la luz. —Sus brazos se movieron en un simulacro de brazada—. Tu visión se aclara. Estás flotando, apoyada, amada. Y ahora lo entiendes.

—Eso no tiene ningún sentido —murmuró Parvati en voz baja.

Zara le dio un codazo. Estaba acostumbrada a las entusiasmadas interpretaciones de Indra.

—Quiere que sea una sorpresa —tradujo para Parvati.

—Exacto, cariño. —Indra juntó y apretó las manos, con las uñas pintadas de un rojo que brillaba bajo la luz—. Le diré a tu padre que estás aquí.

—¿Esta es la mujer que escogiste para Jay? —Parvati negó con la cabeza mientras la veía marcharse—. Nena, estás perdiendo tu don.

—Hacía tiempo que no la veía. Olvidé lo emocionada que se pone cuando hay un espectáculo. Pero tiene un máster en arte, buenos contactos y nunca la he visto con un pelo fuera de su sitio. —Miró por la bulliciosa galería en busca de Jay. Después de su conversación en el restaurante, no estaba segura de que fuera a aparecer esta noche.

—Me pregunto cómo le sentaría una bata de hospital —reflexionó Parvati—. Te sorprendería cómo se revela la verdadera naturaleza de una persona cuando le quitas todos los adornos.

—No me interesa imaginarme a nadie en bata de hospital, Parv.

—¿En serio? —La voz de Parvati subió de tono—. Eso es lo primero que pienso cuando conozco a alguien nuevo. ¿Qué hay debajo? ¿Qué intenta ocultar? ¿Cuánto culo va a asomar por la rendija de la bata que no se puede cerrar?

—Mis dos chicas favoritas. —El padre de Zara se acercó por detrás y les pasó los brazos por los hombros. Siempre había sido el más cariñoso de su pequeña familia de cuatro—. No puedo creer cuánta gente ha venido. —Las soltó para saludar a una pareja cercana.

—Eres la hija perfecta —le susurró Parvati al oído. Ella, en cambio, era la oveja negra de su académica familia. Había decepcionado a sus padres porque se había hecho médica en vez de doctorarse.

—Solo te pido que no le digas que invité a todo el mundo. Nunca lo había visto tan emocionado. —Las exposiciones de su padre solían ser pequeños eventos a los que asistían parientes, críticos y algunos de sus fieles seguidores. Aunque vendía lo suficiente para pagar las facturas, su obra nunca había llamado la atención que según Zara merecía.

»Quiero presentarte a los socios de mi nuevo bufete —dijo Zara cuando su padre se reunió con ellas. Le había sorprendido gratamente que se hubieran interesado por venir a la exposición.

Tras una breve charla con Tony y Lewis, recorrieron la sala charlando con todos los invitados, mientras Parvati esperaba las bebidas en el improvisado bar. Se le encogió el corazón al ver a su padre tan feliz. Nunca olvidaría lo destrozado que se había quedado cuando su madre le pidió que se marchara. Incluso ahora tenía un poco de miedo de que alguien volviera a llevárselo de su vida. Eran una familia y, sin más, dejaron de serlo. Pocos días después de que se hubiera marchado, su madre ya había eliminado de la casa todo rastro de él. Quitó los cuadros de las paredes, sacó las ollas de los armarios y arrancó la ropa de las perchas. El estudio que tenía al aire libre desapareció una tarde, mientras ella estaba en la escuela, y fue reemplazado por una maceta jardinera que nunca vio una sola semilla.

—¡Atención! ¡Atención! —Indra repiqueteó su copa con una cucharilla, como si estuvieran en una boda y llegara la hora del beso de los novios. Los camareros de uniforme blanco dejaron sus bandejas y se colocaron al lado de un cuadro—. Estamos listos para la gran revelación. Que alguien apague las luces. El interruptor está al lado de la puerta.

Zara miró para asegurarse de que alguien se dirigía hacia el interruptor. El corazón le dio un vuelco cuando vio a Jay en la entrada con un amigo. Alto y musculoso, era el tipo de Parvati hasta en el corte de pelo playero y la ausencia de corbata.

A un gesto de Indra, Jay bajó las luces hasta que la única iluminación de la galería procedió de los focos dirigidos a los cuadros cubiertos con las sábanas.

—Les presento un estudio de la forma femenina. Una decadente representación de la esencia de la mujer. Prepárense para asombrarse, desafiarse, absorberse. —Indra levantó un brazo y los camareros tiraron de las sábanas—. Les presento a... Frutas con Vulva.

«¡Dios mío!».

Zara no podía hablar. El aliento se le había quedado atrapado en los pulmones. Se quedó mirando los gigantescos cuadros de frutas cortadas por la mitad y exhibidas como genitales femeninos. Una papaya con oscuras semillas saliendo del centro. Un melocotón con pulpa rosada alrededor de un núcleo oscuro. Nunca volvería a mirar una naranja sin pensar en los jugosos gajos que había alrededor de un centro hueco. ¿Y quién hubiera pensado que un melón, cortado a cuartos para revelar el centro dulce y pegajoso, pudiera ser tan erótico? Peor aún eran las frutas con dedos dentro, los cuales estaban colocados sobre los labios de pequeñas aberturas o se introducían profundamente en centros blandos.

La bilis le subió a la garganta. Le temblaron las rodillas. Se inclinó pesadamente mientras sus traicioneros pulmones se negaban a dejar entrar el aire.

—Estás bien. —Parvati le frotó la espalda—. Todo va a ir bien.

—Mis jefes… —jadeó—. Mis jefes están aquí. Y mis parientes y amigos. Incluso mi peluquero. Voy a tener que dejar la ciudad. Nadie volverá a dirigirme la palabra. Me despedirán y ¿quién me contratará cuando se enteren de… —agitó una mano en el aire— esto?

—Es arte. —Parvati le tiró del cuello—. Contrólate. La gente te está mirando para saber cómo deben reaccionar. Finge que todo va bien, que sabías lo que iba a pasar. Si no te muestras sorprendida, ellos harán lo mismo.

Zara se enderezó y su mirada se vio asaltada al instante por un cuadro de dos metros de altura que mostraba una granada chorreando crema.

—Es mi padre —gimió—. Puedo soportar sus bailes, sus chistes malos e incluso sus vaqueros. Pero esto son todas sus humillaciones reunidas en una sola.

—¿No es increíble? —Indra se reunió con ellas. Su voz se había convertido en un susurro—. El silencio de la sala lo dice todo. Están en ese momento de inmersión total en el que fallan las palabras. Hoy hemos desafiado al patriarcado. Nos hemos recuperado a nosotras mismas, a nuestra feminidad, a nuestra esencia.

—Mi padre lo pintó —señaló Zara—. Es un hombre.

—Tu padre entiende a las mujeres como pocos hombres lo hacen —dijo Indra—. Es realmente extraordinario.

—¿Por qué siempre me pasan estas cosas? —preguntó a Parvati cuando Indra se hubo marchado para hablar con alguien que examinaba la etiqueta del precio que había al lado del melocotón—. ¿Por qué no puedo tener una vida normal? ¿Por qué siempre es un caos y un desastre y…? —Señaló vagamente hacia las paredes—. ¿Frutas con vulva?

—Porque eres el tipo de persona que se arriesga. —Parvati se volvió mientras observaba la sala—. Y porque tienes un gran corazón. Una persona normal no habría invitado a todos sus conocidos a la galería sin haber visto antes los cuadros, sobre todo con el historial de tu padre.

—Estás hablando de los zapatos.

Zara suspiró. Su padre había pasado por muchas fases en su carrera artística, desde los paisajes y pueblos de su juventud hasta las rabiosas formas abstractas, y desde los animales con zapatos hasta las personas con material de oficina por cabeza.

—Estoy hablando de que estás ahí para apoyar a tu padre y ayudar a las personas a encontrar a su media naranja.

Un gemido salió de los labios de Zara.

—Invité a Jay. ¿En qué estaría pensando? Está tan tenso que podría darle un infarto.

—No creo que le preocupe tanto —señaló Parvati mientras Jay y su amigo observaban el cuadro de una papaya—. De hecho, yo diría que se lo está pasando en grande.

12

Jay no recordaba haber pasado nunca una velada tan entretenida. Cuando Zara le dio la tarjeta de visita de Indra, la guardó sin pensárselo dos veces. Solía pasar las tardes trabajando y, con la demanda aún en marcha, resolver el misterio del hackeo era una prioridad. Pero ¿cuántos artistas desi había en San Francisco? ¿Por qué pensaba Zara que una galerista sería una pareja ideal para él? ¿Qué ocurriría después?

Resultó ser mucho más de lo que había esperado.

—Esto es increíble. —Elías le dedicó una amplia sonrisa—. Cuando me invitaste a una exposición de arte, pensé que vería salpicaduras de pintura sobre los lienzos o aburridos paisajes. Me sorprende que la policía no haya venido a clausurarla por escándalo público.

—Es solo fruta.

Jay no podía dejar de mirar. Allá donde pusiera los ojos lo asaltaba una imagen sugerente y llena de color. Sin experiencia en las exposiciones de arte, intentó parecer relajado, pero era muy difícil cuando cada imagen le hacía pensar en cosas que no debería estar pensando en una sala llena de personas entendidas en arte.

—Vamos, hombre. —Elías señaló un melón partido por la mitad que chorreaba nata—. Eso no es solo un cuadro sobre fruta. Si no corriéramos el riesgo de que nos demandaran por acoso sexual, compraría uno para mi oficina. ¿Quién es el pintor? ¿De qué lo conoces?

—Es el padre de una mujer que conocí en una boda. —Buscó a Zara entre la silenciosa multitud—. Me ofreció presentarme a alguien a cambio de conocer a alguno de nuestros clientes famosos.

—Algo debe de tener si ha conseguido sacarte de la oficina. —Elías se rio—. Este sitio está que echa humo. Las mujeres están buenas. Hay comida y bebida gratis. Y podría mirar estos cuadros toda la noche.

—¿Te ha llamado alguno la atención? —Una mujer alta y delgada con un largo vestido negro se les acercó en la puerta. Se presentó como Indra, la directora de la galería. Elías le hizo a Jay un sutil gesto de aprobación y se excusó para hablar con dos mujeres que estaban absortas ante la pintura de medio aguacate.

—Todavía no —dijo Jay—. Hay mucho que asimilar. —¿Dónde estaba Zara? ¿No se suponía que debería estar aquí, haciendo las presentaciones y facilitando las cosas?

—Ven —dijo Indra tras un momento de incómodo silencio—. Te enseñaré el plátano. Los hombres se sienten más identificados con él.

Después de pasar quince minutos con Indra, Jay supo que no era la mujer idónea para él. Aunque por fuera era todo lo que él había deseado (culta, sofisticada, desenvuelta y elegante), no sintió ninguna atracción. Solo había una mujer con la que quería hablar y estaba al otro lado de la sala, bebiendo como si no hubiera un mañana.

Se excusó en cuanto los interrumpieron y se acercó a Zara y Parvati en la barra.

—¡Mira quién está aquí! —Parvati se interpuso en su camino, mirándolo con tanta fiereza que se detuvo en seco—. ¿Dónde está Indra?

—Está hablando con alguien interesado en comprar la fresa.

—Quizá deberías esperarla en la sección de los higos —espetó—. O, mejor aún, ve a ver el limón.

—Parv, no. Está bien. —Zara se acabó la bebida de un trago y le dedicó a Jay una incómoda sonrisa—. Entonces, ¿qué te ha parecido?

No tuvo oportunidad de responder, pues Indra apareció de la nada y lo agarró del brazo.

—Ven, cariño. Quiero presentarte al artista y a su musa.

—¿Su musa? —Zara miró atónita a Indra—. ¿Hablas en serio?

—¡Oh, sí! —Indra sonrió—. Ella le inspiró esta celebración de la mujer…

Un sonido brotó de los labios de Zara. Mitad gemido, mitad quejido.

—No —dijo en voz baja—. No. No. No. No. No. —Y, sin previo aviso, cruzó corriendo la galería en dirección a la entrada y se estrelló contra la puerta de cristal.

Jay la encontró en el callejón, con una mano apoyada en la pared de ladrillo visto y la otra en las rodillas. Su cuerpo se estremecía con cada respiración.

—¿Estás bien? —Llevó una mano a su cabello y se lo apartó del rostro con delicadeza. Los gruesos mechones resbalaron por su palma como si fueran de seda—. Te diste un buen golpe con la puerta. Parvati está buscando un poco de hielo.

—Voy a vomitar.

—Puede que tengas una conmoción cerebral.

—¿Una conmoción? —Se enderezó y frunció el ceño—. ¿Estás bromeando? Ya me he chocado antes con puertas de cristal. Esto no ha sido nada. También me he desmayado dos veces, y una vez incluso me rompí la nariz. Soy muy impulsiva. Muy primitiva. A la menor señal de peligro, me voy. Mi corteza prefrontal no tiene la más mínima oportunidad. Si hubiera un apocalipsis zombi, sería toda una superviviente.

—¿Seguro que estás bien? —Le pasó una mano por la cabeza en busca de un chichón, mientras ella divagaba sobre el instinto, la psicología del miedo y algo sobre saltar de un coche en marcha cuando era pequeña.

—Sí. Quiero decir, ha sido humillante, pero no tanto como invitar a todos tus conocidos a la exposición de tu padre y luego descubrir que son… —se estremeció— frutas con vulva.

No estaba acostumbrado a verla así: vulnerable, desprotegida, real. Y fría. El aire era gélido y se dio una bofetada mental por no haber notado que tenía la piel de gallina.

—No es para tanto. La gente parecía más intrigada que ofendida. —Jay se quitó la chaqueta y se la puso sobre los hombros.

—Este es el tipo de cosas que se ven en las películas. —Su rostro se relajó—. Caballerosidad de la vieja escuela. Ningún hombre me había ofrecido antes su chaqueta.

—Simplemente no habías conocido al tipo adecuado. —Sus manos seguían en las solapas. Quería juntarlas. En vez de eso, se la acercó más, tanto que casi pudo ver la electricidad que fluía entre ellos en aquel callejón en penumbra, y sentir la energía de ella erizando el vello de sus brazos.

—¿Qué estás haciendo?

Su voz ronca le hizo sentir un escalofrío de deseo. Cedió a un impulso protector y la abrazó, acercándola a su cuerpo.

—Mantenerte abrigada.

Ella se fundió en su pecho con un suspiro.

—Das buenos abrazos.

Ella se acurrucó más y él solo acertó a pensar en lo bien que encajaban, con la cabeza metida bajo su barbilla y moldeando las delicadas curvas contra su cuerpo.

—No solo calientan —murmuró ella sobre su camisa—; también hacen que todo parezca menos horrible. ¿Qué más da si mi padre pinta frutas con vulva? ¿O que tenga una musa que ahora mismo se pasea por la galería con ganas de hablar con mis jefes, mi cartero, mi tendero, mis amigos y mi familia? No es para tanto. ¿Tengo o no tengo razón?

Le inundó una agradable sensación de cariño. Ella quería a su padre y él entendía esa voluntad de hacer cualquier cosa por el hombre que la había criado. La galería estaba llena de gente gracias a ella. Indra no se cansaba de decir cuánto apoyaba Zara a su padre. Y, ahora que se le había pasado la primera impresión de saber que existía una musa, volvería a entrar porque era lo correcto.

—Es arte —dijo—. Estoy seguro de que todo el mundo lo entiende. Desde luego eran estimulantes. —Necesitaba poner freno a cualquier pensamiento sobre las sensuales y sugerentes obras, que solo habían servido para despertar su deseo.

—Sus cuadros solían ser muy diferentes. —Apoyó la cabeza en su pecho—. La mayoría eran de su pueblo en la India, gente que conocía, cosas que echaba de menos. Eran muy relajantes y tenían mucha profundidad, muchas capas. —Su pecho subía y bajaba con cada suspiro—. No pinta así desde que se divorció de mi madre. Yo solo tenía once años y me dejó destrozada. Creo que a él también. Mi madre intentó limitar su contacto conmigo. Pensaba que sería una mala influencia, pero resulta que he heredado de él ser un desastre y nadie tiene la culpa de eso.

—Por lo que yo he visto, ninguno de los dos sois un desastre —dijo—. Indra apenas ha tenido un minuto para hablar con tantos compradores interesados. Incluso Elías quiere uno para nuestro despacho.

Ella levantó la cabeza y la echó hacia atrás, en la posición perfecta para un beso. Vio deseo en sus ojos, que reflejaban la necesidad de los suyos.

—¿Te gustan?

—Te sorprendería lo que llega a gustarme.

Estuvo tentado de acariciarle la mejilla y sentir la suavidad de su piel. Quería besarle el cuello, sentir su pulso bajo los labios. Una parte secreta de él ardía por ella, quería capturar su esencia y bebérsela. Su corazón latía desbocado. ¡Dios mío! Si conseguía salir de ese callejón sin besarla, sería un milagro. ¿Cuándo había sentido una descarga de adrenalina así por última vez? ¿Cuándo se había sentido tan vivo, con tan poco autocontrol?

Se apartó bruscamente y rompió la conexión que había entre ellos.

—Tu padre se estará preguntando dónde estás. Seguro que Parvati ya habrá encontrado el hielo.

—Sí, tienes razón. —Respiró de forma entrecortada, con la voz débil.

—¿Lista para enfrentarte a las frutas? —Le tendió la mano; necesitaba ese pequeño contacto antes de abandonar la intimidad que les daba el callejón.

—Solo te tomo de la mano por precaución. —Pasó la palma por la suya—. No quiero romperme la cabeza dos veces en una misma noche.

—Es totalmente comprensible. —Le gustaba tomarla de la mano, pero más le gustaba que ella confiara en él para estar a salvo. Le gustaba demasiado, teniendo en cuenta cómo se habían conocido.

—Estás sonriendo. —Ella jugueteaba cohibida con su cabello, echándose los suaves rizos hacia atrás mientras se encaminaban a la calle principal.

—Me alegro de que estés bien —dijo él—. Avísame si te encuentras mareada o si necesitas otro abrazo, ya que soy todo un maestro.

—Ha estado bien —dijo en tono seco—. Pero tampoco ha sido para tanto. No te pongas soberbio. De hecho, estaba comprobando cómo son tus abrazos de cara a potenciales parejas.

Él apenas pudo contener la risa. Le costaba recordar que era la misma mujer que le había robado la victoria en el *paintball* y le había disparado en el culo; la misma mujer que había puesto su vida patas arriba en tan solo dos semanas.

—¿Como probar un coche antes de comprarlo?

Ella se encogió de hombros y apartó la mirada, aunque él pudo atisbar un pequeño temblor en sus labios.

—¿Qué más compruebas en un coche? —Se sintió eléctrico. Todas las terminaciones nerviosas de su cuerpo se dispararon con esta atracción salvaje e inesperada—. ¿Las llantas?

Aminoraron la marcha a unos metros de la acera y se quedaron entre las sombras, como si ninguno de los dos quisiera colocarse bajo el resplandor de las farolas.

Se volvió hacia él y le miró los zapatos.

—Parece que funcionan bien.

—¿La suspensión? —Se acercó un paso más y oyó su entrecortada respiración.

—Un poco rígida. —Se lamió los labios—. Creo que nos espera un viaje difícil.

—¿Y la aceleración? —Jay silenció en su cabeza una voz de advertencia y le tomó la mandíbula con una mano ahuecada, acariciándole la mejilla con el pulgar. A ella se le enturbió la mirada y lanzó un suspiro. ¿O fue un gemido? Apenas podía oírlo con el torrente de sangre que corría entre sus oídos.

—Demasiado rápida —susurró ella, acercándose más a él. Puso una palma sobre su pecho y, en ese momento, él supo que ella también lo deseaba—. Tal vez debería probar la conducción.

Él bajó la cabeza y le recorrió la mandíbula con pequeños besos, abriéndose camino hasta la comisura de sus labios mientras metía una mano entre su cabello y le acariciaba la nuca. Se sentía como si acabara de atrapar una mariposa. Si no la sujetaba bien fuerte, podría salir volando.

—O el navegador.

Ella gimió y el suave sonido lo tensó por dentro. Recorrió con la mano libre sus curvas hasta la cadera y ella se apretó contra su duro miembro.

—Sí, el navegador.

Él inspiró su aroma. Flores silvestres. Una tormenta. El mar embravecido.

Ella volvió la cabeza antes de que él pudiera alcanzar su boca.

—Se supone que debo encontrarte a tu pareja ideal.

—Indra no es mi tipo. —Él gimió cuando ella posó sus fríos labios en la caliente piel de su cuello, y estuvo a punto de perder el control.

—¿Cómo es tu…?

—¿Zara? —La voz de Parvati resonó en la calle—. Tengo el hielo.

Ella lanzó un grito ahogado y se tensó. Él apartó la boca de su piel antes de que ella se distanciara.

Sus labios suaves y húmedos y el calor de sus oscuros ojos habían despertado su deseo. Respiró lentamente e intentó centrarse. Claro que ella tenía razón al dejarlo estar. No eran el uno para el otro. Su pareja ideal era alguien como él. Alguien que no bailara en los restaurantes ni se chocara contra las puertas. Alguien que no amenazara su autocontrol con un simple roce.

—¡Estamos aquí! —gritó ella.

—¿Estás bien? —Parvati se reunió con ellos unos instantes después. Entrecerró los ojos al ver la chaqueta de Jay sobre los hombros de Zara—. Me llevó una eternidad encontrar una bolsa para el hielo. Déjame echar un vistazo.

—Estoy bien. De verdad.

Parvati entrecerró más los ojos en la penumbra.

—Tus pupilas están dilatadas. Eso no es buena señal.

Zara tosió y lanzó una mirada de pánico en dirección a Jay.

—Es solo la luz, Parv. Estoy bien. —Se encogió de hombros y le dio la chaqueta a Jay sin mirarlo—. Gracias. Ya he entrado en calor. Nada como una exhibición de frutas con vulva para helarle la sangre en las venas a una persona.

Jay se colocó cuidadosamente la chaqueta sobre el brazo.

—De nada.

—Será mejor que entre y felicite a mi padre.

La sonrisa no le llegó a los ojos y él temió que se hubiera roto algo entre ellos.

—Indra asegura que ha sido un gran éxito. —Parvati giró la cabeza de Zara de un lado a otro para inspeccionar su rostro.

—Espero que después no pase a pintar pechos como barras de pan. —Zara soltó una hueca carcajada—. No creo que pudiera volver a comer pan de centeno con almendras por encima.

Parvati resopló mientras se alejaban.

—Podría pintar postres. El pudín de ciruela funcionaría. O el *gulab jamun*.

—Entonces no podría comer postres nunca más. —Mirando por encima del hombro, llamó a Jay—. ¿No vienes?

—Tengo que volver a la oficina.

No estaba en condiciones de volver a la galería, y mucho menos de deambular por una exposición de arte erótico. Lo que realmente necesitaba era marcharse a casa, darse una ducha fría e intentar despejar su mente de labios suaves, manos cálidas y miradas llenas de lujuria.

A ella se le hundieron un poco los hombros.

—Siento que no encajaras con Indra.

—Ha sido lo mejor.

Aun así, ella no se movió.

—¿Jay?

—¿Sí? —No podía marcharse hasta que ella lo hubiera hecho. No podía moverse por si ella volvía corriendo hacia él. No podía respirar porque el deseo aún lo tenía atrapado.

—Unos frenos excelentes.

La cabeza de Zara acababa de tocar la almohada cuando su teléfono zumbó con un mensaje de texto. Mermelada, enfadado por la interrupción, le puso una peluda pata sobre la mejilla, como si intentara detenerla. El gato pelirrojo se había colado por una ventana abierta una tarde en que ella y Parvati estaban trabajando y había convertido el apartamento en su hogar.

—Necesito ver el teléfono. No me robes la almohada. —Se dio la vuelta para alcanzar el móvil y Mermelada se puso rápidamente en posición—. Puedo echarte si quiero —le advirtió, mientras él se acomodaba en el centro de la almohada—. Tendrás que dormir solo en el sofá. ¿Te gustaría eso?

Mermelada movió la cola y cerró los ojos. Sabía que ella no tendría el valor para sacarlo de allí.

JAY: ¿Llegaste bien a casa?

ZARA: Sí. Parvati tenía la extraña idea de que nos seguían, pero le dije que veía demasiadas series policíacas.

JAY: ¿La cabeza está bien?

No podía volver a ocurrir. Aún sentía las manos de Jay sobre su cuerpo, sus labios rozando su mejilla, la firmeza con que le sujetó el cuello, su intenso calor. Si Parvati no los hubiera encontrado en ese preciso instante, Zara podría haber ido demasiado lejos. Era demasiado excitante, demasiado atractivo, demasiado irresistible. Demasiado inadecuado para ella. Jay Dayal era un hombre peligroso.

—¡Parvati, despierta!

Zara encendió la luz de la habitación de Parvati y despertó a su amiga. Esta se puso alerta al instante y se dio la vuelta.

—¿Qué pasa? ¿Incendio? ¿Robo? ¿Dolor de cabeza? ¿Mareos?

—Jay me ha invitado el próximo martes a la fiesta de clausura de una película. Voy a conocer a los protagonistas de *El día de la noche de la tarde de la venganza de la novia del hijo del terror del regreso del ataque de los muertos vivientes alienígenas, mutantes, malvados, demonios, devoradores de carne y cadáveres putrefactos, parte 6 en impactante 4D*. ¿Qué me voy a poner?

Parvati gimió y se tapó la cabeza con la almohada.

—Tal vez podríamos discutirlo cuando no sea medianoche y tenga que levantarme en cinco horas para hacer mi turno.

Zara se paseaba por la habitación de Parvati pisando ropa, cajas de pizza y montones de libros de medicina.

—Necesito que me prestes tu vestido negro. Vi a Lucía Sánchez en la oficina de Jay y estaba muy elegante de negro. Esa voy a ser yo. Conservadora y profesional. Me presentaré, repartiré unas tarjetas y me iré. Sin alcohol. Sin comida. Sin bailes. Nada de coqueteos. Nada de pedir autógrafos, excepto uno en el brazo quizá. Nada de tropezones, caídas, accidentes ni caos… —Se interrumpió cuando Parvati retiró la almohada para darle con ella en la cabeza.

—No eres una persona que vaya de negro. Eres una persona de colorines y brillos. Sé tú misma.

—No puedo ser yo misma. —Se apoyó en la cómoda llena de los peluches que Parvati había recibido como regalo de los muchos hombres con los que había salido y a los que había dejado—. Yo tropezaré en las escaleras, tiraré el champán encima de alguien o le prenderé fuego. Haré saltar los aspersores o me caeré sobre los platillos de una batería. —Tragó saliva—. Casi besé a Jay en el callejón y ahora no puedo dejar de pensar en ello.

Se llevó una mano a la mejilla. El recuerdo de sus labios aceleró los latidos de su corazón y encorvó los dedos de sus pies. Si no hubiera girado la cabeza, podría haber tenido esos labios. Podría haberlo besado hasta que no le hubiera quedado aire en los pulmones. Podría haberse rendido a la oleada de deseo que había rugido y corrido por sus venas.

—No te preocupes. —Levantó una mano cuando Parvati abrió la boca, sin duda para recordarle su primera impresión sobre Jay—. Le dije que no volvería a pasar.

—Estoy preocupada. —Parvati se recolocó la almohada tras la cabeza—. Parece que te niegas a aceptar que te atrae a pesar de su larga lista de defectos.

Zara se sentó con Parvati en la cama.

—Tienes razón. Es el tipo de hombre inaccesible emocionalmente que me atrae. Y entonces: «¡Sorpresa! Estoy casado y tengo dos hijos». Y le estrello en la cara la tarta de fruta de la pasión que había comprado en una pastelería a una hora en coche y su hijo dice: «Papá, ¿quién es esta señora tan mala?». No necesito ese tipo de drama en mi vida.

—Entonces, ¿cuál es el problema? Se supone que tienes que encontrarle pareja.

Zara echó la cabeza hacia atrás y gimió.

—Es respetuoso de un modo irritante. Vino a ayudarme en el restaurante cuando creyó que el cantante se estaba sobrepasando, y esta noche vino al callejón para asegurarse de que estaba bien. Me ha tapado con su chaqueta porque tenía frío y luego me ha dado un abrazo. Cuando baja la guardia tiene sentido del humor. Y es tan atractivo, Parv. La forma en que mira… La forma en que camina… Esa confianza… Ese culo… Cuando estuvo a punto de besarme, me miró como si yo fuera la única persona del mundo.

—Si tiene todo eso a su favor, ¿por qué necesita una casamentera? —Parvati jugueteó con la cinta azul que rodeaba el cuello de uno de sus osos de peluche. Con los años, habían aumentado de tamaño, pues cada amante intentaba superar al resto.

—Puede que se sienta solo. Dijo que su madre quería que encontrara pareja. Pero no creo que se lo esté tomando en serio. Sigue diciendo que no está interesado en nada a largo plazo. Tenemos mucho en común.

—Entonces, acuéstate con él. Quítate la espinita y sigue adelante. —Parvati le lanzó el oso a Zara y ella lo aferró entre sus brazos.

—Ni siquiera sé si está interesado en mí. Tal vez solo estaba jugando. ¿Y si es mi criptonita, Parv? ¿Y si me enamoro de él y luego me mata?

—Creo que estás siendo melodramática, pero por suerte tu mejor amiga es una profesional de la medicina. Estaré aquí para asegurarme de que eso no ocurra. ¿Ahora puedo seguir durmiendo? —Se tumbó y se tapó la cabeza con el edredón.

Zara estrechó el oso contra su pecho.

—¿Parv?

—¿Mmm?

—¿Soy demasiado intensa?

Parvati apartó el edredón.

—¿Qué quieres decir?

—¿Hablo demasiado? ¿Soy...? —Dudó—. ¿Pongo demasiado de mí misma ahí fuera?

Parvati tensó la mandíbula.

—¿Jay te ha dicho eso?

—No, claro que no. Solo me preguntaba...

—Eres perfecta tal como eres —dijo Parvati con firmeza—. Con tu ropa de colores. La forma en que iluminas una habitación cuando entras. Tus larguísimas frases cuando estás emocionada. Me gusta todo de ti, y también a tus amigos y a tu familia. Cualquiera que piense lo contrario es un perdedor y no merece tu tiempo.

Zara tragó saliva a pesar del nudo que se le había formado en la garganta.

—Quizá no me ponga el vestido negro.

—Claro que no. Deberías ponerte el vestido rojo que llevaste al *sangeet* de tu tío Nadal. Nunca olvidaré cómo arrancó un mantel de una mesa y te envolvió con él como si fueras una momia hasta que una de las tías encontró un abrigo largo para taparte.

—Ese vestido me queda fabuloso —reflexionó.

Parvati se tapó la cabeza con las sábanas.

—Póntelo. Ve a la fiesta y sé tú misma. Olvídate de Jay. Conoce a muchos famosos y pásatelo en grande. El martes tengo turno de noche. Si tienes que llamar a una ambulancia, diles que vayan al ala de Emergencias. Te estaré esperando.

13

Elías estaba como pez en el agua. A los treinta minutos de empezar la fiesta ya había echado a un intruso, había llamado a la policía para que detuviera a un traficante de drogas y había detenido un ataque zombi en el bufé de cortesía. Jay no lo había visto tan feliz en muchos años.

—¡Maldición! Me lo he perdido. —Elías levantó una mano para detener a un grupo de zombis sin duda menores de edad que había en la puerta—. Deberíamos hacer esto más a menudo. Mantener frescas nuestras habilidades.

—Tiene su encanto.

Jay separó a dos zombis y les confiscó la pierna falsa por la que se habían estado peleando. Con la expansión de J-Tech por todo el país, habían reunido un buen equipo de exmilitares para que se ocuparan de las tareas de vigilancia y así poder centrarse en la dirección del negocio. Pero Jay tuvo que admitir (mientras evitaba que una prostituta zombi resbalara en un charco de sangre artificial) que echaba de menos un poco de acción.

Volvió a comprobar si Zara estaba en la puerta. Había dado un paso adelante en el callejón, había asumido demasiadas cosas. Con suerte, podrían volver a ser… ¿qué? ¿Amigos? No quería besar a sus amigos. No fantaseaba con ellos en casa hasta que se le calentaba la sangre y tenía que darse una ducha fría.

Cuando estaba a punto de marcharse, vio a Zara en el guardarropa discutiendo acaloradamente con la novia zombi que se encargaba de los abrigos. Se le cortó la respiración cuando la novia se hizo a un lado y pudo ver a Zara con un vestido rojo ceñido a sus curvas y que le dejaba la espalda al aire salvo por unos finos tirantes cruzados. Estaba preciosa, muy atractiva, y al verla se le aceleró el pulso.

«Cálmate». Puso freno al tren desbocado de la lujuria. Habían acordado que lo ocurrido en el callejón había sido un error. Con la expansión internacional de su empresa tan cerca que casi podía tocarla, Zara era una distracción que no podía permitirse. Incluso este trato para encontrarle pareja era un tiempo que jamás recuperaría. ¿Y para qué? ¿Para encontrar a alguien que lo acompañara a las cenas de negocios o que calentara su cama por la noche de vez en cuando? Él no necesitaba una pareja y ella se merecía a alguien que estuviera tan lleno de energía como ella; alguien que permaneciera a su lado como él nunca podría hacerlo.

Resistiendo la tentación, se dirigió hacia el guardarropa, pero retrocedió un paso cuando Zara frunció el ceño.

—¿Pasa algo?

—Estoy…

—Preciosa.

—Ridícula. —Se pasó las manos por la parte inferior del vestido, ciñéndolo a sus curvas de una forma que se le hizo la boca agua.

—¿Por qué no me dijiste que había que venir disfrazado de zombi? —preguntó—. No habría venido vestida así.

La apartó de la novia zombi, que tenía una cola de clientes esperando a dejar sus abrigos.

—Creía que estabas aquí por motivos profesionales. Ni siquiera se me ocurrió que quisieras disfrazarte.

—Estamos hablando de mí. —Se llevó una mano al pecho y los ojos de Jay se posaron en una zona en la que no debería pensar en público—. Nunca pierdo la oportunidad de disfrazarme. Nunca. ¿Y zombis? ¿Me tomas el pelo? Tengo todo lo necesario en casa. Fui de zombi a la fiesta de Navidad de mi segundo bufete de abogados. Tenía parches de carne podrida, dientes colgando de la boca, ropa hecha jirones… Iba a llevar una pierna de la morgue, pero Parvati dijo que se metería en un lío.

—Desde luego. —No quiso preguntar por qué la morgue tenía una pierna de sobra o por qué no venían de dos en dos.

—Habría triunfado esta noche, Jay. —Se llevó las manos a las caderas—. Triunfado. Nadie se disfraza de zombi como yo…

Él levantó las manos, con las palmas en señal de rendición.

—Ha sido culpa mía.

Ella suspiró con los hombros caídos.

—¿Y ahora qué voy a hacer?

—¿Trabajar con lo que tienes?

No podía imaginar que alguien no estuviera interesado en escucharla cuando su simple visión lo dejaba sin aliento. Y después de verla en el tribunal, por poco ortodoxos que fueran sus métodos, estaría encantado de recomendarla como profesional.

Zara se levantó la falda y examinó el dobladillo de su vestido.

—Buena idea. ¿Tienes unas tijeras?

Él la miró atónito.

—No necesitas destrozarte la ropa.

Ella le dio una palmadita tranquilizadora. La presión de su palma envió un ardiente zumbido a su pecho.

—Los zombis no se visten con ropa bonita. Tendré que romperme el vestido. ¡Ah! Y también un tacón para aumentar el efecto. Puedo agujerearme las medias, despeinarme, maquillarme un poco… —Se le iluminó el rostro—. Te dejaré volver al trabajo. La próxima vez que me veas, estaré increíble.

Ya tenía un aspecto increíble; salvaje como un incendio forestal. Habría sido una lástima ocultar toda aquella belleza bajo los harapos de un disfraz de zombi y un montón de maquillaje.

Vio a Elías mirándola y entrecerró los ojos. Tal vez un disfraz de zombi no era tan mala idea después de todo.

❧❦❧

La fiebre zombi se había apoderado de la fiesta. Jay no podía distinguir a los zombis buenos de los malos; o tal vez eso demostraba lo bien que actuaban los invitados. Había colocado una valla alrededor del bufé, obligando a los zombis a hacer una cola civilizada para buscar comida en vez de asaltar la mesa con frenesí. Había pisado tanta sangre artificial que estaba seguro de que sus zapatos de cuero nunca volverían a ser los mismos. Zara llevaba desaparecida más de una hora y no la veía entre el gentío.

—La fiesta se nos está yendo de las manos —dijo Elías—. ¿Quieres que cierre ya algunas cosas?

—Podemos manejarlos. Tengo una fila de taxis esperando fuera. A la primera señal de problemas, sacamos a la gente por la puerta.

—¿Quieres que empiece por aquella? —Señaló a una mujer con harapos sanguinolentos, una corona en el enmarañado cabello con carne ensartada y oscuras ojeras en un rostro gris lleno de manchas. Subida a una mesa, animaba a los zombis que tomaban chupitos en la barra.

El alivio le recorrió las venas. Aunque no hubiera reconocido su rostro, habría sabido que era Zara por la energía que vibraba a su alrededor.

—No. Yo me encargo de ella.

—¡Jay! —Zara se abalanzó sobre él cuando llegó a su mesa—. ¿Cómo sabías que era yo?

—Por tu zapato.

Ella levantó el pie para mirarse el talón y perdió el equilibrio. Por suerte, él estaba ahí para detener su caída. La sujetó en brazos y la bajó al suelo. Su cuerpo suave y curvilíneo, cubierto solamente por un mantel, fue a estrellarse contra su pecho.

—¡Oh! —Ella dejó escapar un suave suspiro, con sus pechos aplastados entre ellos y sus manos sujetando con fuerza los hombros de Jay—. Bien visto.

—Es mi trabajo. —Miró sus ojos oscurecidos, sus mejillas embadurnadas de maquillaje gris y sus exuberantes labios pintados de un rojo chillón. No había razón para seguir abrazándola, pero no podía soltarla. Solo lo hizo cuando ella le dedicó una sonrisa de dientes podridos.

—¿De dónde has sacado todo… —hizo un vago gesto con la mano para señalar su atuendo— esto?

—No podía soportar la idea de romperme el vestido, así que agarré un mantel y pregunté por ahí si alguien podía prestarme algún accesorio. Un tipo tenía estos dientes. —Le dedicó otra sonrisa—. Otra persona tenía maquillaje y talco para bebés. Recogí los parches de carne podrida del suelo y me hice la corona con la carne del bufé. No se parece en nada al disfraz de zombi que tengo en casa, pero me queda bastante bien.

—Te he estado buscando para presentarte a Bob. ¿Te parece bien conocerlo así? Una princesa zombi con una corona de kebab no parece muy profesional.

Ella le limpió la chaqueta, que ahora estaba cubierta de maquillaje y polvo de talco.

—Ya he conocido a Bob. Lo reté a un concurso de embudos de cerveza. ¿Adivina quién ganó?

—Bob, no.

—Claro que no fue Bob. —Zara se rio—. Se lo tomó con mucha deportividad. Después estuvimos charlando y me dijo que nunca había conocido a una abogada tan simpática. Me firmó un autógrafo en el brazo y le di mi tarjeta. Incluso me pidió más para dárselas a sus amigos.

—Bueno, tuviste mucha suerte. —No quería pensar en el guapo famoso bebiendo con Zara y toqueteándole el brazo. Jay había pensado que él los presentaría. Los famosos eran todos unos cachondos y su misión era mantenerla a salvo de ellos.

—La suerte no tuvo nada que ver. Mis habilidades con el embudo de cerveza son insuperables. —Se acercó para besarlo en la mejilla—. Gracias por la invitación.

Sintió ese beso como si le abrasara la piel. ¿Cómo iba a concentrarse en su objetivo cuando ella hacía este tipo de cosas? ¿Cómo se suponía que iba a trabajar cuando ella estaba tan atractiva con aquel mantel manchado de sangre? Ella no sería nunca su mujer. Incluso si ella no le encontraba pareja, él ya había cumplido con su parte del trato, por lo que podría darlo por zanjado y seguir adelante con su vida.

—Tengo que volver al trabajo —dijo él de repente.

—Tienes carmín en la mejilla. —Le frotó delicadamente la piel con el pulgar y el placer le recorrió todo el cuerpo.

—¿Ya está?

—No. —Se mordió el labio inferior y le dedicó una sensual sonrisa—. Tal vez debería besar el otro lado para igualarlo.

Jay se apartó bruscamente, haciendo un gesto de protección con las manos. Si se acercaba demasiado, si volvía a tocarlo, él la besaría, incluso con el cabello empolvado, el maquillaje grasiento y la corona de kebab.

—Vamos, Jay. —Ella le dedicó una sonrisa de dientes podridos, acercándose a él tambaleante con un solo zapato—. No muerdo.

Él dio otro paso atrás, desesperado por alejarse de su adictivo cariño, su sonrisa radiante, su atractivo cuerpo y su risa perversa. Su tacón se enganchó en algo y cayó al suelo. Lo último que oyó antes de desmayarse fue un grito zombi.

Parvati contestó al teléfono con un jadeante:

—¿Diga?

—Si alguien se cae y se golpea la cabeza contra un caldero lleno de sesos de gelatina y pierde el conocimiento durante unos cinco segundos, ¿tiene que ir al hospital?

Zara miró a Jay, que había vuelto a su puesto cerca de la puerta. No parecía afectado por su pequeño accidente, aparte de ponerse más gruñón de lo habitual. Le había espetado que se largara y luego se había ido enfadado al cuarto de baño para limpiarse el traje. Cinco minutos más tarde estaba echando a los zombis de la fiesta por pura venganza.

—Oh, eres tú. —Parvati soltó un suspiro—. No había reconocido el número.

—No han permitido la entrada de teléfonos en la fiesta para que la gente no haga fotos y las venda a la prensa —explicó Zara—. Estoy usando el teléfono fijo del camarero. Es un encanto. No sabía que ya no se hacen teléfonos fijos.

—Asumo que no estás herida.

—No, es Jay. —Hizo un gesto al camarero para que rellenara su copa de ponche zombi. La última había estado llena de ojos (lichis con pupilas de arándano). Tras el desastre que acababa de pasar, necesitaba todo el alcohol posible—. Sin querer hice que se cayera de espaldas y se golpeara la cabeza contra un caldero lleno de cerebros de zombi. Estaba bastante segura de que había perdido el conocimiento durante un momento, aunque puede que estuviera cerrando los ojos ante la ironía de la situación.

—¿Cómo están sus pupilas? —El tono de voz de Parvati se volvió serio—. ¿Está mareado? ¿Tiene náuseas?

—Creo que está bien. —Se volvió en la silla para asegurarse de que él seguía de pie—. Cada vez que me mira, entrecierra los ojos, así que es difícil saberlo. Pero puede levantar a dos zombis a la vez y meterlos en un taxi. A las damas parece encantarles eso.

Estaba impresionante con su uniforme azul oscuro y su chaleco de seguridad, y era evidente que no tenía que esforzarse por llamar la atención. Las mujeres se sentían atraídas por él incluso cuando estaba quieto. Habría sido muy molesto si no fuera porque apenas las miraba. Rechazaba cada insinuación con una expresión anodina o un gesto firme y seco.

Excepto la novia zombi.

Mientras Parvati enumeraba una lista de posibles síntomas, Zara observaba que la novia zombi se acercaba a Jay por segunda vez. A primera hora de la tarde, la novia había roto las defensas de Jay fingiendo hacerse daño en el pie. Él la había llevado a una silla, le había quitado el tacón de aguja y le había examinado el pie hasta llegar a unos dedos de manicura perfecta. Si Zara no hubiera estado a punto de jugar a los chupitos con Bob y su lugarteniente zombi, le habría dicho que a la novia no le pasaba nada en el pie y que solo cinco minutos antes había estado bailando como una loca.

Esta vez, la novia zombi se había quitado el maquillaje y se había peinado, dejando al descubierto unos rizos dorados como la miel. El vestido de novia sin mangas se ceñía a su esbelta figura y llevaba la lazada del corpiño suelta como si no pudiera contener sus generosos pechos.

—¿Zara? —Parvati levantó la voz—. ¿Sigues ahí?

—Sí. —Zara observó que la novia zombi se movía por la habitación contoneando las caderas y relamiéndose los carnosos labios. Un depredador acechando a su presa—. ¿Qué debería hacer con Jay? Dijo que no le gustaban los hospitales. La fiesta, básicamente, se ha acabado.

—No lo pierdas de vista. Si tiene dolor de cabeza, visión borrosa, dificultad para hablar o una fatiga inusual, llévalo al hospital más cercano. Si viene aquí, puedo echarle un vistazo.

Colgó la llamada unos segundos antes de que la novia zombi entrara a matar. Toqueteo de cabello. Risitas. Aleteo de pestañas. Mano en el brazo. «Patético». Zara conocía todos esos trucos. Esperó sin aliento a que Jay se deshiciera de ella (un paso atrás, una llamada falsa o un gesto con la cabeza), pero no. Jay se acercó más. Le murmuró algo al oído con rostro relajado y amable. Y eso era... ¿una sonrisa? Eufórica, la novia zombi se puso de puntillas y lo besó en el cuello. A Zara se le revolvió el estómago. ¿Qué diablos estaba haciendo con ese pedazo de basura zombi?

—¿Cómo está mi princesita zombi abogada? —Bob le pasó un brazo por la cintura y la encaminó a la pista de baile.

—Bien. —Forzó una sonrisa. Respecto a los famosos, Bob era un actor de tercera fila que fingía ser mucho más importante. Se había quitado el maquillaje de zombi tras perder en el juego del embudo de cerveza y ahora mostraba una frente grande, unos ojos hundidos y una mandíbula estrecha. Tenía un rostro peculiar, por no decir extraño, y era evidente que estaba destinado a ser actor de reparto si salía del mundo de las películas de zombis.

—Tengo una *suite* en el hotel de enfrente. —Bob se acercó para acariciarle el cuello. Olía bastante mal, como si se hubiera acabado un plato de paté con queso azul y cerebro de zombi—. Iremos allí para continuar la fiesta. Tengo tanto polvo zombi que podrás revolcarte en él desnuda sobre la cama.

—Tentador. —Miró a su alrededor, pero Jay y la novia zombi habían desaparecido—. Cuéntame más.

—Soy solo yo, un par de chicos del equipo de la película y...

—¿Debería llamarte a un taxi? —La sombra oscura y amenazadora de Jay ocupó todo el campo de visión de Zara.

—Disculpa, pero estamos bailando. —Su enfado aumentó cuando se dio cuenta de que había traído a la novia zombi—. Y luego continuaremos la fiesta en una cama llena de polvo zombi en la *suite* del hotel de Bob.

—No lo creo —dijo Jay con firmeza—. Tú te vas a casa.

Ella abrazó a Bob y luego miró a Jay.

—Deja de ser tan mandón. Como decida pasar la noche no es asunto tuyo.

—Nosotros también podríamos ir. —La novia zombi apretó con sus garras el brazo de Jay—. La fiesta de aquí se está acabando.

—Cuantos más seamos, mejor. —Bob le pasó a Zara un brazo por la cintura—. ¡Que empiece la fiesta!

Zara tenía una reunión de conciliación el jueves por la mañana. Necesitaba prepararse al día siguiente, pero no iba a dejar la fiesta después de que Jay hubiera coqueteado con la novia equivocada delante de sus narices.

—Solo dame un minuto para que me quite este mantel.

—¿Por qué molestarse? —dijo Bob—. Te lo vas a quitar de todas formas.

Jay gruñó. O al menos a ella le pareció un gruñido. Pero entonces él se frotó la cabeza y ella empezó a preocuparse más por una posible conmoción cerebral que por la forma en que aquel sonido retumbaba en su cuerpo.

—¿Te duele la cabeza? ¿Tienes mareos? ¿Visión borrosa? —Se quitó de encima el brazo de Bob—. He hablado con Parvati y me ha dicho que te vigile por si te has hecho daño en la cabeza. —Su mirada se posó en la novia—. Aunque si ya tienes a alguien que pueda cuidarte esta noche, estaré libre para continuar mi velada superdivertida con Bob. —Contuvo la respiración, deseando en silencio que él tuviera dolor de cabeza, solo un poco. La fiesta de polvo zombi de Bob era el último lugar al que quería ir.

—Ahora que lo dices… —Se llevó la mano a la cabeza y frunció el ceño.

—¡Dios mío! Voy a llamar a un Uber ahora mismo. —Le dio un apretón en el brazo a Bob—. No te preocupes por nada. Yo me encargo. Siento mucho no poder continuar la fiesta. Siempre he querido revolcarme desnuda sobre una cama llena de polvo zombi en una habitación con desconocidos, pero será mejor que lleve a Jay al hospital. Estoy segura de que el caldero era muy inestable y que la sangre artificial del suelo suponía un peligro de resbalones. No te gustaría tener que lidiar con una demanda.

—¿Demanda? —Los ojos de Bob se abrieron como platos—. No quiero ninguna publicidad negativa.

—No te preocupes. —Le pasó a Jay un brazo por la cintura, como si estuviera a punto de desmayarse y ella pudiera sujetarlo—. Yo me encargo de todo.

14

—Vaya por detrás hasta el ala de Emergencias. —Zara se inclinó sobre el asiento para hablar con el conductor del Uber—. Es la última puerta a la izquierda.

—Esa zona es para las ambulancias —señaló Jay.

—También es para las personas que tienen un amigo que es médico de urgencias y les está dando un trato especial. Yo vengo aquí siempre. No hay ningún problema.

—¿Qué quieres decir con que vienes aquí siempre?

Jay se frotó la cabeza. Sospechaba que el dolor se debía más a la idea de que Zara fuera a la fiesta de polvo zombi de un actor asqueroso que a cualquier lesión provocada por la caída. O tal vez era porque relacionaba los hospitales con los peores momentos de su vida: la enfermedad de su madre y las secuelas de un accidente que aún le provocaba pesadillas. Aquellos primeros días en el hospital de campaña, sufriendo aún los dolores de una mala caída en paracaídas, había tenido que ver cómo traían los cuerpos de los soldados que él no había podido salvar.

Pero hoy no iba a morirse nadie. Ni siquiera sabía por qué había venido, salvo que Zara había estado a punto de meterse en una situación peligrosa y él no había querido perderla de vista. Y quizás alguien pudiera darle un par de pastillas para que se le pasara el maldito dolor de cabeza.

—Dada mi entusiasta naturaleza suelo padecer alguna que otra lesión —dijo Zara—. No es para tanto. Nadie ha resultado nunca herido de gravedad ni ha muerto. Al principio me planteé pedir a mis citas que firmaran un documento de exención antes de salir, pero luego pensé que eso sería buscarse problemas. La gente no es tan cuidadosa cuando hay una exención. Corren riesgos innecesarios. No quería que eso ocurriera.

Zara no había bromeado sobre sus frecuentes visitas al hospital. Jay se sintió como un miembro de la realeza cuando los saludaron efusivamente y los llevaron al mostrador de admisiones sin demora. Para cuando Parvati llegó al pequeño cubículo con cortinas, él se había dado cuenta de que no tenía la ansiedad habitual de cuando visitaba hospitales o acompañaba a su madre para un tratamiento médico.

—Así que… —Parvati sonrió con satisfacción— tengo entendido que te caíste de espaldas y te golpeaste la cabeza con un caldero lleno de sesos de zombi. Si no fuera una profesional, te preguntaría si eso te ha ayudado.

—Parv… —Zara le lanzó una mirada de advertencia.

—Quisiera decir tantas cosas… —Parvati se rio—. Tantas, tantas cosas… Pero, en vez de hacerlo, te daré esto… —Le ofreció un trozo de tela rosa doblado—. Se ata por detrás.

Jay frunció el ceño.

—¿Disculpa?

—Ponte la bata —dijo—. Es la política del hospital.

Se le formó un nudo en el estómago. Esto se estaba saliendo de control. Una cosa era mantener a Zara lejos de Bob y otra era someterse a semejante humillación. Si a él le hubiera preocupado realmente la caída, se habría puesto en contacto con el médico de plantilla de J-Tech, que habría estado encantado de pasarse por su casa y echarle un vistazo.

—Pensé que solo evaluarías mi lesión y me mirarías las pupilas con una linterna. Ese tipo de cosas.

Ella esbozó una sonrisa.

—Tienes seguro. Creo que deberíamos ser minuciosos. He pedido un TAC y para eso… —abrió la bata con una floritura— tendrás que ponerte esto. Y no te preocupes. Ya lo he visto todo.

—¡Vaya! Ya me siento mejor. —De ninguna manera se humillaría poniéndose una bata de hospital.

Zara se sentó a su lado en la cama y le puso una mano en el brazo con delicadeza.

—Creí que habías perdido el conocimiento durante unos segundos. Sé que te levantaste enseguida y que estuviste atrapando a zombis malos como si no hubiera un mañana, pero creo que deberías hacerte un chequeo para estar seguro.

Su tacto, su calor, su presencia tranquilizadora. Jay había estado cuidando de sí mismo desde que tenía diez años, asumiendo la responsabilidad de las compras y las comidas para que su madre pudiera trabajar horas extra. Como capitán en el ejército, había sido responsable de sus hombres. Como hijo, había cuidado de su madre cuando estuvo enferma. Él era el protector, no al revés. Pero, en aquel momento, habría hecho cualquier cosa que ella le pidiera. Haciéndole a Parvati una breve inclinación de cabeza, dijo:

—Me quedaré.

—Enviaré a una enfermera para que te prepare cuando hayas acabado.

Zara siguió a Parvati afuera del cubículo. Su voz se redujo a un murmullo y él se concentró en cambiarse e intentar atarse la estúpida bata para que el culo no se le saliera por detrás. Cuando ella corrió las cortinas, él ya estaba en la cama, con una manta sobre las piernas y el cuerpo envuelto en el fino algodón.

—Estás muy guapo de rosa. —Zara esbozó una temblorosa sonrisa.

—Esto es culpa tuya.

Zara se encogió de hombros.

—¿Cómo iba yo a saber que te daban tanto miedo los zombis que te echarías hacia atrás y te caerías en un caldero?

La conversación derivó hacia su trabajo de seguridad. Zara quiso enterarse de las fiestas de famosos a las que había asistido hasta que una enfermera se lo llevó para hacerle un TAC. Cuando regresó media hora más tarde, ella le enseñó fotos de las estrellas de cine que había deducido que eran sus clientes. Él no pudo decirle que los había adivinado todos.

—No tienes que quedarte —le dijo después de que una enfermera se pasara por allí para informarle de que los resultados podrían tardar horas.

Zara lanzó un exasperado suspiro.

—No seas ridículo. No te voy a dejar solo. Si no hubieras aceptado venir, te habría llamado cada hora para asegurarme de que estás bien. Así al menos uno de los dos podrá dormir un poco. —Se acercó al equipo médico que había en la pared del fondo y pulsó distraídamente un interruptor.

—Pensé que ibas a la fiesta de Bob. —Jay se acomodó en la cama. No podía recordar la última vez que había estado en una cama para otra cosa que no fuera dormir o tener sexo. Relajarse no formaba parte de la ecuación para triunfar.

—¿Estás de broma? —Pulsó un botón y luego otro—. ¿En serio creías que me iría a una habitación de hotel con un grupo de borrachos para revolcarme en una cama cubierta de suficiente sustancia ilegal como para encerrarnos a todos de por vida? Soy abogada. Me gusta ser abogada. No voy a tirarlo todo por la borda para representar a Bob Smith. ¿Y qué clase de nombre de famoso es ese? Le dije que se pusiera un nombre artístico si quería triunfar. Algo que destaque. El verdadero nombre de Vin Diesel es Mark Sinclair y Cary Grant solía ser Archibald Leach. Estoy segura de que podríamos darle un toque especial a «Bob Smith».

Debería haberlo sabido después de verla en el tribunal. Nada se le escapaba a Zara, aunque pareciera que le estaba prestando atención a otra cosa. No volvería a cometer ese error. Sobre todo si eso significaba acabar en una cama de hospital por un dolor de cabeza que podría haberse curado con una buena noche de sueño. Esta situación solo podría empeorar si...

—¿Jay? ¿Qué diablos haces aquí? —Thomas se acercó a la cama—. Brittany está unos cubículos más abajo. La están tratando por una reacción alérgica. La gente no entiende que «alergia a las nueces» significa que puedes morirte si te las comes. Por suerte llevábamos encima su epinefrina y llegamos a tiempo, así que se pondrá bien.

Jay hizo las presentaciones. Estrechó la mano de Thomas con tanta fuerza que el otro se estremeció.

—Bueno —Thomas flexionó sus dedos—, la verdad es que no pareces enfermo.

—No lo estoy —dijo Jay con voz firme—. En absoluto. Estaba a punto de volver a la oficina. Solo ha sido… —¿Qué diablos debía decir? No podía decirle la verdad a Thomas. Respiró hondo y lanzó a Zara una mirada rápida y desesperada, rezando por que no hablara de calderos con sesos de zombi. Ella lo miró y asintió con la cabeza.

—Intenta ser modesto —dijo Zara rápidamente—. Y estoico. J-Tech trabajaba en la seguridad de una fiesta de famosos a la que yo asistía. Ya sabe lo excéntricos que pueden llegar a ser los actores.

Thomas asintió.

—Tenemos a varios clientes del mundo del espectáculo.

—Entonces ya sabe lo rápido que las cosas se les pueden ir de las manos —dijo Zara—. Jay y su equipo lo controlaron enseguida, pero en medio de la locura se golpeó en la cabeza. Dijo que estaba bien, pero como abogada especializada en accidentes, le recomendé que se hiciera un chequeo. Nunca se es demasiado precavido cuando se trata de accidentes en la cabeza. Aunque la lesión no afecte a la capacidad de una persona para rendir al ciento diez por cien, como siempre hace Jay.

—Es bueno saber que no es nada serio. —Thomas se apartó de la cama—. Será mejor que vuelva con Brittany.

—Gracias por ayudarme. —Jay se relajó de nuevo cuando Thomas se hubo marchado—. Era el inversor que espero que financie nuestra expansión internacional.

—Lo recordaba del restaurante mexicano. —Se encaramó al borde de su cama—. Pensé que querrías asegurarle que mañana volverías al trabajo y estarías listo para dominar el mundo de los servicios de seguridad. —Estiró los brazos por encima de la cabeza y bostezó—. Menos mal que no quería quedarse a charlar. Estoy empezando a dormirme y no tengo gominolas en el bolso que me den un chute de energía. —Se encogió de hombros cuando él arqueó una inquisitiva ceja—. Es una cosa rara de la energía. A mi padre le pasa lo mismo. Podemos sobrepasar nuestros límites, pero luego nos quedamos sin energía y, ¡bum!, se acabó.

—¿Por qué no te tumbas en la cama conmigo? —Se puso de lado y se movió para dejarle un poco de espacio, aunque no había mucho sitio para moverse.

—No sería… apropiado. —El deseo que asomó a sus ojos cuando miró el espacio que él había hecho desmintió sus palabras.

—Si te preocupa tener que encontrarme a mi pareja ideal, prometo no decirle que hemos compartido cama. —Se hizo a un lado, agradecido por la barandilla, que le impedía caerse—. No tengo segundas intenciones, sobre todo con toda esta gente suelta por ahí, y no creo que haya ninguna norma que lo prohíba. La pareja de enfrente está acostada y nadie les ha dicho nada.

—Ya que lo pones así… —Ella se apretó en el pequeño espacio que había a su lado, descansando sobre un costado. Tres segundos después, se levantó sobre un codo—. Pero por mucho que agradezca la oferta, esta cama no es lo bastante grande para los dos.

Jay se tumbó boca arriba, le pasó un brazo por los hombros y colocó la cabeza de ella sobre su pecho.

—¿Qué te parece así?

Zara se acurrucó a su lado.

—Aceptable.

Era más que aceptable. A pesar de que estaba muy incómodo en un lugar que solía dispararle el pulso, se sentía tranquilo.

—Solía jugar con el equipo del hospital cuando mi madre seguía el tratamiento contra el cáncer. —Los labios de Jay rozaron el cabello de Zara—. No podía quedarme ahí sentado preocupándome. Necesitaba hacer algo con mis manos.

—¿Está bien ahora? —Zara levantó la vista, con un gesto de preocupación.

—En la última revisión le dijeron que todo estaba bien. —Dudó, pues quería comentarle sus inquietudes a alguien, pero no estaba seguro de que pudiera hacerlo—. Estaba preocupado por ella cuando me hizo prometerle que encontraría pareja. Fue una petición muy extraña. Ella sabe lo importante que es para mí el trabajo, cuáles son mis objetivos. Pensé que quizá volvía a tener cáncer y no quería decírmelo. Aún no estoy seguro del todo.

—Tendrías que preguntarle. Este tipo de cosas son demasiado serias para pasarlas solo.

Tenía razón. La conversación estaba pendiente desde hacía tiempo. Pero había evitado preguntar porque temía la respuesta. Pero no se trataba solo de su miedo a perder a su madre. Se trataba de apoyarla aunque ella no quisiera. Como Zara acababa de hacer con él.

Ella jugueteó con el dobladillo de su bata.

—Mi familia lleva las cosas al siguiente nivel. No me piden que les haga una promesa. Me traen a los hombres a la fuerza. Me sorprende que una de mis tías no haya aparecido por aquí diciendo que estaba por el barrio y, mira quién la acompaña, un pobre soltero que se ha dejado llevar de aquí para allá porque está desesperado por casarse.

—¿Por qué no les dices que paren?

Sentía su sedoso cabello sobre la mejilla y percibía su aroma floral, aunque estaba un poco oculto por el olor a polvo de talco y a kebab. Se había quitado el disfraz y limpiado el maquillaje antes de llamar al Uber, pero su cabello retenía los delatores olores.

—Por la misma razón por la que tú le hiciste esa promesa a tu madre. —Ella sonrió y sus ojos se llenaron de cariño—. Los quiero. Son mi familia.

Un maremoto de emociones corrió por las venas de Jay.

—Quiero besarte ahora mismo —dijo en un susurro.

Ella echó la cabeza hacia atrás y lo miró a través de sus largas y sedosas pestañas.

—Podría ser por el traumatismo craneal. Yo tuve la misma sensación en el callejón, después de estrellarme contra la puerta de la galería de arte.

—Quizá no sea por eso. —Le rozó la frente con los labios, complacido de que ella se relajara entre sus brazos.

—¿Qué clase de casamentera sería si probara la mercancía?

—Una muy minuciosa.

—No puedo hacerlo, Jay. —Su aliento acarició sus labios—. Mi vida es un continuo desastre. Si no estás ocultándome algo (esposa, hijos, un pasado criminal, alergia a los gatos, fetiches raros, pertenencia a una secta, una doble vida), entonces yo misma sabotearé inconscientemente nuestra relación y no querrás volver a verme.

—No te estoy pidiendo una relación —dijo—. Solo un beso. —Pasó un dedo por la curva de su mandíbula; un contacto tan ligero como una pluma sobre la piel.

—Un beso. —Ella se mordió el labio inferior, con los ojos oscurecidos por el deseo—. Nadie me ha pedido nunca permiso para besarme. Suele ocurrir sin más. Estamos hablando en el sofá o tumbados en la cama y entonces nos acercamos y sé que vamos a besarnos. Mi corazón empieza a latir con fuerza, contengo la respiración y…

—Shhh…

Él le pasó la mano por detrás del cuello y se colocó más arriba para verle mejor el rostro.

—¿Va a pasar ahora? —susurró.

—Sí. Ahora.

La besó con delicadeza, apretando los labios contra su arco de Cupido. Todo se calmó alrededor. Los sonidos de la sala de Urgencias se desvanecieron bajo los latidos de su corazón y el torrente de sangre que corría entre sus oídos. Con un suspiro, ella abrió su boca para él, robándole el aliento con el lento movimiento de su lengua. Se entregó a la dulzura de su boca, tirando de ella y poniéndosela encima, para pasarle después las palmas de las manos por las exuberantes curvas y meterle los dedos entre el sedoso cabello. Su aroma, los suaves gemidos y las jadeantes respiraciones, el temblor de su cuerpo, el calor sofocante que ardía entre ellos, era demasiado y escaso a la vez. Ahora entendía por qué su madre le había pedido aquella promesa. Una vida con estos besos era mucho mejor que estar solo.

—Hora de sacar sangre. —Una divertida voz le heló la sangre en las venas.

Zara se tensó y se colocó a un lado, ocultando su rostro en el hombro de Jay. En algún lugar de su cerebro, embotado por la lujuria, recordó que estaban en un hospital y que habían venido por alguna razón, aunque ahora no recordaba cuál era exactamente.

—Bueno, ha sido divertido. —Zara se levantó cuando la enfermera le hubo sacado otro vial de sangre. Por suerte, esta no había hecho ningún comentario sobre lo que había visto—. Me siento como si me hubieran encontrado enrollándome con el *quarterback* del instituto en el sofá de la casa de mis padres.

Jay la estrechó con más fuerza cuando ella se disponía a marcharse.

—¿Adónde vas?

—Será mejor que me siente castamente en una silla, al otro lado de tu cubículo. Si seguimos haciendo lo que estábamos haciendo, las cosas podrían acabar mal para alguno de los dos.

El pecho de Jay se hinchó de orgullo.

—Soy un besador excepcional.

—Te doy un notable alto.

—¿Me tomas el pelo? —Su voz subió de tono.

—No puedo darte un sobresaliente. —Ella se recostó a su lado, con la cabeza sobre su pecho—. No tendrías nada por lo que esforzarte.

—Quizá debería volver a intentarlo ahora mismo. —Le acarició el rostro y le tomó la mandíbula con una mano ahuecada.

—Un beso. —Ella apartó su mano con delicadeza.

—Un beso. —Jay le alisó el cabello, escuchando el ritmo de sus respiraciones. No recordaba la última vez que se había sentido tan relajado. Contento. Tan jodidamente bien.

—¿Jay?

—¿Sí?

—El día que nos conocimos en la partida de *paintball*, ¿imaginaste que algún día estaríamos aquí?

Él lanzó una carcajada.

—¿En un hospital porque me he caído intentando escapar de ti? Para nada.

Ella se apoyó en un brazo y le lanzó una mirada de fastidio.

—No me refería a eso. ¿Imaginaste que alguna vez nos besaríamos?

—No —dijo con sinceridad—. Pensé que eras la mujer más irritante que había conocido nunca. Además, me disparaste en el culo. Eso no auguraba ningún romance precisamente.

—Yo pensaba lo mismo de ti. —Volvió a tumbarse, colocando la palma de la mano sobre su pecho—. Y, sin embargo, aquí estamos.

—Así es. —Ella había aparecido en su vida como un huracán y era incapaz de dejarla marchar.

Él oyó su nombre a lo lejos. Una conversación en murmullos. El ruido sordo de unas botas y el chirrido del cuero.

—Jay. —Su madre entró en el cubículo vestida de cuero de la cabeza a los pies y con un casco de moto en la mano—. ¿Qué ha pasado? ¿Te encuentras bien? Rick y yo estábamos dando una vuelta de noche cuando recibí una llamada del hospital porque soy tu contacto de emergencia. Está aparcando la moto.

Zara se levantó de un salto y rodó fuera de la cama, cayendo de rodillas en el suelo. Se incorporó y se enderezó, con una tensa sonrisa en el rostro.

—Estoy bien —dijo—. Me caí en el trabajo y vine por precaución.

—Soy Zara. —Le ofreció la mano—. No sé si me recuerda, pero nos conocimos en la boda de Tarun. Yo estaba en el suelo, con la cabeza…

La madre de Jay la miró de reojo y esbozó una sonrisa.

—Me acuerdo de ti. No todos los días veo a mi Jay rodando por el suelo durante una boda.

—¡No estábamos rodando, mamá! —gritó—. Nos caímos.

—Traje a Jay al hospital —dijo Zara rápidamente, como si percibiera la creciente tensión—. Él no quería venir, pero se dio un buen golpe en la cabeza con un caldero, así que pensé que debería hacerse un chequeo.

—¿Un caldero?

—Zara es casamentera. Me está ayudando a encontrar pareja para que pueda cumplir la promesa que te hice. A cambio, le ofrecí presentarle a algunos famosos. Fuimos a la fiesta de clausura de una película para que conociera a uno de los actores.

—Zombis. —Zara estiró los brazos y se tambaleó hacia delante—. Fue la bomba.

Su madre soltó una carcajada y le brillaron los ojos.

—Parece divertido.

—Fue solo trabajo —espetó Jay, irritado por que su madre y Zara se hubieran unido tras su humillante accidente—. No tuvo nada de divertido.

Él se dio cuenta de que había sido demasiado duro cuando Zara se quedó inmóvil, con una expresión de dolor en el rostro.

—Parece que estás en buenas manos, así que será mejor que me vaya. —Alcanzó el bolso y le dirigió una sonrisa a su madre—. Me alegro de haberla visto.

Antes de que él pudiera disculparse, ella corrió la cortina y se marchó. Jay solo pudo mirar boquiabierto cómo se alejaba.

—Me gusta —dijo su madre.

A Jay también le gustaba. Entonces, ¿por qué la había rechazado?

15

No era fácil encontrarle pareja a Jay en el salón de baile de un hotel con más de quinientos invitados, pero después de cuatro días sin hablarse y de convencerse a sí misma de que solo había sido un beso, Zara estaba lista para la tarea.

—Se llama Jay Dayal. —Zara se agachó junto a Mara Bedi y su madre, y les mostró una foto de Jay que había sacado de su página web—. Fue capitán de las Fuerzas Aéreas y ahora es el director general de una exitosa empresa de seguridad. Es alto, está en forma, es inteligente y tiene una buena educación. Tiene un piso y un coche. No tiene mascotas. No tiene hermanos. Sin familia, pero...

—¿No tiene familia? —La madre de Mara negó con la cabeza.

—Solo están él y su madre. —Una madre a la que apenas había podido conocer porque se había asustado mucho con su repentina llegada. ¿En qué estaba pensando? Se suponía que tenía que encontrarle pareja a Jay, no seducirlo cuando estaba herido y vulnerable en la cama de un hospital. Su madre debió de sentirse horrorizada por su comportamiento, y Zara no podía culparla. Al menos había podido poner distancia entre ellos y volver a la caza de parejas. Pero, a pesar de sus esfuerzos, las cosas no iban según lo previsto.

—Estoy segura de que es un buen chico, pero el matrimonio es cosa de familia —dijo la señora Bedi—. Sin familia él no es...

—Claro. Lo comprendo.

Zara se levantó rápidamente, intentando contener otra inexplicable oleada de alivio. Tres intentos. Tres fracasos. Su don de casamentera se estaba apagando. Por mucho que intentara negarlo, algo había cambiado tras el beso y le resultaba casi imposible cumplir con su parte del trato.

Se alejó caminando como un autómata con su delicado *lehenga* de color marfil. Había decidido ir vestida de escándalo con una falda larga de gasa blanca y un *choli* rojo bordado con tirantes finos y un pronunciado escote que dejaba al descubierto la cintura. Los numerosos brazaletes del brazo, unos grandes pendientes rojos y plateados, y una gruesa gargantilla a juego completaban el conjunto, además de un par de tacones de aguja de color rojo.

—¡*Beta*! —Su padre la detuvo de camino a la barra. Parvati acababa de enviarle un mensaje diciéndole que la esperaba con dos mojitos y unos chismes que estaba desesperada por contarle—. No has venido a verme desde el día del evento. Me estaba preocupando. —Le dio un cariñoso abrazo y un beso en la mejilla.

—Solo he estado ocupada con el trabajo. —Se tragó la culpa. ¿Cómo iba a verlo después de aquella exhibición? Necesitaba más tiempo para asimilarlo. Tal vez en unas pocas semanas superaría el miedo a lo que él estuviera planeando pintar.

—Mi exposición fue todo un éxito. —Sonrió—. Vendí la mayoría de los cuadros y tengo diez encargos. Indra me ha dicho que cuando tu amigo Jay se pasó por la galería esta semana…

—Espera. ¿Qué? —Su corazón pegó un brinco—. ¿Jay fue a ver a Indra?

—Sí. Dijo que estuvieron cenando y hablando de arte hasta bien entrada la madrugada.

Sus palabras fueron como un puñetazo en el estómago. Jay e Indra. No lo había visto venir. Pero ¿qué esperaba? Había dejado claro al salir del hospital que su beso había sido solo un beso. ¿Era tan sorprendente que se hubiera interesado por alguien que Zara le había escogido? Ella era una gran casamentera y parecía que su tasa de éxito continuaría intacta este año.

Su padre frunció el ceño.

—¿Ocurre algo?

—No. —Intentó sacudirse la extraña sensación que tenía en el estómago.

Había tomado una decisión, así que ¿por qué entraba en pánico al imaginárselos juntos?

—Me alegro por ti.

—Pareces triste, *beta*. ¿Quieres venir y sentarte con tu viejo padre y tus tíos?

—¡Ah, no! —Levantó una mano—. Estoy bien en la mesa de los solteros.

—¿Sabes quién más estará en la mesa de los solteros? —Hizo un gesto con la mano y un hombre bajo, regordete y con perilla salió de entre las sombras. Con el cabello moreno, la barba negra y abundante y un *sherwani* marrón había sido imposible verlo.

—Te presento a Rohit Sharma. —Su padre palmeó a Rohit en la espalda—. Es el hijo de un amigo de mi época universitaria. Es un buen chico. Tiene dos carreras: Informática y Matemáticas. Construye maquetas de coches y le gustan los gatos. ¿Qué te parece? ¿Te gusta? ¿Debería preguntar cuándo estará libre este local?

Zara gimió para sus adentros y lanzó una mirada de disculpa al pobre Rohit, que parecía tan avergonzado como ella.

—Creí que habías dicho que sería sutil —le murmuró a su padre.

—Y así ha sido. No lo has visto hasta que le dije que saliera.

—Ha sido un placer conocerte, Rohit. —Ella esbozó una sonrisa—. La verdad es que estaba yendo a ver a una amiga. Es dama de honor y no tiene mucho tiempo para charlar. Seguro que nos volvemos a ver en la mesa. —Se volvió hacia su padre, bajando la voz para que solo él pudiera oírla—. Te veo en la pista de baile y charlamos.

Veinte minutos, dos mojitos y algunos cotilleos poco interesantes de Parvati más tarde, Zara le contó lo de Indra y Jay.

—¿Y qué? —dijo Parvati—. Creía que tu objetivo era emparejarlos. —Jugueteó con los pliegues de su falda. La novia, Rucha, había comprado unos saris rosa palo para las damas de honor y Parvati no conseguía que el suyo le quedara bien. Nunca le habían gustado los saris.

—Lo es. Lo fue. Es... —Se enredó con las palabras.

—¿Cuál es el problema?

—El beso. —Zara dejó caer la cabeza en sus manos—. Lo estropeó todo. Solo puedo pensar en ese beso y en que quiero más.

Parvati echó la cabeza hacia atrás y gimió.

—Estoy harta de oír hablar de ese beso, y no solo a ti. El departamento entero lleva una semana hablando de ello. Si Jay acaba de nuevo en Urgencias, lo tratarán como un rey.

—Nunca me habían besado así.

Zara se llevó los dedos a los labios. Aún podía sentir la suavidad de su boca y el lento movimiento de su lengua. Podía oír su áspera respiración, ver el fuego de sus ojos y sentir su cuerpo caliente y duro debajo de ella.

—Pues si quieres más besos, haz algo antes de que Indra se escape con tu hombre o que la prima de Rucha, Binita, le ponga las garras encima. Rucha la ha puesto en tu mesa al lado de Jay. Pensó que harían buenas migas.

—No es mi tipo. —Zara dio un sorbo a su bebida—. Tenía una conmoción cerebral cuando me besó. No pensaba con claridad. Seguro que se arrepiente y por eso no he sabido nada de él en toda la semana. Le envié algunos perfiles de citas y ni respondió. Tampoco estuvo anoche en el *sangeet*. ¿Y quién cree que una fiesta de zombis no es divertida? No tenemos nada en común.

—Tal vez lo has asustado. He visto algunos de esos perfiles de citas. Si yo fuera un hombre, saldría corriendo sin mirar atrás.

—No estás ayudando en nada, Parv. —Se tragó lo que quedaba de mojito—. Si él e Indra están juntos, me alegro por ellos. De verdad.

—Es genial —dijo Parvati distraídamente, mirando fijamente a Vivek Kapoor, el invitado famoso de la boda y estrella de segunda fila de Bollywood. Era primo lejano de la novia y se había mudado al Área de la Bahía para hacer realidad su sueño de pasar de Bollywood a Hollywood. Hasta ahora había interpretado al gracioso compinche desi en varias películas de acción y comedias románticas, pero nunca había conseguido un papel protagonista.

Los ojos de Zara se entrecerraron cuando Vivek posó para otro selfi con una fan.

—¿En serio? Es todo humo; no tiene nada de sustancia.

—Todo ese humo estará en la mesa de los solteros contigo —dijo Parvati—. Mira cómo mueve las caderas. Es como si no formaran parte de su cuerpo. —Gimió de frustración—. Con todas las ocasiones en que me ha tocado estar en medio de la fiesta nupcial, hoy estaré delante del salón y él detrás.

—Creo que es positivo. No es digno de ti.

—No quiero que sea digno. Quiero que me ponga cachonda. Quiero un hombre que sepa mover su cuerpo bajo las sábanas. —Se acabó la bebida de un trago—. Necesito que seas mi intermediaria esta noche. Si alguna vez has necesitado usar tus dotes de casamentera por una buena causa, es ahora.

Zara negó con la cabeza, aunque ambas sabían que no podía negárselo a su mejor amiga.

—Necesito tomarme un descanso como casamentera. Me siento quemada.

—Y yo necesito a Vivek. —Parvati la agarró de los hombros y la zarandeó—. Sé la mejor amiga y siéntate a su lado en la mesa para que nadie me lo robe. Dile que tienes una amiga fabulosa que está desesperada por conocerlo.

Zara inspeccionó la sala, trazando mentalmente un camino entre su ubicación actual y la mesa. Las tías *rishta* merodeaban por todas partes, intentando parecer inocentes mientras buscaban a su presa.

—Lo haré lo mejor que pueda. —Respirando hondo, se concentró en su objetivo. Caminaría lo más rápido que pudiera para tomar impulso y que no la pudieran detener.

«Tengo que presentarte a alguien. Muy robusto. Los cuarenta son los nuevos veinte».

«… el médico dice que el sarpullido no es contagioso».

«¡Mira quién está aquí! ¡Qué maravilla! Diez gatos…».

«… acaba de salir de la cárcel, pero fue una acusación falsa…».

«Canta como soprano en el coro…».

«… todos los hombres tienen flatulencias. No es nada importante».

Zara llegó a la mesa ilesa y comprobó rápidamente las tarjetas con los nombres. Se colocó entre Vivek y un tipo llamado Clive, dejando a Jay y Rohit al otro lado de la mesa. Acababa de reorganizar los asientos cuando la gente empezó a llegar, presentándose a medida que se sentaban.

El tipo que se sentaba al lado de Rohit era el compañero de universidad del novio, que tenía resaca de la noche anterior y no parecía muy dispuesto a hablar. Las gotas de sudor le caían por la húmeda frente y le temblaba la mano cuando agarraba los panecillos. A su lado, Binita, una guapa mujer con un elegante corte *bob*, se dedicaba a hacerse selfis desde todos los ángulos, mientras Kamal intentaba estropearle todas las fotos. El amigo del trabajo de la novia, Clive, una copia en miniatura de Jason Momoa con más barba, le guiñó el ojo exageradamente a Zara cuando tomó asiento a su lado, pensando que esta sería su noche de suerte. Desesperada por escapar de su destino, una mujer vestida de blanco se levantaba de su silla cada dos segundos para hablar con las personas de una mesa para parejas cercana.

Vivek llegó y disfrutó de la adulación durante unos momentos. No iba a ser fácil vender a Parvati cuando no la tenía cerca, sobre todo cuando la mujer de blanco lo vio y corrió a la mesa a toda velocidad.

Jay fue el último en llegar. Zara no lo había visto desde la noche de la fiesta. Llevaba un traje negro, perfectamente ajustado a su magnífico cuerpo, la mandíbula afeitada y el cabello bien peinado. ¿Por qué tenía que estar guapo de una forma tan devastadora? Solo era una boda. ¿Por qué no podía haber venido en vaqueros?

La mirada de Jay pasó de Vivek, a su izquierda, a Clive, a su derecha. Su mandíbula se tensó de forma casi imperceptible, pero tomó asiento al lado de Binita sin decir palabra.

El silencio se apoderó de la mesa.

—Supongo que no somos el grupo de moda. —Zara forzó una sonrisa cuando la mesa más cercana estalló en carcajadas—. Probablemente todos nos estén mirando, esperando que nos emparejemos al final de la velada como si hubiéramos venido desesperados por coquetear. —No se sentía la alegre buscadora de parejas de siempre, con Jay mirándola desde el otro lado de la mesa. ¿A qué venía eso? Él era quien no le había contestado los mensajes.

—Quizá esta sea tu noche de suerte. —Clive arqueó una poblada ceja. Una ceja que hacía el trabajo de dos porque estaban unidas por el medio—. El hombre de tus sueños podría estar justo delante de ti.

—Los ligues de las bodas son divertidos, pero nunca conducen al amor verdadero. —Miró a todos los presentes, evitando deliberadamente los ojos de Jay—. ¿Cuántos de nosotros nos hemos despertado en una cama extraña la mañana siguiente de una boda y nos hemos largado de allí lo antes posible? —Levantó la mano, pero su sonrisa se desvaneció cuando nadie más hizo lo mismo—. De acuerdo. Solo yo.

«Para. Por favor. Tan solo para».

Pero no podía parar. Era demasiado incómodo. Nadie hablaba, y Binita estaba loca por Jay, y la mujer de blanco estaba encima de Vivek, y Kamal estaba haciendo trucos de magia, y la ceja de Clive no paraba de moverse, y solo había un hombre en la mesa digno de un paseo de la vergüenza[4] y había cenado con Indra.

—¿Qué tal un juego de beber? —sugirió Zara—. Eso podría rebajar la tensión. Hace unos años fui a Colorado a una boda en invierno. Creo que nos bebimos seis botellas de vino tinto. ¿O era blanco? Después de un par de rondas jugando al *wine pong*, todos saben igual. La cháchara se convirtió en coqueteo, el baile en locura y acabamos todos desnudos en el lago. Como vosotros. —Miró expectante a su alrededor, esperando que otros pudieran contar sus propias historias sobre cómo se habían bañado desnudos en un lago de aguas heladas mientras estaban borrachos, pero todos se quedaron mirando—. Esa noche no fue muy bien —continuó—:

---

4. Del inglés «walk of shame»: volver a casa la mañana siguiente de una fiesta y de haberse acostado con alguien, vistiendo la misma ropa que la noche anterior porque el encuentro sexual no estaba planeado. (N. de la T.)

Me enrollé con uno de los padrinos de la boda, pero no podía calentarse, si sabéis a lo que me refiero.

El universitario se atragantó con su cerveza. Clive se lamió los labios, o al menos eso le pareció a ella que hacía debajo de todo aquel pelo. Binita la miraba con los ojos muy abiertos. Pero Zara estaba en racha y no podía parar.

—De todos modos, resultó que no era un problema de rendimiento. Tenía hipotermia y tuvieron que llevárselo en ambulancia.

«Todavía nada. Un grupo difícil».

—¿Alguien quiere vino? —El camarero apareció en la mesa como si alguien se hubiera apiadado por fin de ella.

—Yo. —Zara levantó su copa—. Llénala bien. ¿Puedes dejar una botella… o doce?

Después de llenar las copas, decidió centrarse en Vivek. Parvati ya le había enviado cuatro mensajes preguntándole por sus progresos, y la mujer de blanco por fin lo había dejado solo para ir a retocarse el maquillaje con una amiga.

—Estamos encantados de que hayas venido —dijo Zara—. He visto todas tus películas de Bollywood. ¿Cuál es tu próximo proyecto?

—Acabo de conseguir un papel en una nueva película de zombis. —Hinchó el pecho—. Se llama *La noche del cadáver mutante reencarnado del infierno viviente hijo del padre del abuelo terror malvado no-muerto alimentado en granja con cereal y chupa huesos, parte 4 en IMAX 3D*.

—¿Zombis? —Sus ojos se abrieron de par en par y le apretó el brazo—. Me encantan los zombis. La semana pasada estuve en la fiesta de clausura de *El día de la noche de la tarde de la venganza de la novia del hijo del terror del regreso del ataque de los muertos vivientes, alienígenas, mutantes, malvados, demonios, devoradores de carne y cadáveres putrefactos, parte 6 en impactante 4D*. Conocí a Bob Smith. —Miró a Jay para hacerle partícipe de su emoción, pero él la miró con el ceño fruncido. ¿Qué diablos estaba pasando? Era todo sonrisas y susurros cuando hablaba con la boba de Binita.

—Se suponía que Bob iba a interpretar al comandante —dijo Vivek—. Pero se ha visto envuelto en un escándalo y he oído que están pensando en sustituirlo. Espero que no, porque sería un honor trabajar con un genio artístico como él. Es un actor de método. ¿Sabías que vive como un zombi durante tres meses enteros antes de rodar para meterse en el papel?

Intentó prestarle atención mientras hablaba del rodaje, pero Binita le estaba tocando a Jay la palma de la mano. ¿Qué era todo eso? ¡Menudo bastardo a dos bandas! ¿Qué pasaba con Indra? ¿Por qué no podía escoger a una sola mujer? ¿Y por qué tenía unas ganas locas de arrancarle los ojos a Binita?

Apretando los dientes, volvió a prestarle atención a Vivek, que había retomado el tema de los zombis. El universitario lo interrumpió con preguntas sobre la sexualidad de los zombis y si todas las partes importantes del cuerpo funcionaban en los muertos vivientes. Clive se rio como un adolescente. Zara quería decirle que esta noche no iba a tener suerte, pero no pudo articular palabra porque él no paraba de hablar de cómo el hecho de no tener trabajo le había animado a centrarse en sí mismo y ahora solo comía alimentos crudos.

La mujer del vestido blanco regresó y se puso a trabajar a toda máquina para recuperar la atención de Vivek. Retorció con un dedo un mechón de su sedoso y oscuro cabello. Aleteó sus largas pestañas. Se rio de todo lo que decía Vivek, incluida la triste historia sobre la muerte de su mascota de la infancia y sus fracasos con la cirugía plástica. Como no quería decepcionar a Parvati, Zara hizo un último y desesperado intento por hablar bien de su amiga.

—Mi amiga Parvati tiene una colección de cometas. —Zara acercó su silla a Vivek—. Es increíble. Cuando no está en el hospital, donde trabaja como médica de urgencias, o haciendo voluntariado con niños de barrios marginales, o modelando para revistas desi, o viendo un maratón de películas de zombis, está en la playa… volando sus cometas… en el cielo.

—Tienes suerte de haber encontrado a alguien —dijo Vivek—. Yo sigo soltero. —Lanzó una mirada ardiente a la mujer del vestido blanco—. Y disponible.

¿Qué había pasado con sus habilidades de casamentera? Parvati iba a matarla.

—No estamos juntas —soltó Zara—. Vivimos juntas pero no estamos *juntas* juntas. A ella le gustan los hombres. Bueno, también le gustan las mujeres. Pero yo no. Le gusto, claro. Somos amigas. Pero a mí me gustan los hombres. Solo los hombres.

—Yo soy un hombre —dijo Clive—. Todo un hombre.

Ella esbozó una fría sonrisa.

—Gracias por aclararlo. —Volviéndose hacia Vivek, señaló la pista de baile, donde Rucha y Rishi estaban teniendo su primer baile—. Parvati bailará después. Si no fuera médica, habría sido bailarina de *pole dance.*

—Puedo bailar *pole dance.* —Clive pasó un brazo por el respaldo de su silla—. Aprendí cuando plantaba árboles en la naturaleza indómita de Canadá.

Zara levantó una mano para rechazarlo.

—Por favor, no me digas…

—Estaba rodeado de castores. Marrones, negros, marrones y negros…

—¡Señoritas solteras! —La voz del maestro de ceremonias resonó en la sala—. Es hora de que la novia lance el ramo y luego paséis a la pista de baile.

Rucha se colocó en posición, dispuesta a lanzar su ramo a la turba de enfervorizadas mujeres que se agolpaban en la pista de baile. Zara se encorvó en su silla, intentando ocultarse. Aparte de la mesa de los solteros, el lanzamiento del ramo y el baile de las solteras eran los rituales nupciales más humillantes para los solteros.

—¡Ella está soltera! —Clive tomó la mano de Zara y la levantó, convencido de que no tendría suerte esa noche.

Una de las damas de honor gritó de alegría y arrastró a Zara a la pista de baile, colocándola justo delante del tumulto. Zara miró a Parvati, que farfulló una disculpa antes se escabullirse entre el gentío.

Las risitas. La cuenta atrás. Los empujones hechos con buen humor que luego se convierten en una lucha sin cuartel. Decenas de manos levantadas, brazaletes tintineantes, anillos brillantes, largas uñas afiladas como garras.

Y se lanzó el ramo. Voló por encima de su cabeza. Se desató el infierno. La *lehenga* se le subió por los muslos y los afilados tacones de aguja repiquetearon en el suelo embaldosado. Hubo un golpe. Un codazo. Un empujón. Un grito. Zara intentó abrirse paso entre el frenesí. Llegó al borde de la pista de baile y vio que el ramo se dirigía hacia ella.

Con el corazón desbocado, saltó y lanzó lejos las flores. Pero se dio cuenta demasiado tarde de que sus habilidades con el voleibol en el instituto estaban un poco oxidadas. En vez de ir a parar al grupo de desesperadas solteras, el ramo voló directo hacia la nuca de Rucha.

Una mancha negra. Una mano elegante. Jay alcanzó el ramo en pleno vuelo y lo lanzó de nuevo al gentío.

—Rápido. —Tomó a Zara de la mano y la sacó de la pista de baile—. Vamos a sacarte de aquí.

Zara estuvo más que feliz de salir con Jay de la pista de baile. La condujo por unos anchos pasillos hasta un balcón con vistas a un bonito jardín.

—Te llamaré la próxima vez que mis amigos organicen un partido de voleibol en la playa —dijo él sin apenas aliento.

Zara se agachó, lanzando un suspiro.

—No pretendía tirárselo a la cabeza. —Se levantó y se agarró a la barandilla, maldiciéndose una vez más por su impulsividad. ¿Por qué no podía parecerse más a su madre? Siempre fría. Siempre tranquila. Siempre serena sin importar la ocasión—. Supongo que tú serás el próximo en casarte, ya que has atrapado el ramo.

Él la miró ofendido.

—Tú lo atrapaste primero.

—Técnicamente no lo hice, porque no lo sujeté. Tan solo lo cambié de dirección. —Miró hacia el jardín, donde Vivek permanecía de pie al lado de una fuente, con la mirada expectante en el patio donde la gente se había diseminado para bailar.

—¿Te está esperando? —La voz de Jay sonaba forzada.

—¿Qué? —Ella frunció el ceño—. ¿Vivek y yo?

—Te pasaste casi toda la cena hablando con él. —Apoyó la mano en la barandilla del balcón—. Quizá piense que una fiesta de zombis es lo más divertido del mundo.

Zara sintió un aleteo de excitación en el vientre. ¿Estaba celoso? No es que los celos fueran algo bueno, pero si le lanzaba una mirada asesina era porque le importaba.

—¿Puedes imaginar una combinación peor? Es como yo: imprudente, impulsivo, propenso a los accidentes; solo que lo disimula mejor. Me dijo que tuvo que contratar a un ayudante para que le siguiera y apartara las cosas de su camino porque, cuando está metido en su personaje y concentrado en el guion, se olvida de dónde está. Hasta se cayó al mar en su último set.

—Así que te entiende.

—Ni siquiera yo me entiendo —dijo en tono seco—. Creía que el tipo que intentaba ganarme para Parvati sería más perspicaz.

—¿Parvati lo quiere?

—Está loca por él, pero como tenía que sentarse con el cortejo nupcial, me pidió que la ayudara. Se suponía que tenía que convencerlo y alejar a la competencia. Sinceramente, entre ayudar a Parvati, mantener lejos a la bailarina de *pole dance*, controlaros a ti y a Binita, e intentar que la gente hablara, la velada ha sido agotadora.

A él le temblaron los labios, pero su voz se mantuvo calmada.

—¿Por qué nos controlabas a Binita y a mí?

—Lo hacía en caso de que fuera la elegida y yo pudiera añadir una pareja a mi marcador de la temporada. —Se revolvió el cabello, aparentando que no le importaba que hubiera estado hablando en susurros y toqueteando a una desconocida—. ¿O… es Indra? He oído que os habéis visto.

Una parte de ella esperaba que dijera que sí. Se habían besado y fue estupendo, pero él había encontrado a otra. Pero otra parte, esa parte de ella que se sentía tranquila y segura cuando él estaba cerca, esperaba una respuesta diferente, aunque la asustara.

—No estoy interesado en ninguna de las dos.

El corazón le dio un vuelco y luego le latió con fuerza.

—¿Por qué? ¿Qué tienen de malo?

—No son mi tipo.

—Creía que Indra y tú habíais estado cenando y charlando hasta bien entrada la madrugada.

Ella se estremeció por la intensidad de su mirada.

—Quería comprar algunas obras de arte. Indra pidió la cena para que yo pudiera tomarme mi tiempo mirando el portafolio.

—¡Oh! —Se quedó sin aliento—. Claro que sí. Eso es lo que pensaba. No eres del tipo al que le gustan las mujeres que no paran de hacerse selfis o las galeristas que venden obras de frutas sugerentes.

—Estabas celosa. —Se acercó a ella con una engreída sonrisa y la arrinconó contra la pared de ladrillo visto.

—No seas idiota. Solo quería tener las cosas claras para añadir una nueva pareja a mi registro en el momento adecuado. Cuando me enteré de tu visita…

Él enarcó una ceja.

—¿Cómo te enteraste?

—En la familia Patel no hay secretos. Todo el mundo lo sabe todo. El cotilleo es un deporte olímpico. Solo me sorprende que tardara dos días en vez de dos minutos.

—Pues tengo un secreto que nadie conoce. —Apoyó un brazo en la pared, al lado de su cabeza, y ella se enzarzó mentalmente en malsanas especulaciones alimentadas por el alcohol.

Habían acordado un beso. ¿Y si él quería más?

16

Zara no estaba escuchando.

Jay lo sabía a ciencia cierta porque tenía los ojos vidriosos. Cuando ella estaba escuchando o hablando, lo miraba directamente y le prestaba toda su atención. La única vez que no había estado centrada fue cuando la besó, y como era lo único en lo que él había estado pensando desde la última vez que se vieron, estaba bastante seguro de que ella estaba haciendo lo mismo.

—¿Qué secreto? —Ella se mordió el labio inferior y él no pudo apartar los ojos.

—Se me dan bien los abrazos.

Él pasó un dedo por uno de los finos tirantes del *choli* y ella respiró hondo.

—Lo sé.

—También se me dan bien los besos. —Siguió el bordado del vestido, rozando la media luna de su pecho. Decidió que lo que más le atraía de ella era su pasión y su capacidad para sacar lo mejor de cada situación, incluso si eso la hacía sufrir.

Impelido por un implacable deseo de triunfar, de demostrar su valía a un padre que no lo había querido, había buscado esa misma libertad en el ejército del aire, donde podía perderse en los subidones de adrenalina y en el cielo azul infinito.

—¿Tu secreto es una confianza suprema en ti mismo y un ego tan grande que tengo que rodearlo? —Ella le puso una mano sobre el pecho. Por un momento pensó que lo apartaría, pero cuando ella no se movió, sintió un enorme alivio. Llevaba toda la semana preguntándose si la habría asustado con aquel beso.

Había sido un infierno darle espacio, pero no podía arriesgarse. Poco a poco, Zara se estaba metiendo en su corazón.

—No doy mis secretos gratis. —Llevó una mano a su cintura y tiró de ella.

El cuerpo de Zara se relajó y sus manos fueron hasta sus hombros.

—¿Me lo dirías por un beso?

—Posiblemente. —Resiguió con el dedo el borde del top hasta la unión de sus pechos. Su piel era suave y su perfume tan sensual y rico en matices que le nubló los sentidos.

Se acercó a él y le besó la mandíbula.

—¿Puede ser ahora?

Él quería darle un beso delicado para tantear el terreno y ver si realmente quería subirse a este carro con él. Pero, cuando sus labios se encontraron, algo se rompió en su interior. Cuatro días de anhelos y fantasías. Toda una vida de soledad. Una necesidad tan feroz que le enredó el cabello con una mano y reclamó su boca con ardiente deseo.

Zara gimió y su cuerpo se relajó sobre el suyo. Podía sentir los rápidos latidos de su corazón, saborear la dulzura del chocolate en su boca. Nunca se había sentido cómodo con las muestras de afecto en público, pero no le importaba que el mundo entero los viera mientras ella siguiera besándolo y no parara jamás.

—Jay —ella echó la cabeza hacia atrás, rompiendo el hechizo—, ¿cuál es el secreto? Dímelo o no volveré a besarte así.

La risa le calentó el pecho.

—El secreto es… —Que él la quería. La necesitaba. Estaba dispuesto a hacer lo que fuera para convencerla de que no se parecía en nada a los amantes que le habían hecho daño. Pero no podía decírselo. Todavía no. No si quería tenerla en su vida—. Quiero hacer una pausa en nuestro trato.

—¿Y eso qué significa? ¿No quieres que te encuentre pareja?

—Creo que antes tienes que conocerme mejor —dijo, acariciando la fina columna de su garganta—. Así reconocerás a mi pareja ideal en cuanto la veas.

—Mmm… —Ella ladeó la cabeza para darle un mejor acceso—. Buena idea. La verdad es que debería hacer una investigación en profundidad. Suelo conocer bien a las personas que emparejo, pero tú aún eres un misterio.

Una sonrisa se dibujó en su rostro.

—Estoy dispuesto a que me descubras.

Él fue vagamente consciente del trayecto hasta su casa. Había una limusina de la empresa (no sabía quién la había pedido, tal vez él) y Zara estaba sentada a horcajadas sobre su regazo, apretándose contra él hasta que se sintió tan duro que apenas pudo enfocar la vista. Unos ojos miraron por el retrovisor. Alguien (quizá el conductor) mencionó algo sobre una pantalla de privacidad. Y entonces se quedaron solos detrás de un cristal ahumado, y él enredó los dedos en su sedoso cabello y le devoró la boca como hacía años que no besaba a una mujer.

Hubo jadeos y gemidos por parte de ambos, manos frías bajo su camisa, uñas arañándole la piel, descargas de electricidad recorriendo sus terminaciones nerviosas, ropa que se arrancaba…

—Aquí no. —Fueron sus palabras. Porque, si por él fuera, ella ya estaría desnuda y el conductor de la limusina habría recibido una buena propina para que se tomara un café muy lejos de allí.

Se vio a sí mismo echándola sobre el asiento, levantando esa bonita falda y penetrándola hasta que ambos se estremecieran por el placer y ella gritara su nombre. ¿Lo habría dicho en voz alta?

—Peso de la ley… Exhibicionismo… —Palabras que no entendía, pero que hacían la espera más larga cuando solo ansiaba ponerle las manos encima, desnudarla y hacer realidad todas sus fantasías.

Insaciable, le abrió el top de un tirón y alcanzó el cierre del sujetador, que abrió para liberar sus pechos. Eran preciosos. Redondos y firmes. Los pezones se pusieron duros hasta volverse de un delicioso marrón oscuro. Se llevó uno a la boca y lo lamió y chupó hasta que ella gritó. Zara le tiró del cabello con una mano, hasta que el dolor se fundió con el placer y él solo fue capaz de pensar que quería más.

—Puede que esto sea un error.

Desde luego que esas palabras no eran suyas, y las desmentían la risa de ella, cómo manoseaba su camisa y los botones que estaban desperdigados por el suelo de la limusina. «Salvaje». La había atrapado salvajemente y eso lo liberaría.

Las uñas le arañaban el pecho, las manos tiraban de su cinturón. Su pene estaba duro y palpitante por el deseo.

—¿Cuánto tiempo más tenemos que esperar? —Dedos acariciando su piel. Una mano dentro de los calzoncillos. El placer narcótico de la palma de su mano moviéndose sobre su miembro.

El tiempo no importaba. La necesidad de poseerla era tan intensa que exigía una satisfacción inmediata. La quería a ella. En ese lugar. En ese momento. Ocultos tras unos cristales tintados en mitad de la noche.

Le bajó la falda por las caderas. Bragas de seda roja. Provocadoras. Seductoras.

—Arráncamelas. —Le complacían sus ansias, que incitaban su propia lujuria.

—¿Peso de la ley? ¿Exhibicionismo?

—¡A la mierda!

Las bragas cayeron al suelo entre gemidos. Sus suaves y oscuros secretos lo reclamaban. Separó los pliegues de su húmedo sexo y metió un dedo. Ella jadeó y se arqueó contra él. Le metió otro dedo y con la mano libre la agarró del cabello, manteniéndola quieta mientras le recorría el cuello con los labios.

Un tercer dedo. Caricias suaves. Besos hambrientos. Su pulgar acarició el hinchado bulto. Un gemido gutural y ella se corrió, mientras las paredes de su vagina le comprimían los dedos.

Se desplomó lánguida y aturdida sobre su pecho. Él lanzó un suspiro cuando el vello de su entrepierna le rozó el pene.

—¿Tu lujosa limusina tiene condones? —dijo con su ardiente aliento sobre su piel.

—Claro. —Tenían a sus clientes bien abastecidos.

Ella le dio espacio para que se colocara un condón. Luego le acarició y apretó el pene hasta que los pensamientos racionales se convirtieron en un recuerdo lejano y todo lo que quedó fue necesidad, lujuria y deseo. Tiró de ella hacia arriba, reclamando su boca mientras la penetraba. El placer era tan exquisito que cerró los ojos e intentó tomar una instantánea mental del momento.

Ella lo agarró de los hombros y empezó a cabalgarlo, moviendo rítmicamente las caderas para conducirlo al éxtasis.

Control. Lo necesitaba. Con un rápido movimiento, la levantó de su pene y la tumbó debajo de él, con la ropa a medio quitar, el cabello enredado y los labios hinchados por sus lascivos besos.

Le levantó las piernas hasta ponérselas a la altura de las caderas y la penetró. Las resbaladizas paredes de su vagina se contrajeron y la vista se le nubló. Sus caderas se movieron como pistones, introduciendo su pene hasta el fondo, hasta que el placer alcanzó su punto máximo y ambos encontraron la liberación.

Con la piel bañada en sudor y el corazón desbocado, se acercó a ella para besarle la nariz, las mejillas y la mandíbula, memorizando el momento. Luego se apartó.

—¿Jay? —El sonido de su nombre en sus labios le devolvió a una realidad a la que no estaba preparado para enfrentarse.

—Mmm… —Podría quedarse aquí para siempre, con su suave y cálido cuerpo debajo del suyo, el sabor de ella en la lengua y el embriagador aroma a sexo y perfume flotando en el aire.

—¿Esto es todo lo que puedes darme?

Zara soñó con un hombre que se estaba ahogando.

Estaba de vuelta en China Beach, paseando de la mano con el jefe de los socorristas, Clayton Heales. Zara estaba enamorada de Clayton desde que ella se sacó el título de socorrista a los veintiún años, pero él no estaba interesado en ella. La había llamado «loca». Decía que era divertida en una fiesta, pero no en la cama. Pero ahora estaba aquí, bronceado y con su rubio cabello brillando al sol. La situación habría sido perfecta de no ser por el hombre que había en el agua.

Sus gritos se volvieron desesperados, lo que empezó a sacarla del sueño. Metió la cabeza debajo de la almohada, ávida por retener el momento.

Se desató una tormenta que convirtió las tranquilas y poco profundas aguas en un mar embravecido. El hombre desapareció y luego volvió a salir a la superficie, presa del pánico y chapoteando, incapaz de ver lo cerca que estaba de la orilla. Con una última mirada anhelante hacia Clayton, ella agarró su tabla y corrió a salvarlo, remando con fuerza mientras las olas se agitaban violentamente y caía la lluvia. Casi podía saborear el terror del hombre y sentir los latidos de su corazón. Se acercó a él. Demasiado tarde. Había desaparecido.

Se despertó sobresaltada. Por un momento, siguió en el océano, con los gritos del hombre que se ahogaba resonando en sus oídos. Luego su mente se despejó. Estaba sola en su cama.

—¿Jay? —Encendió la lámpara de su mesita de noche y vio a Jay poniéndose los calzoncillos cerca de la puerta.

—Tengo que irme. —Su tono de voz frío y el sudor de su cuerpo le confirmaron que lo que había oído no era un sueño.

Ella miró el reloj.

—Son las tres de la mañana.

—No podía dormir.

—Por las pesadillas. —Ella supo que había acertado cuando él se quedó inmóvil.

Su mandíbula se tensó y se dio la vuelta.

—Siento si te he despertado. Me iré enseguida.

Ella no podía dejar que se marchara a su casa a oscuras, a un piso vacío, cuando era evidente que estaba angustiado. Actuando por impulso, salió de la cama y fue hacia él. Su mirada se posó en su cuerpo desnudo y respiró de forma entrecortada.

—Zara… —Se le quebró la voz—. Nunca me quedo a dormir por esta razón.

—No pasa nada. Tan solo esperaba que nos divirtiéramos un poco. De todos modos, esto era temporal, hasta que te encontrara pareja o nos cansáramos de jugar.

No estaba bien, pero tendría que ser así. Después de pasar una noche juntos, ella ya no podía fingir que no estaba interesada en él, pero debía tener cuidado.

Cuando él no se movió ni buscó el resto de su ropa, ella se acercó y le dio un abrazo. Piel con piel. Calmando su dolor.

Él se tensó, pero ella no lo soltó. Al cabo de unos minutos, sintió que el cuerpo de Jay se relajaba. Él la abrazó y apoyó la mejilla en su cabeza.

—¿Quieres que lo hablemos? —murmuró ella sobre su pecho.

—No.

—¿Quieres tener un poco de sexo salvaje en vez de meterte en un frío taxi y que te lleve lejos? —Ella levantó la vista y sonrió—. Estoy despierta. Estás despierto. Solo hemos tenido tres rondas. ¿Por qué no cuatro? Ya estoy desnuda. —Le tomó una mano y se la metió entre las piernas—. Ni siquiera tienes que perder el tiempo con los preliminares. Esto es lo que me provocas. Estoy lista para empezar.

—No debería…

—No me digas que no quieres. —Le restregó el pubis contra el pene, que estaba duro como una piedra bajo los calzoncillos—. Porque no te creeré.

Jay gimió.

—Claro que quiero, pero…

—¿Pero qué? —Se arrodilló frente a él y le bajó los calzoncillos hasta los tobillos. Su miembro, grueso y duro, rebotó en su dirección—. ¿No te gustan los labios húmedos, las manos firmes y unas habilidades perfeccionadas tras años de embudos de cerveza? —Le pasó la lengua por la hinchada cabeza del pene—. Di que sí. Di que te quedarás hasta que haya ahuyentado tus demonios.

Jay le puso una mano sobre la cabeza y tragó saliva.

—Sí, pero yo quiero tener el control.

Tan solo un instante después, ella volvía a estar en la cama, reflexionando sobre lo rápido que él se había movido y sobre qué clase de hombre rechazaría una oferta como la que ella acababa de hacerle. Y entonces dejó de pensar porque le había metido los dedos en la vagina y la miraba a los ojos mientras ella se ahogaba en un mar de sensaciones.

—Creo que alguien tiene problemas para controlarse. —Ella arqueó la espalda cuando él apartó los dedos—. Por suerte para ti, sé manejar este tipo de situaciones.

Él le dedicó una lenta y sensual sonrisa, y la soltó hasta que se hubo puesto un condón.

—Déjame entrar, cariño. —Su voz se volvió más ronca y profunda.

Ella hizo lo que le pedía, con la expectación arremolinándose en su vientre. Jay sabía lo que hacía en la cama y a ella le gustaba que él tomara la iniciativa. En vez de preguntarse qué vendría después, dónde debería tocar y qué le gustaría a él, podía dejarse llevar. Sentir en vez de pensar. Calmar la frenética actividad de su mente.

La besó por todo el cuerpo y su ardiente aliento le envió ondas eléctricas por toda la piel. La acarició entre los muslos y esparció sus fluidos por todo su centro. Cuando le pasó un dedo por el clítoris, una descarga de placer le recorrió las venas. Levantó el pubis para invitarlo a entrar, pero Jay se levantó y se sentó a horcajadas sobre el cuerpo de ella.

—Todavía no.

—Eso es muy cruel. —Ella frunció el ceño—. Yo he sido muy hospitalaria. Lo menos que podrías hacer es darme un poco de cariño.

Con una risita, se inclinó sobre ella y se introdujo un pezón en la boca, lamiéndolo y chupándolo hasta que cada tirón le tensó las entrañas. Cuando ella pensó que ya no podría aguantar más, él se concentró en el otro pecho y luego le pasó los labios por la garganta y le abrió los labios con la boca.

La besó a fondo, metiéndole toda la lengua para saborearla completamente. Luego deslizó una mano entre sus piernas y le acarició el clítoris. Exigente y provocador. Las dos sensaciones unidas la dejaron ardiendo de necesidad. Implacables, sus dedos extendieron sus fluidos por todo su centro, acariciándola en círculos hasta que sus músculos temblaron y ella se estremeció de deseo.

Cuando ella pensó que no podía más, él la empujó hacia atrás, le separó las piernas y se colocó en su entrada.

—¿Estás lista para mí, cielo?

—Sí. —Le gustaba ser su cielo. Aunque solo fuera por una noche. Pero las palabras sobraban y su cuerpo ardía en llamas. Había estado lista para él desde el momento en que se despertó.

Apoyándose en el cabecero de la cama, la penetró. Luego se detuvo con un estremecimiento. Solo entonces se dio cuenta de lo mucho que él necesitaba esto, de que la necesitaba a ella.

Zara abrió la boca para hablar, pero él la penetró hasta el fondo, llenándola por completo. Los músculos le temblaban con cada embestida. Más rápido. Más fuerte. Su mente se relajó y ella se entregó al frenesí de la pasión, respondiendo a cada una de sus caricias con el movimiento de sus caderas y dejándose llevar por una oleada de sensaciones.

La siguió con un gemido gutural y se desplomó a su lado en la cama.

—¿Todavía quieres irte? —susurró ella.

Jay rodó sobre su espalda y tiró de ella para acomodarla sobre su pecho.

—Todavía no.

—¡Vaya! Mira lo que ha sacado el gato.

Zara levantó la vista de su café cuando Jay salió del dormitorio con Mermelada en brazos. Él se había quedado en la ducha después de que ambos hicieran buen uso del jabón y del agua caliente y del hecho de que pudiera tenerla levantada por las caderas contra la pared.

—Hemos llegado a un acuerdo. —Se sentó en la encimera de la cocina y tomó el café que ella le ofrecía—. Yo soy el alfa en el dormitorio y él puede serlo en el resto de la casa.

—Muy sensato. —Sacó una bolsa de *bagels* y se la ofreció, insegura sobre qué debía hacer. Ahora que ambos estaban vestidos, todo parecía demasiado civilizado. Ella todavía no podía creer que él se hubiera quedado el resto de la noche, durmiendo plácidamente hasta que ella lo despertó por la mañana—. No me gusta mucho desayunar. Suelo comprarme algo de camino al trabajo.

—Sé cocinar —dijo Jay—. Tengo unas habilidades excelentes para preparar el desayuno.

—Y yo tengo unas habilidades excelentes para comérmelo, pero tengo un ensayo para una producción de teatro *amateur* de *Los piratas de Penzance* dentro de una hora y no puedo llegar tarde. —Aunque estaba tentada de quedarse, no sabía qué podía esperar y no quería que él se hiciera ilusiones. Una noche de sexo era una cosa. El desayuno de la mañana era otra. Y de repente se sintió desesperada por estar sola.

—Yo sería un pirata formidable —dijo, meditabundo—. Tengo un don para las espadas, como bien sabes.

La risa burbujeó en su pecho, aliviando los nervios que sentía.

—Creo que esta mañana alguien está demasiado satisfecho consigo mismo.

—Sigues aquí. Me lo tomo como una señal de triunfo. —Añadió al café crema de leche y dos azucarillos de la bandeja que ella había dejado en la encimera. Era evidente que no tenía prisa por marcharse.

—Es mi apartamento, Jay. Incluso si tus habilidades en la cama hubieran sido mediocres, no es que pudiera irme a otro sitio.

—¿Mediocre? —Se atragantó con el café—. Esa palabra y mi nombre nunca deberían usarse en la misma frase.

—¿Eres una especie de encantador de gatos? —preguntó cuando Mermelada ronroneó, frotando su cabeza contra el pecho de Jay—. No le gustan los extraños.

—Ya no soy un extraño. Llevo aquí toda la noche. —Dio un sorbo a su café con la mano libre—. Los gatos me adoran. Me hice amigo de un gato callejero en una base de Afganistán. Me seguía a todas partes. Me despedí de él cuando tuvimos que irnos, pero viajó de polizón en nuestro avión de carga. Después vino conmigo a todas las misiones. —Su rostro se relajó—. Lo llamé «Tormenta» porque había tormenta la noche que lo encontré.

Mermelada ronroneó tan fuerte que Zara tuvo que reírse.

—Has domado a la bestia salvaje de Mermelada. Yo diría que eso te convierte en una persona de gatos. ¿Todavía tienes a Tormenta?

El rostro de Jay se convirtió en una máscara inexpresiva y sacudió la cabeza. Percibiendo que había sido una pérdida para él, buscó un tema más neutro para aligerar el ambiente.

—¿Has aprendido algo sobre mí mientras estuviste solo en mi habitación? —Zara no sabía si él había estado husmeando, pero no le importaba. Ella no tenía nada que ocultar.

Su rostro se iluminó al instante.

—Vi lencería muy interesante en tu tocador. ¿Por qué no te la pusiste para mí?

Zara se echó a reír, divertida ante su indignada mirada.

—No parecías muy interesado en verme con ropa.

Él le lanzó una mirada mordaz.

—La próxima vez.

¿La próxima vez? ¿Iba a haber una próxima vez? ¿Esto era, como ella misma había dicho en la mesa de los solteros la noche anterior, solo un rollo de boda que se acabaría cuando él saliera por la puerta? ¿O era algo más; algo que se había prometido a sí misma que no volvería a hacer?

El sudor le corría por la frente. Abrió de un tirón la ventana de la cocina para que entrara un poco de aire y se recordó a sí misma decirle a Parvati que quería una cocina más grande la próxima vez que se mudaran. Inquieta, ordenó la cocina, fregó los platos y guardó el café y los *bagels*; todo ello mientras Jay sorbía su café tranquilamente y acariciaba a su traicionero felino. Cuando ya no le quedaba nada más por hacer, agarró su bolso de la encimera, esperando que Jay captara la indirecta.

—Mi teatro está de camino a tu oficina. ¿Necesitas que te lleve? —Después de ir en su limusina la noche anterior, no sabía qué pensaría él de su Chevy Spark azul.

—Llamaré a un Uber. Recibí un mensaje de Lucía esta mañana. Puede que haya encontrado la forma de conseguir la desestimación de la demanda contra nuestra empresa. Elías y yo hemos quedado con ella en la oficina dentro de un par de horas.

—¿Un domingo? —Tony y Lewis no esperaban que sus empleados trabajaran los fines de semana a menos que fuera absolutamente necesario.

—Lucía y yo trabajamos los fines de semana. Aunque Elías no esté muy contento, estará allí. Me ha dicho que tú le diste la idea de investigar a los antiguos empleados, cuando sugeriste que podía tratarse de un trabajo hecho desde dentro, y han encontrado a un posible sospechoso. Me alegro de que esto se acabe. No podemos permitirnos una demanda. Destruiría cualquier posibilidad de conseguir financiación para nuestra expansión internacional. Casi se me escapa mi sueño de las manos.

Sonrió, contenta de haber sido de ayuda, y aún más contenta de que ambos tuvieran que estar en algún sitio.

—Me gustaría haberte invitado a ver el ensayo, pero quizá en otra ocasión. —Fue fácil hacer la oferta sabiendo que no podría venir.

—Tendré que esperar a la noche del estreno. —Le dio un sorbo a su café como si tuviera todo el tiempo del mundo, como si ella no estuviera de pie en la cocina con el bolso preparado para salir.

Mermelada saltó del regazo de Jay y se frotó contra sus piernas, recordándole que se había olvidado del macho más importante de la casa.

—No será hasta dentro de tres meses. —Se le aceleró el pulso sin motivo aparente—. Puede que no… Ni siquiera sé… —Abrió un cajón, buscando un abrelatas—. Para entonces ni siquiera te acordarás de mí. La temporada de bodas se habrá acabado. Volveremos a nuestras vidas…

Jay se quedó inmóvil, con la taza de café a medio camino de los labios. Ella se tensó, con el corazón latiéndole a mil por hora, a la espera de su reacción a la insinuación. Él lo aceptaría y su noche sería solo eso: una noche. O protestaría y ella tendría que decirle que no podía hacerse ilusiones, pero que seguía dispuesta a encontrarle a la pareja perfecta. En cualquier caso, se sentiría decepcionada.

—Será mejor que llame al Uber. —Dejó su taza—. Tendré que pasar por mi apartamento para cambiarme antes de encontrarme con Lucía.

Zara dejó escapar el aliento que no se había dado cuenta de que había estado conteniendo. No había tenido en cuenta una tercera opción: Jay no mordería el anzuelo.

17

—¿Dónde estuviste anoche? —Rick levantó la vista del sofá cuando Jay entró en el apartamento—. ¿Tuviste suerte?

A Jay le llevó un momento centrarse tras su noche con Zara para hilvanar tres pensamientos coherentes: 1) Este era su apartamento; 2) Él era un hombre adulto que no había tenido que dar cuentas a nadie en veinte años, y 3) Rick estaba repantigado en su sofá de cuero italiano con las botas sobre la mesita de cristal, un recipiente de cartón de alitas de pollo en la mano y la comedia *Days of Our Lives* a todo volumen en su televisor de pantalla grande.

—Tengo una cocina —señaló Jay. Rick y él habían pasado de las fórmulas corteses a la simple tolerancia tras haber cenado juntos en el *food truck*—. Tiene una mesa.

—Sí, claro. —Rick sacó otra alita de la caja—. El problema es que tu madre está cocinando y no hay sitio para comer. Disfrutó mucho cuidándote tras tu lesión en la cabeza. Ahora está convencida de que morirás de hambre si no te llena el congelador. —Esbozó una sonrisa—. ¿Cómo tienes la cabeza?

—Bien.

Rick soltó una risita.

—¡Por Dios! Cuando les dije a mis amigos que tenías una conmoción cerebral por golpearte la cabeza con un caldero lleno de cerebros de zombi…

—¿Mamá?

Jay se apresuró a marcharse y siguió el delicioso aroma a canela, cardamomo y clavo hasta la cocina. Intentaría convencer a su madre de que dejara a Rick y buscara a alguien con un sentido del humor menos mordaz.

—Siéntate —dijo ella, señalando la mesa con una cuchara de madera—. Estaba a punto de rallar un poco de coco en el *rava upma*. Puedes comértelo mientras está caliente.

Jay no iba a rechazar un desayuno casero, aunque la mesa estuviera tan llena que apenas hubiera sitio para comer. Este manjar del sur de India, hecho con verduras frescas, especias, lentejas, nueces aromáticas y hojas de curri, había sido uno de sus platos favoritos durante la infancia.

—Te he hecho comida para varios días. —Puso el *rava upma* en un cuenco—. No pasarás hambre.

Jay observó los platos cubiertos con papel de aluminio que había en la encimera.

—Has hecho comida para un mes.

—Rick y yo vamos a dar una vuelta esta tarde, así que te he traído algo para la cena del domingo. —Le entregó un tazón—. Cuando vi que tenías la nevera vacía, fui a casa a por mis utensilios de cocina. No quería que te murieras de hambre.

La antipatía de Jay hacia Rick subió otro peldaño. Ni siquiera cuando su madre había estado en tratamiento contra el cáncer se habían perdido la cena de los domingos.

—Pensé que podrías compartir toda esta comida con alguien… —Se limpió las manos en el delantal; un gesto que parecía casual, pero que era cualquier cosa menos eso. Jay conocía ese movimiento: la Inquisición estaba a punto de comenzar—. ¿Tal vez tu amiga del hospital?

Jay removió el plato humeante.

—Hicimos un trato. Nada más. Le presenté a un actor de segunda fila y ella está intentando encontrarme pareja. Todo va según lo previsto. Cuando le hice esa promesa, el inversor que puede ayudarnos nos dijo que los lazos familiares y comunitarios eran importantes para ellos, así que me pareció una buena idea.

—¿Y ahora? —Se sentó frente a él, dejando espacio para sus codos en la mesa de acero y cristal. Había escogido todos los muebles en una sola tarde, pensando más en la funcionalidad que en la estética.

—Ahora las cosas se han complicado —admitió.

Su madre tomó una cesta de la encimera y le entregó un esponjoso *pav*.

—Vi tu cara en el hospital. No es nada complicado.

—No tengo tiempo para lo que sea que es. —Partió el bollo por la mitad—. Estamos a punto de resolver un pleito importante, así que la expansión internacional irá a toda máquina en cuanto consigamos la financiación. Ahora tengo que centrarme en el negocio.

—El amor no llega cuando nos conviene —dijo su madre—. Se cuela en tu vida cuando menos te lo esperas, cuando bajas la guardia y miras para otro lado. El amor se cuela por las grietas hasta los rincones de tu corazón. Cuando te das cuenta de que te ha encontrado, ya no tienes escapatoria.

—No sé nada sobre el amor. —Dio un mordisco al *pav*, saboreando su suave textura y delicado sabor—. Sé que Zara puede ser impulsiva y testaruda y que dice las cosas tal como las siente. Sigue su propio instinto y no se doblega, aunque eso signifique rechazar un trabajo en el mayor bufete de abogados de la ciudad o perder una partida de *paintball*. Nunca he conocido a nadie que corra tantos riesgos ni que viva tan intensamente. Es ruidosa, apasionada y no tiene complejos. Pero también es cariñosa, amable y leal a su familia y amigos. No duda en arriesgarse y se recupera si las cosas le salen mal.

Su madre se rio entre dientes.

—Me gustó cuando nos conocimos. Ahora me gusta todavía más.

—Ella es todo lo opuesto a mí —refunfuñó—. No podríamos ser más diferentes.

—¿Estás seguro de eso? —Sirvió dos tazas de café—. Antes de que te fueras de casa, tú también tenías esa pasión, ese amor por la vida. Regresaste con la oscuridad en el corazón y me dolió muchísimo no poder hacer nada para traer de vuelta al anterior Jay. No ayudó que tuvieras que dejar el ejército para lidiar conmigo.

—No tuve que «lidiar» contigo, mamá. —La emoción le formó un nudo en la garganta—. Fue un privilegio ayudarte, del mismo modo que tú lo hiciste conmigo.

—¡Oye, nena! —gritó Rick—. Tienes que venir. En esta temporada drogan y secuestran a todo el mundo, y van por ahí apuñalándose por la espalda. Es un puto culebrón.

—Es un culebrón literalmente —murmuró Jay.

—¡¿Tienes más de ese Chablis?! —gritó Rick—. Está genial con las alitas. ¿Y algunos de esos dulces que hiciste anoche? Los amarillos con las nueces encima.

—Creía que era motero —dijo Jay—. Todo eso del Chablis y *Days of Our Lives* me está despistando. Y será mejor que no te lleve en la moto después de haber estado bebiendo.

—No seas tan duro con él. —Tapó los panecillos y apagó el fuego—. Es un buen hombre. Vamos en mi coche. Tengo que recoger material para la guardería y se ofreció a venir conmigo y pasar el día allí. Viajar en una *jaula* es todo un esfuerzo para él.

Jay se acercó y bajó la voz.

—¿Y ese tipo de la boda? ¿Al que invitaste a ocupar mi silla? Parecía… normal.

—Y aburrido. —Su madre le palmeó en el hombro—. Pero le pedí que se sentara conmigo porque quería que conocieras gente y te divirtieras un poco. Cuando te vi en el suelo con Zara, supe que había tomado la decisión correcta. Y cuando os vi juntos en el hospital… —Se llevó una mano al pecho y su mirada se enterneció.

—Mamá, ella ha pasado por muchas cosas. Malas relaciones, el divorcio de sus padres… No le gusta ir en serio. E incluso si así fuera, a mí también me pasaron cosas. No quiero que la afecte esa oscuridad.

—Esa decisión tiene que tomarla ella, no tú. —Apartó la silla y cruzó la cocina para dirigirse a la nevera—. Por lo que me has contado, parece una mujer fuerte y podría enfrentarse a lo que sea. Tal vez traiga un poco de alegría a tu vida.

Jay contó cinco cacerolas y varios cuencos pequeños en una nevera que había estado vacía. Su madre no perdía el tiempo.

—Cuando le hablé sobre volver a vernos, casi salió huyendo de su propio apartamento.

Había percibido su ansiedad cuando entró en la cocina y ella le acercó la bolsa de *bagels*. Nunca había tenido ese papel en una aventura. Normalmente era él quien salía corriendo.

—No creo que un reto te eche para atrás. —Sacó un pequeño táper con *peda* y puso un poco en un plato—. Quizá deberías invitarla a cenar. He preparado todos tus platos favoritos.

Jay se encogió de hombros.

—No sé si quiero…

—¡Nena! Tiene la pistola. ¡Qué imbécil! Sus huellas van a estar por todas partes. Yo me habría puesto guantes. Y es de día. No es un mafioso de verdad. Nunca los verías venir.

—Será mejor que vaya antes de que se acabe todas las alitas. —Recogió el plato de dulces; sus labios esbozaron una sonrisa—. A veces encontramos la felicidad donde menos la esperamos.

Zara corría por el escenario con los miembros del coro, esforzándose por alcanzar las notas altas de «Climbing over Rocky Mountain». Los escenógrafos habían creado una escena de playa con rocas de espuma de poliestireno y un descuidado telón de fondo a modo de cielo. Con unos fondos tan limitados, el productor había decidido gastar el dinero en el vestuario en vez de los decorados. Ella no podía reprochárselo. Su vestido amarillo con volantes y sus pololos eran una maravilla, y además podía llevar sombrilla.

—Sonríe —dijo David—. Se supone que te estás divirtiendo.

El ayudante de dirección se había incorporado al equipo creativo en el último minuto, después de que hubieran pedido a su predecesor que dirigiera una obra en Broadway.

Zara bailó y dio vueltas con el resto del coro antes de ayudar a extender una manta en el suelo para un pícnic imaginario. Esperaban que el musical fuera un gran éxito para la compañía. Con una larga historia e impregnado por un fuerte olor a muebles viejos y cigarrillos, el acogedor teatro había conservado gran parte de su carpintería y molduras originales. Las vidrieras, las gruesas cortinas y los asientos de felpa roja le daban un aire *art déco* que no tenía parangón con ninguno de los teatros de barrio en los que había actuado a lo largo de los años.

David asentía desde la primera fila del teatro casi vacío mientras ensayaban. A los artistas se les permitía invitar a amigos y familiares a los ensayos, pero en un día soleado como el de hoy, habían aparecido pocas personas. Reconoció al prometido de una miembro del coro y a la madre del Rey Pirata, pero no al hombre que estaba apoyado en la pared del fondo. Entrecerrando los ojos bajo las brillantes luces del escenario, acabó distinguiendo su rostro.

«Jay».

La emoción le recorrió la espalda. Ni en un millón de años habría esperado verlo allí, sobre todo cuando le había dicho que pensaba pasarse el día en la oficina. El corazón le latía con más fuerza que el día en que Antoine Vaillancourt, la estrella del club de teatro del instituto, aceptó su invitación para ir a comer patatas fritas gratis a Big Joe's Burgers, donde había trabajado como cajera durante el segundo curso.

Dio vueltas a su sombrilla y cantó la letra de la canción con tanto entusiasmo que las artistas que estaban a su lado la miraron con curiosidad. Con el corazón desbocado y una amplia sonrisa, giró más rápido, pateó más fuerte, saltó más lejos, estiró los brazos y, sin querer, golpeó a la mujer que tenía al lado en la nuca.

—Lo siento mucho.

—¡No pares! —gritó David.

Zara se unió al resto del coro mientras jugaban a la pelota con un globo rojo. Era muy consciente de que Jay la estaba observando y también muy consciente de sí misma. El globo llegó hasta ella y lo empujó con tanta fuerza que golpeó a Julia (una deslucida Kate) en la cara, haciéndole perder el ritmo.

—Parad la música. —David saltó del asiento—. Julia, tendrás que empezar de nuevo.

—No ha sido culpa mía —espetó Julia—. Zara golpeó el globo como si quisiera conseguir un oro olímpico en voleibol de playa.

—Creo que eso es un poco exagerado. —Las mejillas de Zara se sonrojaron—. El globo estaba demasiado inflado.

—Tendréis que lidiar con lo inesperado cuando actuemos —dijo David—. El espectáculo debe continuar. No podéis distraeros. —Consultó su reloj—. Creo que hemos acabado por hoy. Salgamos todos y disfrutemos del sol.

Zara se marchó con el resto del reparto para cambiarse de ropa y hablar un momento con el encargado del atrezo sobre posibles alternativas a los globos para la escena del pícnic. Cuando hubo acabado, el teatro ya estaba vacío. Encontró a Jay esperándola junto al escenario.

—No puedo creer que hayas venido. —Le dio un abrazo.

Él la estrechó entre sus brazos con fuerza.

—Dijiste que me habrías invitado si yo hubiera estado libre. No quería perder la oportunidad de verte, así que le pedí a Elías que se encargara de la reunión con Lucía.

—Nunca imaginé que seguiría interesándote después de echarte de mi apartamento. —Ella lo soltó cuando él lanzó un indignado resoplido.

—Tú no me echaste. Me fui por voluntad propia.

—Te eché de forma figurada. —Se sentó en el borde del escenario y él se puso a su lado.

—Ese es el problema de los abogados —dijo—. Son demasiado buenos con las palabras. Los tipos simples como yo no tenemos ninguna oportunidad.

—No eres simple. Un poco intenso, tal vez. Sin duda, un adicto al trabajo. Inflexible. Controlador. Tal vez melancólico…

—Detente antes de que el ego se me hinche demasiado. —Esbozó una sonrisa. Con la camisa abierta y la chaqueta doblada sobre el regazo, parecía más relajado que nunca.

—¿Qué te ha parecido el ensayo?

—Muy entretenido —dijo—. Ojalá pudiera bailar así. Tengo dos piernas izquierdas y ningún sentido del ritmo. Avi no sabe lo que le espera cuando me presente a los ensayos de su baile. No creo que nadie me pueda enseñar.

Zara saltó al escenario y le ofreció una mano.

—Te enseñaré algunos pasos.

Jay vaciló, mirando alrededor del vacío teatro. Siempre estaba preocupado por su imagen y reputación, pero cuando ellos dos estaban a solas, se sentía un hombre diferente.

—Todo el mundo se ha marchado —le aseguró ella, poniendo el remix de «Dhinka Chika» en su teléfono—. Estamos solos. Puedes cagarla todo lo que quieras.

Jay saltó al escenario y colocó su chaqueta doblada sobre una roca de espuma de poliestireno.

—Mete las manos en los bolsillos y muévelas de un lado al otro. —Le mostró el movimiento mientras bailaba al ritmo de la música.

Jay la miró horrorizado.

—Me corromperías si pasara demasiado tiempo contigo.

—Después de lo que pasó anoche, estoy bastante segura de que sería al revés. —Ella movió sus caderas adelante y atrás—. Mantén las manos en los bolsillos y haz esto. ¿O acaso no conoces el empuje pélvico?

—Creo que ya sabes la respuesta —dijo él con engreimiento.

Viéndole ahora, le costaba creer que fuera el mismo hombre que había conocido durante la partida de *paintball*. Entre cuatro paredes tenía un sentido del humor muy juguetón.

—Me encanta y horroriza a la vez que se te dé tan bien este movimiento. —Se puso a bailar a su lado para que no perdiera el ritmo.

—«Horrorizar» no es una palabra que se relacione con mis habilidades sexuales —dijo en tono seco.

—Jay Dayal —se llevó las manos a las caderas en movimiento—, ¿estás bromeando?

—Nunca sobre cosas importantes.

De repente él se puso serio y a Zara se le erizó la piel en señal de advertencia. Le gustaba lo que tenían. Un poco de sexo. Un poco de diversión. Tal vez incluso un poco de amistad. ¿Por qué estropearlo con «cosas importantes»?

—Al menos ahora sé cómo debo motivarte para que sigas el ritmo. —Ella puso las manos al frente, con las palmas hacia delante, los dedos ligeramente curvados y las muñecas girando adelante y atrás—. Sigue empujando y añade este movimiento.

—Me escandaliza tu mente sucia.

Ella se llevó una mano al pecho.

—No puedo imaginar que encuentres ofensivo girar dos pomos de una puerta a la vez, pero sospecho que también serás un maestro de este movimiento.

Jay demostró ser un experto girando pomos de puertas mientras daba un empujón pélvico, así que ella le hizo una señal para que se detuviera.

—Tengo otro más para ti. Es muy fácil. No necesitas mover los pies. Solo las manos.

—¿Voy a encender o apagar interruptores de la luz? —Arqueó una inquisitiva ceja—. ¿Martillear hormigón? ¿Pintar una valla o encerar un coche?

—Voy a desabrocharte el cinturón.

Él retrocedió cuando ella tocó su hebilla.

—No creo…

Zara lo interrumpió con un suspiro.

—No pretendo violarte en el escenario, si eso es lo que estás pensando. Quiero enseñarte el paso del cinturón que hizo famoso Salman Khan en la película *Dabangg*.

18

—Claro. Eso es lo que estaba pensando. —Jay dejó escapar un largo suspiro—. El paso del cinturón.

Era una idea malísima. Ya estaba excitado por los toqueteos de Zara, los empujones pélvicos y el giro de los pomos de las puertas. Las cosas se descontrolarían si ella le ponía las manos en…

«Chiefs. Buccaneers. Patriots. Steelers. Packers. Cowboys. Eagles…». Se concentró en enumerar los equipos de fútbol americano de la NFL para que las partes de su cuerpo que se habían calentado con los sugerentes movimientos no se hicieran una idea equivocada.

—Sujeta un extremo del cinturón con cada mano y tira de las caderas mientras alternas las manos.

Dando un paso atrás para poner más distancia entre ellos, Jay tiró de un lado y luego del otro, obligándose a moverse en todas direcciones sin pensar para nada en el ritmo de la música que sonaba de fondo y pensando mucho en el fútbol americano.

«Texans. Bills. Raiders. Bears…». ¿Ya no hay más?

—Lo estás consiguiendo. —Su ceño fruncido desmentía las palabras de ánimo.

—No estoy hecho para bailar. —Soltó el cinturón con un derrotado suspiro—. Debería centrarme en lo que se me da bien. Puedo organizar una despedida de soltero salvaje, encargar la bebida, mantener a la gente en la cola…

—Permíteme. —Ella tomó los extremos del cinturón con ambas manos y movió las caderas adelante y atrás, ajena a la tortura que suponían para él su cercanía y el aroma floral de su perfume—. Eres demasiado duro contigo mismo, Jay. No necesitas hacerlo todo perfecto la primera vez. De hecho, no necesitas hacerlo perfecto en absoluto. Nadie te juzgará si te diviertes un poco.

Él podía sentir ahora la música fluyendo mientras ella movía sus caderas.

—¿Ves? —Ella levantó la vista y sonrió, atrayéndolo con sus cálidos ojos marrones—. Cuando dejas de pensar y te dejas llevar, puedes bailar con los mejores.

«Jaguars. Giants. ColtsSaintsCardinalsPanthersRavensRams...». No, Rams no.

Un momento estaban bailando y al siguiente sus bocas se habían encontrado y ella estaba entre sus brazos. La levantó por las caderas y ella le rodeó la cintura con las piernas. Todo su cuerpo se estremeció. Localizó una roca gigante con una superficie plana y la llevó cruzando el escenario, con la boca pegada a la suya, las lenguas enredadas, las manos de ella revolviéndole el cabello como si no pudiera saciarse. Impelido por un deseo tan intenso que le nublaba los sentidos, la tumbó con delicadeza en la superficie y le subió la ropa hasta dejar al descubierto sus bonitos pechos. Chupó y lamió, acarició y apretó hasta que ella tiró de él y abrió la cremallera de sus vaqueros con dedos frenéticos.

Llevado por un hambre insaciable, colocó una mano al lado de ella para apoyarse y poder liberar su miembro. Necesitaba aliviar cuanto antes la tensión que se enroscaba en su vientre desde que había salido por su puerta esa mañana.

Excepto que la roca no era una roca. Dos personas pesaban más que una. Con un fuerte crujido, la roca cedió y cayeron a un mar de espuma de poliestireno, lona y alambre.

—¿Qué diablos está pasando? —Una airada voz resonó en el teatro.

El instinto protector de Jay se sobrepuso a la cautela. Levantándose la ropa con una mano, se echó sobre Zara para que estuviera tapada hasta que se arreglara la ropa. Cuando asintió, tiró de ella y se volvió para mirar al intruso.

—¿Puedo ayudarte? —Mantuvo la voz tranquila a pesar de los destrozos que habían hecho al atrezo del escenario.

—¿Qué le estáis haciendo al plató? Voy a llamar a la policía.

Alto y delgado, con un rostro que parecía cincelado en mármol, el tipo tenía buena apariencia pero nada de músculo. Si se diera el caso, Jay podría acabar con él con una mano atada a la espalda.

—No pasa nada. Estoy en la obra. —Zara salió de detrás de él—. David dijo que podíamos quedarnos a ensayar. Tropecé cuando bailábamos y nos caímos sobre la roca.

Esa era una buena excusa. A Zara siempre se le daba bien improvisar, pero el tipo no parecía convencido.

—Antes de dejaros marchar debería hablar con alguien…

Él sacó su teléfono.

—¿Quieres que lo eche? —Jay movió el cuello a un lado y al otro, haciéndolo crujir. No toleraba las amenazas, y mucho menos cuando se dirigían a alguien que estaba bajo su protección.

—Mmm… No. —Le dio un apretón de advertencia en el antebrazo—. Pero creo que deberíamos irnos. Puede que haya venido a ensayar para otra obra.

A Jay se le pasó por la cabeza echarlo de todos modos, solo para borrarle al tipo la arrogante sonrisita de la cara. Pero Zara ya había bajado del escenario y se dirigía hacia la puerta. Él le dio un golpe en el hombro al pasar, para hacerle saber que se había equivocado y porque había arruinado la que habría sido su primera experiencia sexual en un escenario.

—He visto todos estos musicales. —Cuando llegaron al vestíbulo, Zara se volvió y señaló los carteles que había enmarcados en las paredes—. Mi padre siempre me llevaba al teatro los fines de semana que pasábamos juntos. Incluso vi algunos en Broadway cuando fuimos a Nueva York.

—¿Y a tu madre? ¿También le gustan?

Zara no solía hablar de su madre y él tenía curiosidad por saber más sobre ella. Quería saberlo todo sobre Zara y qué la motivaba en la vida.

Ella se dio la vuelta y se quedó mirando el póster que tenía delante.

—Mi madre no soporta los musicales y no le interesa el teatro. La veré en su cena de cumpleaños esta semana y no podré hablar de las actividades que hago fuera del bufete. Su vida gira en torno al trabajo y no ve con buenos ojos las cosas que considera frívolas.

—Esto no es ninguna frivolidad. —Le apartó el cabello del hombro y le dio un beso en la nuca—. No puede serlo si le gusta a tanta gente.

—Exacto. —Ella se volvió para mirarlo y la sonrisa que se dibujó en su rostro lo dejó sin aliento—. Los musicales atrapan las emociones y las hacen más intensas que en la vida. —Señaló cada uno de los carteles—. ¿«I'll cover you» de *Rent*? Me destrozó. ¿«Memory» de *Cats*? Enfócate en el dolor y será tu ruina. ¿«Last Night of the World» de *Miss Saigón*? Es una canción de amor, pero ¡oh, Dios mío!

—Entonces, todos son tristes —dijo—. No me extraña que a tu madre no le gusten.

—¿Estás de broma? Es solo una cara de la moneda. —Empezó a dar vueltas por el vestíbulo—. ¡No hay nada más alegre que «Singin' in the Rain» o «I Could Have Danced All Night» o «Ding-Dong! The Witch is Dead».

Jay no creía que pudiera ser más feliz que viendo a Zara bailar por el vestíbulo mientras tarareaba las melodías de los musicales que tanto le gustaban. Cuando estaba con ella, llegaba a creer que podía iluminar su oscuridad y liberarlo.

—Si este es tu sueño, ¿por qué no luchaste por él? —Se apoyó en el revestimiento de madera bajo un póster enmarcado de *Hairspray*.

—Mi familia esperaba que tuviera una carrera universitaria, incluido mi padre. Estudié Psicología en la universidad porque era una ciencia y eso les haría felices, pero pensé que también me ayudaría a ser una mejor intérprete. En la universidad tuve la oportunidad de trabajar con un profesor de derecho que invitaba a gente creativa al campus. Me di cuenta de que podía conjugar mi sueño de ser actriz y una carrera profesional haciéndome abogada para la industria del entretenimiento y ayudar a los artistas.

—Suena perfecto.

—Eso pensé yo, y mi madre estuvo de acuerdo. —Pasó una mano por el polvoriento borde de un marco de fotos—. Ella me ayudó a empezar en un gran bufete que se dedicaba a la industria del ocio, pero no me fue bien. Después de trabajar en dos bufetes más y hacer la entrevista con Lucía, me di cuenta de que nunca podría ser feliz trabajando en un lugar que reprimiera mi creatividad. Me sigue encantando el mundo del espectáculo. Me pongo a gritar cuando veo a mis actores favoritos. Les pido autógrafos. Formo parte de un comité de antiguos alumnos que promueve la diversidad entre los artistas, y espero que algún día veamos una mayor representación en la industria. Pero también me gusta mi nuevo trabajo. Me da mucha satisfacción ayudar a personas que han sufrido un accidente y no pueden defenderse. Los sueños pueden cambiar y eso no es malo. Pueden ser lo que tú quieras, o puedes vivirlos de otra manera.

—Mi sueño es alcanzar el éxito. —Se cruzó de brazos y observó las motas de polvo flotando en los rayos de sol que entraban por la ventana—. Quiero seguridad económica para que mi madre y yo no tengamos que preocuparnos nunca por la comida o por dónde dormiremos esa noche. —Cerró la mano en un puño. Las palabras que nunca había compartido con nadie brotaron con amargura de esa parte suya secreta y oscura—. Una parte de mí sueña con vengarse de mi padre, que me abandonó cuando yo era un bebé. Si alguna vez regresa, quiero que vea hasta dónde he llegado. Que no lo he necesitado. Quiero que se arrepienta de haberse marchado.

—No puedo ni imaginar lo duro que debió ser. —Zara le dio un tierno beso en los labios—. Pero tu madre estará muy orgullosa de haber criado a un hijo tan fuerte.

Jay la abrazó con fuerza, empapándose del calor de su cuerpo.

—Vino esta mañana para dejarme la cena lista para hoy porque se va de escapada. Pero decidió quedarse y preparar comida para una familia de diez miembros: *paneer tikka*, *dahi bhalla chaat*, *rajma masala*, *dal makhani*, *korma* de verduras, pollo *karahi*, dos tipos de *biryani*, tarta de queso con mango… —Se interrumpió cuando Zara se echó a reír.

—Supongo que no pedirás comida por un tiempo.

—Ella esperaba que tuviera un invitado. —Dudó, no quería asustarla, pero tampoco quería perderla—. ¿Estás libre esta noche?

—Me conquistaste con lo de «comida para una familia de diez miembros», pero habría aparecido igualmente en tu puerta por un trozo de tarta de queso con mango. ¡Qué pena que tu madre no pueda comer con nosotros! Me encantaría robarle la receta.

—Puede que ya haya vuelto de su escapada. La llamaré. —Jay besó a Zara—. Pero debes saber una cosa. Su novio es motero.

Excepto alguna que otra noche en la que Avi y Rishi iban a ver un partido o Elías se quedaba a dormir después de una larga noche de juerga, Jay no traía a nadie a su apartamento. Eso significaba que no sabía organizar una cena para cuatro invitados. Por suerte, su madre había acudido en su ayuda.

—Aquí tienes de todo —dijo Zara, desembalando uno de los recipientes que había traído la madre de Jay—. Servilletas, copas, mantel, velas…

—Mamá, no necesitábamos todo esto. —Jay sacó un salero y cuatro cucharas de plata—. Como si yo no tuviera nada.

—La verdad es que no tienes nada. —Zara miró hacia el salón desde la barra del desayuno—. No bromeabas el día que dijiste que solo tenías lo imprescindible. Esto parece un *showroom*.

—En los *showrooms* tienen muchas más cosas —dijo Rick desde el sofá—. Macetas elegantes, cuadros de flores, revistas para que parezca que allí vive alguien. Yo trabajaba para una empresa que decoraba las viviendas para su venta, así que conozco todos los trucos. Poníamos gafas en las habitaciones para que pareciera que alguien acababa de estar allí acurrucado con un buen libro. Escogíamos una paleta de colores distinta para cada casa. Debes ceñirte a los tonos tierra neutros o los tonos cálidos del blanco para lograr una base y luego añadir los acentos de color.

—Creía que habías dicho que era motero —le susurró Zara.

—Es una segunda carrera.

Zara y su madre charlaban en la cocina mientras ellos ponían la mesa. Zara siempre era simpática y extrovertida, pero al escucharlas le gustó la idea de que tenían un vínculo especial. Hacía años que no escuchaba reír tanto a su madre, y resultó que le encantaban los musicales, algo que nunca le había dicho a él.

Cuando la comida estuvo lista, se sentaron en la pequeña mesa de Jay y brindaron con un vino tinto del Valle de Napa que su madre había comprado durante una escapada.

—Es un placer conocerte —le dijo Zara a Rick—. Jay me dijo que eras motero, pero no que también eras fan de la mayor telenovela de todos los tiempos.

Jay se quedó boquiabierto con un panecillo en la mano.

—No me digas que tú también la ves.

—¡Oh, sí, nena! —Rick levantó una mano y Zara le chocó los cinco.

—Me gusta todo tipo de entretenimiento. —Palmeó la mano de Jay—. Si lo ponen, yo lo veo.

Jay enarcó una ceja.

—¿Y los deportes?

—Deportes no.

—Pero los deportes son entretenimiento.

Disfrutó viéndola revolverse con incomodidad.

Ella removió la comida por el plato.

—No para mí.

—¿Documentales?

Zara puso los ojos en blanco.

—¿Intentas aburrirme hasta la muerte?

—Chicos, hacéis una pareja preciosa. —Rick se metió un tenedor lleno de *biryani* en la boca.

—No son pareja —dijo la madre de Jay—. Solo tienen un trato. Zara le encuentra una novia a Jay y él le presenta a algunos famosos. Es como se hacen las cosas hoy en día.

—La verdad es que hemos puesto el trato en…

—¿En serio? —Rick interrumpió con un gruñido de desaprobación—. Jay, tienes que ser un hombre. Te estás perdiendo algo grande. Te ha tocado la lotería con ella. ¿A cuántas mujeres les gustan *Days of Our Lives* y los musicales, y además son tan inteligentes que pueden ser abogadas? Te lo digo por experiencia, no hay muchas por ahí.

Zara soltó una carcajada.

—Lo decidimos de mutuo acuerdo. Nos lo pasamos bien juntos, pero no hay nada más. ¿Verdad, Jay?

No estaba de acuerdo. Pero era evidente que él había malinterpretado la pausa que habían hecho. Zara solo quería pasar un buen rato. Él había esperado que fuera algo más.

—Sí —dijo con firmeza—. Así es. Ninguno de los dos tiene tiempo ahora para meterse en una relación seria.

Dio un sorbo a su vino, pero no lo saboreó mientras evitaba mirar a su madre. No soportaría ver la compasión en sus ojos. Lo conocía demasiado bien.

—Tal vez Padma debería empezar a contar historias de cuando Jay era pequeño —sugirió Rick—. O sacar un viejo álbum de fotos para avergonzarlo de verdad.

La madre de Jay se rio.

—Nunca he tenido la oportunidad de hacerlo. La próxima vez vendré preparada.

«La próxima vez». Lanzó una mirada a su alrededor. Su madre y Zara reían juntas, y Rick buscaba algo sobre *Days of Our Lives* en su teléfono. Su apartamento se había llenado de luz y calor, y estaba impregnado de los deliciosos aromas de la cocina de su madre. Deseó tan desesperadamente una próxima vez que sintió dolor en el pecho. Una próxima vez con Zara sentada a su lado, sonriéndole a su madre y apretándole la pierna por debajo de la mesa cada vez que Rick soltara un chascarrillo sobre su época anterior a ser motero.

Jay no podía negarlo. Sentía algo por Zara. Unos sentimientos tan fuertes que amenazaban con romper los muros que había construido para mantenerse a salvo. No había tenido sentimientos por una mujer en… nunca. Pero esos sentimientos no eran recíprocos.

19

En la cena de cumpleaños de su madre, en vez de ir directamente a la mesa, Zara fue al cuarto de baño del restaurante. Aún quedaban cinco minutos para ver a su madre y necesitaba tenerlo todo bajo control. Esta noche no podía haber accidentes. Tampoco podía caerse ni derramar, romper o quemar nada. No podía saltar de su asiento si veía a alguien, ni saludar, gritar, sonreír o gesticular. Aunque se trataba de un restaurante indio, tendría que usar el tenedor y el cuchillo en vez de partir el *naan* para recoger el *dal*, y las crujientes *pappadams* quedaban descartadas.

No podía imaginar una cena más diferente que la que había tenido con la madre de Jay hacía dos días. Tantas risas. Tanto cariño. Habían hablado de musicales y telenovelas, intercambiado recetas y compartido historias. Había podido relajarse y ser ella misma, sin preocuparse de lo que debería decir, de cómo debería comportarse o de si ocurriría un accidente. Derramaron bebidas y las limpiaron. Rick volcó un plato de *biryani* y nadie se inmutó. Si no hubiera sido por el momento incómodo en que les dijo que Jay y ella no estaban juntos de verdad, se habría quedado allí toda la noche. Se estaba enamorando de él y estaba muy asustada.

Respiró hondo y se alisó el cabello frente al espejo. Parvati la había ayudado a aplanar las ondas y los rizos rebeldes y su cabello caía ahora como una capa recta sobre los hombros. Para completar una apariencia profesional, se había puesto una blusa de color rosa palo con unos vaqueros negros y sus botas favoritas de ese mismo color. Parvati le había prestado un bolso Gucci auténtico y como accesorios había escogido un collar de perlas y un reloj rosa. Nada de colorines. Ni de fulares extravagantes ni estampados llamativos. Ni un solo brillo a la vista. Excepto por las botas, era lo más parecido a la perfección corporativa que podía conseguir. Esperaba que fuera suficiente para su madre.

Se obligó a esbozar una sonrisa y empujó la puerta del cuarto de baño. Respirando el familiar aroma a canela, cúrcuma y comino, se abrió paso entre las pinturas abstractas, las paredes doradas y los reservados de color azafrán hasta la mesa donde su madre esperaba junto con Peter Roberts, su pareja desde hacía muchos años.

Saludó a su madre con un beso en la mejilla y a Peter con un gesto de la cabeza antes de sentarse. Su madre no podía reprocharle su aspecto esta noche, pero cuando Zara vio el característico recogido de su cabello y el bonito fular que caía sobre su elegante vestido negro, no pudo evitar sentirse desaliñada e incómoda.

—¡Qué agradable sorpresa! Has llegado puntual. —Su madre miró a Peter y arqueó las cejas como si ella le hubiera dicho que Zara llegaría tarde. Peter, un hombre delgado de rostro curtido y cabello canoso, era anestesista en el hospital donde trabajaba Parvati. Era tranquilo y, en general, un buen tipo que se pasaba las tardes en casa cocinando y viendo series de detectives en la televisión. A su favor había que decir que nunca se metía en las discusiones entre Zara y su madre. En vez de eso, se excusaba y volvía cuando las cosas se habían calmado.

Zara mantenía las manos en el regazo para no volcar un vaso o tirar un tenedor por accidente, o tamborilear con los dedos sobre la mesa. Después de pedir la comida, sonrió amablemente cuando su madre le habló sobre sus nuevos casos, la expansión que estaba prevista para el bufete, el desayuno que Peter le había preparado por su cumpleaños y la tarta que sus colegas le habían llevado a la oficina.

—Es una pena que Hari no haya podido venir —dijo su madre cuando llegó la comida—. Dijo que su vuelo se había retrasado por culpa del mal tiempo en el aeropuerto.

Zara sospechaba que el retraso no se debía tanto al mal tiempo como a que Hari odiara la cena anual de cumpleaños y hubiera renunciado finalmente a fingir siquiera que quería formar parte de la familia. Aun así, continuaba siendo el favorito de su madre y solía hacer de intermediario en las reuniones familiares.

—Puede que yo tenga pronto mi primera demanda colectiva —dijo Zara cuando vio que su madre empezaba a ponerse seria. La ausencia de Hari podía producir una reacción en cadena que empezaría con su perfecto hermano mayor y acabaría con el desastre que era su carrera—. En la boda de Tarun repartí mis tarjetas de visita y algunas tías vinieron a verme.

Entre bocado y bocado del sabroso *poriyal* de espinacas, pollo *masala* y *podi dosa*, les habló del caso sin mencionar qué tías estaban implicadas.

—¿Qué tiene eso que ver con el Derecho del Entretenimiento? —Su madre se limpió los labios con una servilleta. Era una maestra de la sutileza.

—He dejado ese sueño atrás. —Habló sin rodeos, mirando a su madre de igual a igual, aunque temblara por dentro. Le había dicho esas mismas palabras a Jay. ¿Por qué no habría de decírselas a la persona que más necesitaba oírlas?—. Soy feliz en mi actual bufete. Puedo hacer un gran trabajo en Cruz & Lovitt, ayudando a personas corrientes en vez de a grandes empresas. Espero resolver tan bien este caso que no tengan más remedio que contratarme por tiempo indefinido.

—Tus posibles causas de acción judicial son débiles —dijo su madre de forma desdeñosa—. ¿Cómo cuantificas los daños? Alguien habló mal a tus clientes. Estos apagaron la cámara y la devolvieron a la tienda. ¿Qué daños sufrieron?

—Un desconocido les habló a los hijos de mi cliente. —La voz de Zara se elevó por la frustración—. Hizo comentarios racistas y les dijo que hicieran cosas horribles. Ella no se sintió segura en su propia casa. Y en cuanto a las causas de acción judicial, ¿qué hay de la negligencia, el incumplimiento de la garantía de comerciabilidad implícita, el incumplimiento del contrato implícito, el enriquecimiento injusto y la violación de la Ley de Competencia Desleal? Es un buen caso y Tony me está dejando llevarlo. Pensé que estarías orgullosa de mí.

—Parece muy interesante —dijo Peter en voz baja—. Tengo muchos amigos que han instalado cámaras de seguridad en casa. Seguro que se horrorizarían si se enteraran de esto.

—Zara tiene que ser realista. —Su madre lanzó a Peter una mirada fulminante—. Si quiere volver a trabajar en un gran bufete, no puede llevar un caso que vaya a fracasar. Si quiere dedicarse al Derecho del Entretenimiento, necesitará clientes de ese sector.

—¿No me estabas escuchando? —Zara tiró la servilleta sobre la mesa—. No quiero volver a un gran bufete. Quiero quedarme en Cruz & Lovitt.

—Cariño —suspiró su madre—, se anuncian con un tigre. Eso no demuestra mucha profesionalidad.

—Quizá no quiera ser ese tipo de profesional —replicó Zara—. Tenemos una buena reputación. Tenemos clientes fieles y satisfechos que nos recomiendan a sus amigos y familiares. Y tenemos un gran historial de éxitos. Somos el mejor bufete de accidentes del Área de la Bahía.

—¿Estás segura de que te contratarán de forma indefinida? —Su madre compartió una mirada con Peter—. He oído que les cuesta atraer clientes y que sus beneficios han bajado un cincuenta por ciento. Hace más de dos años que no consiguen cerrar un buen acuerdo. No puedes dirigir un bufete con simples resbalones y caídas. Hay mucha más competencia en el sector de los accidentes que hace cinco años.

Zara se sintió como si le hubieran dado un puñetazo en el estómago.

—¿Cómo sabes todo eso?

—El mundo jurídico no es tan grande y me gusta saber qué sucede en el bufete donde trabaja mi hija. También sé que el otro día te encontraste con Lucía. Me dijo que sigue en pie su oferta para que te incorpores a su Departamento de Litigios Corporativos. Sé que prefieres un ambiente más relajado, pero a falta de pan, buenas son tortas.

A Zara se le secó la boca. ¿Por qué Tony no le había dicho que el bufete tenía problemas? ¿Por qué no le había avisado de que quizá no podría quedarse?

—Puede que no sea verdad —dijo, más para tranquilizarse que para desafiar a su madre—. Hablaré con Tony mañana.

—Tony no te dirá nada nuevo. —Su madre dio un sorbo a su vino—. Cariño, te cuesta aceptar que a veces ocurren cosas malas. Cuando te dijimos que íbamos a divorciarnos, te quedaste en el arcén de la carretera durante horas, gritando para que tu padre volviera, y luego actuaste durante semanas como si él estuviera en una conferencia. Tuve que empaquetar todas sus cosas y darle un nuevo uso al estudio para que entendieras que teníamos que seguir adelante. Cuando se instaló en su propia casa, fingiste que estaba cuidando la casa de un amigo. Y así sucesivamente. La verdad es que llegó a ser bastante tedioso.

—A mí me parece que sufrió mucho —dijo Peter con delicadeza—. ¿Solo tenía qué? ¿Diez u once años? Es muy duro que tu vida cambie tanto a esa edad.

—Fue duro para todos, pero lo superamos —espetó su madre—. Esperaba que ella hiciera lo mismo.

Excepto que ella no lo había superado. Aún esperaba que cualquier pelea pusiera fin a una relación. Su mayor miedo era perder a las personas que amaba. Era la misma inquietud que tenía Jay: que un día se marchara la persona que más le importaba.

—Tengo que irme.

No podía quedarse allí por más tiempo, escuchando cómo su madre diseccionaba con tanta frialdad una de las peores noches de su vida. Deseó que Jay estuviera ahí con sus cariñosos abrazos y su ilimitada paciencia. Jay no la juzgaba. Le gustaba tal y como era. Entonces, ¿por qué le había dicho a Rick que no estaban juntos? Sus palabras le habían hecho daño a Jay. Lo vio en su rostro, en la fuerza con que sujetó su copa, en la rapidez con la que le había pedido un taxi al acabar la cena. Y lo había sentido. Porque, cuando él le dio la razón, a ella también le dolió.

—Brindemos por una relación empresarial larga y fructífera.

Jay y Elías brindaron con Thomas y Brittany en el lujoso restaurante francés que Thomas había reservado para la celebración. Con el pleito de Triplogix fuera del camino, Thomas les había asegurado que la aprobación de la financiación por parte del consejo de administración estaba prácticamente garantizada.

—Ha sido la mejor llamada que he recibido en toda la semana —dijo Thomas—. Para ser sincero, me preocupaba que no pudierais conseguir que se desestimara la demanda. La impresión que podía dar era muy mala, teniendo en cuenta que sois una empresa de seguridad.

—Hemos puesto en marcha nuevos protocolos para que nuestros clientes estén protegidos frente a empleados descontentos en el mundo digital —dijo Elías—. Este caso también nos ha descubierto una nueva área de negocio. La seguridad digital será cada vez más necesaria en el futuro.

—Me alegra oírlo —dijo Thomas—. Brittany tiene especial interés en la seguridad digital.

—Escribí sobre ello mientras hacía mi MBA. —Sonrió a Jay. Le había estado sonriendo mucho desde el otro lado de la mesa y él se sentía incómodo.

—Os dará mucho de qué hablar en vuestros viajes —dijo Thomas—. Una vez que todo esté aprobado, quiero que Brittany vaya con vosotros cuando abráis las oficinas internacionales. Necesitamos tener los ojos puestos en nuestras inversiones.

—Pasaremos mucho tiempo juntos. —Brittany le dedicó una amplia sonrisa—. Lo estoy deseando.

Jay sintió que algo le rozaba la pernera del pantalón. ¡Joder! ¿En serio estaba haciendo piececitos bajo la mesa con su padre delante? ¿Y qué pasaba con Elías, que había estado mirándola durante toda la cena?

El tipo estaba loco por ella, pero Brittany no parecía saber que él existía.

—Disculpadme.

Jay se levantó y se dirigió hacia el cuarto de baño para alejarse de Brittany y sus actividades bajo la mesa. ¿Cómo iba a salir de esa situación? Un paso en falso y podría echarlo todo a perder.

Cinco minutos más tarde, salió del cuarto de baño y se encontró a Brittany en el pasillo. Debería haber imaginado que una niña de papá no se rendiría tan pronto.

—¡Qué casualidad encontrarte aquí! —Se acercó un paso, alisándose el ajustado vestido negro—. Estaba pensando que deberíamos conocernos mejor, ya que vamos a pasar tanto tiempo viajando juntos. ¿Cenamos en mi casa el viernes?

Tan solo seis semanas atrás, habría aceptado su oferta. Ella podía asegurar que el trato se llevara a cabo y, por tanto, que él se acercara a su objetivo. Pero solo había una mujer que él quisiera, incluso si ella no sentía lo mismo por él.

—Me siento halagado, Brittany, pero estoy saliendo con alguien. —No quería mentir. Odiaba hacerlo. Pero Brittany no era el tipo de mujer que se desanimaba fácilmente, y una novia era la opción más sencilla.

—Elías dijo que estabas soltero.

—Hasta hace poco.

Ella le dedicó una calculadora sonrisa que le erizó la piel de la nuca.

—Me encantaría conocerla. Quizá podríais venir el próximo fin de semana a un acto benéfico al que acudirán algunos famosos. El banco es el patrocinador.

—Veré si está disponible. —Sintió que el pasillo se lo tragaba, y tuvo que lidiar con la desesperada necesidad de escapar.

—Si no, tú aún puedes venir. —Ella le puso una mano en el brazo. El simple contacto hizo que se le formara un nudo en el estómago—. Te enviaré unas entradas.

—Y para Elías. —De ninguna manera iba a entrar solo en la boca del lobo.

—Sí, claro. Elías. —Se revolvió el cabello y luego se rio—. Casi me olvido de él.

Jay estaba seguro de que no se había olvidado de Elías en absoluto.

—Debería volver a la mesa. —Hizo ademán de marcharse, pero ella le cerró el paso.

—Estoy tan contenta de que vayamos a trabajar juntos… —dijo ella, tocándole la corbata—. Mi padre te aprecia mucho.

—Y yo respeto su trabajo. —El sudor le corría por la frente y los nervios se apoderaron de él.

—Estamos muy unidos —sentenció—. Si yo soy infeliz, él también lo es.

¡Por Dios! ¿Lo estaba amenazando? ¿Incluso después de haberle dicho que estaba saliendo con alguien? Elías tendría que sacarlo de ese apuro.

—Haremos todo lo posible para que seas feliz, Brittany.

Le dedicó una amplia sonrisa y él pudo ver sus nacarados dientes.

—Me alegra tanto oírlo…

Cuando Zara entró en la oficina tras un largo día de negociaciones, intentó asimilarlo todo a la vez. Llegaba media hora tarde a la cita con Parvati para ir de compras. Pero lo que no había esperado era que los miembros más excéntricos de la empresa acudieran en masa a entretener a su amiga.

—Siento llegar tarde. —Le dio a Parvati un rápido beso en la mejilla mientras esquivaba la espada láser de Tony—. Estaba negociando un contrato para un doble que tenía miedo a las alturas, a las altas velocidades, a los ruidos fuertes, a volar, al agua, al fuego, al humo, a las arañas, a los escorpiones y a los camellos. Me llevó una eternidad.

—No pasa nada —dijo Parvati—. Faroz y Tony me han estado enseñando la técnica de la esgrima.

—Todo está en la muñeca. —La espada láser de Tony hizo un barrido, deteniéndose a pocos centímetros del cuello de Parvati. Para su sorpresa, Parvati no se movió ni un milímetro.

—Impresionante —murmuró Faroz, encaramado al escritorio de Janice—. Ni te has inmutado.

—Lleva un gorro de Yoda y blande una espada de juguete —dijo Parvati en tono seco—. No pensé que fuera ninguna amenaza.

—Esto no es un juguete. —Tony la miró atónito—. Es una obra de arte hecha a medida y totalmente funcional. Michael Murphy creó esta espada láser a partir de los *flashes* de la cámara fotográfica Graflex que se usaron para crear el auténtico atrezo, y se completó con una sofisticada placa de sonido, un avanzado sistema de seguimiento del movimiento, un chasis personalizado y una cámara de cristal que se ciñe al material original.

Parvati bostezó.

—¿Puede matarme?

Faroz saltó del escritorio.

—Si golpeas a alguien fuertemente en la cabeza con algo sólido, puedes provocarle daños muy graves. Cuando estuve en Guam, vi cómo mataban en la playa a un hombre con un cubo de plástico de juguete.

—¿Qué hacías en Guam? —Parvati lo observó con interés. Zara se recordó que debía comprar tapones para los oídos de camino a casa. Sin duda, Faroz pasaría la noche allí.

—Si te lo digo, tendré que matarte.

Parvati resopló.

—No me matarías con un cubo de plástico de juguete. No es físicamente posible.

—Estaba lleno de piedras.

—Entonces lo mataron las piedras y no el cubo.

—El cubo las mantenía unidas. —Faroz alcanzó unas cuantas piedras decorativas del expositor de plantas que había junto a la pared y las dejó caer en su vaso de papel para demostrárselo—. No habría muerto si alguien le hubiera lanzado las piedras de una en una. Por lo tanto, lo mató el cubo.

—Si me tiras alguna piedra, te enseñaré formas de morir que ni siquiera habías imaginado —le advirtió Parvati.

A Faroz se le iluminó el rostro.

—Creía que las conocía todas.

—¿Conocías la muerte por espada láser? —preguntó Tony—. Mucha gente piensa que es lo mismo que un rayo láser, pero las espadas láser consisten en una lámina de plasma alimentada por un cristal kyber. Este hace un corte más limpio.

—Igualmente es una forma horrible de morir —murmuró Faroz—. Cuando sea mi momento, quiero hacerlo teniendo sexo.

—No se puede hablar así en un despacho de abogados —le advirtió Tony—. Decoro.

Faroz rio entre dientes.

—Te he oído negociar acaloradamente esta mañana. Yo diría que el listón ya está bastante bajo.

—¿Siempre es así? —preguntó Parvati a Zara en un susurro.

—Sí.

—Entonces será mejor que empieces a conseguir clientes, porque este es tu sitio.

Zara dejó sus archivos en el despacho y, diez minutos después, se subían al coche de Parvati, un BMW descapotable de color negro que había comprado en una subasta.

—Le he dado mi número a Faroz —dijo Parvati—. ¿Hay algo que deba saber antes de traerlo a casa?

—No habla de su vida personal, excepto para lanzar perlas como «Cuando estaba en Guam…» o «¿Sabías que un hombre todavía puede hablar cuando le cortas la lengua?» o «El veneno es siempre tu mejor opción para un asesinato», o mi favorito: «Si te lo digo, tendré que matarte». Oí el rumor de que había trabajado para la CIA, pero no me lo creo. ¿Por qué aceptaría un trabajo como investigador privado para un bufete de abogados un agente de la CIA?

—Tal vez necesitaba una tapadera —dijo Parvati de forma distraída—. La verdad es que no me importa lo que haga para ganarse la vida. Está bueno. Tiene un cuerpo increíble. Rezuma sexo. Y siempre he querido acostarme con un hombre mayor que yo.

—¿Qué tal si no hablamos más de él? Porque voy a tener que recoger los pedazos cuando lo tires después de usarlo. —Respiró hondo cuando Parvati salió disparada del aparcamiento, haciendo chirriar los neumáticos al doblar la esquina.

—¿Tienes prisa? —Zara siempre había conducido a gran velocidad, hasta que empezó a trabajar en Cruz & Lovitt y vio de primera mano los daños que podía provocar una conducción imprudente.

—Me siento como si estuviera en el limbo. Necesito calmarme. —Parvati redujo la velocidad—. Después de nuestra sesión de compras, quiero pedir comida china y ver un viejo episodio de *Autopsia* en HBO para relajarme un poco.

—La gente normal no ve autopsias para relajarse.

—No lo veo por la autopsia. —Parvati se detuvo en un semáforo en rojo y se fijó en el tipo sexi del Porsche rojo que tenían al lado—. Mi parte favorita es adivinar la causa de la muerte. ¿Fue un ataque al corazón? ¿Tenía un cáncer oculto? ¿Tenía una ameba en el cerebro? Es tan emocionante…

—Tienes que salir más. Pasas demasiado tiempo en el hospital. ¿Qué tal una aventura con alguien de fuera del trabajo? —El tipo del Porsche estaba demasiado ocupado admirándose a sí mismo como para darse cuenta de que tenía un ligue seguro al lado.

—Me enrollo con alguien casi todos los días. —Le lanzó una radiante sonrisa—. Veo a un residente guapo y, cinco minutos más tarde, estamos haciéndolo en el almacén. Diez minutos después ya estoy de vuelta en la planta; siete si prestó atención en Ginecología. Ni siquiera pregunto el nombre. —Pisó el acelerador y Zara se dio contra el reposacabezas del asiento.

—Podrías presentarme a alguno la próxima vez que vaya al hospital.

—¿Me tomas el pelo? —Parvati resopló—. Acabas de cenar con la madre de Jay. Un hombre no te invita a cenar con su madre a menos que sea algo serio. Y una mujer no va a cenar con la madre de un hombre a menos que le guste ese hombre. Mucho. No voy a ayudarte a sabotear tu relación presentándote a un simple ligue cuando tienes a un hombre que sigue siendo la comidilla de Urgencias.

A Zara se le formó un nudo en el estómago.

—No es una relación. Es un trato que hemos puesto en pausa por un tiempo. Pero esta mañana Tony me ha dicho que el bufete tiene problemas económicos. Mi puesto de trabajo está en peligro a menos que encuentre nuevos clientes. Necesito volver a poner en marcha ese trato. Jay tiene contactos que, si se lesionan y sufren una importante pérdida de ingresos, podrían asegurarme el futuro en el bufete.

—Solo quieres conocer a famosos. —Parvati pisó el freno en un semáforo en rojo y tomó su pintalabios del portavasos.

Zara soltó un bufido.

—Quiero conocer a personas que, trabajen o no en la industria del entretenimiento, puedan arruinarse la vida porque tuvieron un extraño accidente que ahora les impide mantener su nivel de ingresos.

—¿Estás leyendo la letra pequeña de uno de tus anuncios? —El tono de Parvati destilaba sarcasmo—. No intentes cambiar de tema. No funcionará conmigo. Sientes algo por Jay y estás huyendo asustada.

—Desde luego que no. —Zara se cruzó de brazos—. Prometí encontrarle pareja y eso es lo que voy a hacer.

Parvati se pasó el pintalabios, volviendo sus labios de un color rojo chillón.

—¿Eso significa que no vas a volver a acostarte con él?

—No fue para tanto —protestó Zara—. Fue sexo ocasional. Tenemos una relación informal. Pasamos una noche divertida juntos, eso fue todo. Ninguno de los dos tiene tiempo para un compromiso. Él mismo lo dijo delante de su madre, por eso debo encontrarle a alguien especial.

—Nunca te he visto correr tanto, nena. —Parvati dobló una esquina con un chirrido.

«Ridículo». ¿Cuándo se había encariñado con un hombre tras una noche de sexo? Solía sacarlos por la puerta antes del amanecer y, para cuando salía el sol, ya se había olvidado de que habían estado en su cama. Es cierto que Jay y ella habían pasado mucho tiempo juntos, pero eso no significaba nada cuando lo estaba conociendo con el único propósito de entregárselo a otra persona.

¿Y qué si fue la primera persona en la que pensó después de la incómoda cena de cumpleaños de su madre? A él se le daba muy bien abrazar, así que era natural que hubiera querido encontrar consuelo en sus brazos.

Pero aun así debía hacer algo. En alguna estúpida parte de su corazón, quería que Jay se preocupara por ella tanto como ella lo hacía por él, lo cual era pedir demasiado para una mujer que, simplemente, no tenía madera de novia. Jay era tranquilo y estable. Necesitaba una mujer que no atrajera el caos allá donde fuera. Alguien que no esperara que la relación fracasara porque había aprendido a una temprana edad que el amor se acaba y que los matrimonios no duran para siempre.

Era hora de volver a los negocios. Tenía que encontrarle la pareja perfecta a Jay.

20

—¿Piensas pasarte toda la tarde trabajando?

Jay levantó la vista cuando Elías entró en su despacho con unos palos de golf colgados a la espalda.

—Por la noche es cuando más rindo. Sin teléfonos. Sin reuniones. Sin distracciones. —Nadie que lo interrumpiera cuando sus pensamientos se dirigían hacia una guapa y alegre abogada de radiante sonrisa.

—Sin diversión. —Elías dejó los palos frente a él—. Necesitamos a un cuarto para nuestra partida crepuscular en el Ocean Course de Half Moon Bay.

—No puedo —dijo Jay—. Thomas acaba de enviar los últimos documentos al consejo de administración para su revisión. Quiero ponerme con ello. Casi lo tenemos. No quiero estropearlo ahora.

Elías dejó los palos.

—Me haces sentir culpable.

—Solo prométeme que tendrás a Brittany entretenida en el evento benéfico de mañana. Ella ejerce mucha influencia sobre Thomas. No quiero que se sienta excluida. Pienso llevar a Zara si está libre, así que no podré prestarles toda mi atención.

No le había contado a Elías lo del incidente del pasillo. Mejor si se enrollaba con Brittany pensando que era a él a quien quiso desde el principio.

—Ni siquiera voy a fingir que me hace ilusión. —Elías soltó un suspiro—. Sabes que no se me dan bien los eventos de la alta sociedad. Soy un tipo de cerveza y hamburguesa. Ella echará un vistazo a cómo me contoneo con un traje de pingüino y saldrá corriendo en la dirección opuesta.

—No es para tanto —le aseguró a su amigo—. Todo irá bien. A Zara se le da muy bien tranquilizar a la gente. La llamaré cuando acabe para ver si puede venir.

Contaba con que su pasión por los famosos anulara cualquier reticencia a pasar la noche con él en un evento social. No habían hablado de su relación desde la incómoda cena con su madre. Él había intuido que ella necesitaba algo de espacio y, aunque la situación lo desesperaba, la había dejado en paz.

Elías solo llevaba media hora fuera cuando Jay oyó el traqueteo de una puerta, el crujido de una bisagra, un portazo y luego pasos. ¿Se habría dejado algo Elías?

—¡Vas a perder tu *tee* de salida[5]! —gritó Jay—. ¿Qué has olvidado que sea tan importante?

—Se olvidó de cerrar la puerta. —Zara entró en su despacho con uno de sus vestidos de colores chillones. Este tenía una vaporosa falda azul que se mecía sobre sus caderas.

Se quedó sin palabras. No solo porque la había echado de menos, sino también porque se las había ingeniado para entrar en las oficinas de una empresa cuya reputación se basaba en mantener la seguridad de los edificios.

—¿Cómo has entrado? —preguntó cuando, por fin, pudo formular una frase coherente.

—Le dije al guardia de seguridad que era tu abogada. Le di mi tarjeta para demostrárselo. No ha sido una mentira del todo. Soy abogada y en cierto modo soy tuya porque tenemos un trato.

—Hablas como una auténtica abogada.

Zara le hizo una reverencia.

—A su servicio.

—Voy a tener que hablar con el guardia de recepción.

—No es culpa suya —dijo Zara rápidamente—. Lo distraje. Me di cuenta de que tenía una foto de sus hijos en el escritorio. Iban

---

5. Accesorio básico en golf. Permite ubicar la bola en una posición adecuada de cara al primer golpe de cada hoyo. (N. de la T.)

vestidos de piratas, así que le hablé del musical y le ofrecí dejar algunas entradas en taquilla para su familia…

—Lo sobornaste. —La miró con incredulidad.

—¡Claro que no! —Se llevó las manos a las caderas—. Fue una oferta genuina. Ya había decidido que me dejaría subir a verte.

Jay se recordó que debía darle las gracias al guardia de abajo. Si el tipo no se hubiera distraído tan fácilmente, Jay no habría tenido la oportunidad de ver a Zara esa noche.

—Entonces, ¿a qué debo el placer? —Se reclinó en la silla, cruzando los brazos detrás de la cabeza.

Zara dejó su bolso en la silla que había frente al escritorio y sacó una carpeta.

—Ya que volvemos a tener un trato, tengo unas potenciales parejas que me gustaría que vieras.

—Pensé que habíamos acordado hacer una pausa.

Estaba tan sorprendido de que hubiera aparecido de forma tan repentina que no se había dado cuenta. Pero ahora que estaba más cerca, supo que algo iba mal. Sus ojos habían perdido el brillo y unas arrugas de preocupación surcaban su frente.

—Volvimos a nuestro trato. —Se quedó mirando al suelo, con las largas pestañas aleteando sobre sus suaves mejillas—. Pensé que eso era lo que querías cuando cenamos con tu madre y Rick.

—Le dijiste a Rick que no estábamos juntos. Solo te seguía la corriente.

Sabía que debería preocuparle la desenfrenada atracción que sentía por una mujer que quizá no lo quería. Pero, en vez de eso, estaba dándole vueltas a cómo podría darle placer cuando la tuviera encima del escritorio, con la bonita falda subida por los muslos y los tacones de aguja sobre sus hombros.

—No me gustan mucho las etiquetas. —Se encogió de hombros—. Juntos. No juntos. ¿Qué significa realmente? Tenemos un trato y solo quiero cumplir con mi parte.

—¿Qué pasó el sábado por la noche? —Su corazón empezó a latir desbocado.

—Fue… divertido —dijo—. Pero ahora que nos hemos sacado la espinita, es mejor que volvamos a los negocios.

A Jay esas palabras le sentaron como un puñetazo en el estómago. El instinto le decía que habían compartido algo más que intimidad física durante la noche que habían pasado juntos. Habían conectado a otro nivel; uno tan profundo que no podía creer que hubiera ido a su despacho solo para marcar distancias. Algo la había trastornado. Lo había visto cuando entró por la puerta y podía verlo ahora, en la forma en que evitaba su mirada. Si ella no iba a abrirse, él tendría que salir a jugar. Y Jay jugaba para ganar.

—Siéntate y enséñame lo que me has encontrado.

Ella se sobresaltó, como si no hubiera esperado que él se rindiera tan rápido, pero se repuso rápidamente.

—De acuerdo. —Se sentó en la silla que había frente a él y alcanzó la carpeta—. Primero tenemos a Vidya Reddy. Es empleada de una multinacional. Corre para mantenerse en forma y le gusta la música clásica y la jardinería. Es organizada, detallista y profesional.

—Mmm… —Se revolvió en su silla—. ¿Puede cantar «Climbing over Rocky Mountain», hacerse un disfraz de zombi con cuatro cosas y darle a un hombre una sorpresa de «buenos días» que no olvidará nunca?

Ella apretó los labios y lo miró.

—No, no lo creo.

—Paso. ¿Quién es la siguiente? —Se levantó y caminó alrededor del escritorio, girándole la silla para poder arrodillarse delante de ella.

—¿Qué estás haciendo?

—Seguir adelante. Estoy tan excitado que no puedo aguantarme. ¿Qué otras encantadoras damas has escogido para calentarme la cama? —Le quitó con delicadeza uno de los zapatos de tacón y le dio un beso en el empeine.

—Devika Malini. —Se le quebró la voz y soltó un suspiro—. Es ingeniera de *software*, proviene de una familia muy bien relacionada y es la directora general de una *start-up* de ropa de *fitness*…

—¿Llenaría una sala de exposiciones solo para apoyar a su padre, sin saber que los cuadros serían sobre frutas con forma de vulva? ¿Podría encontrar el mejor perrito caliente de San Francisco? ¿Y es lo bastante flexible como para hacer posturas de yoga en la cama? —Se lamió los labios—. Por cierto, he encontrado una nueva para que la pruebes. Se llama «postura de la pierna por detrás de la cabeza». —Sujetándole la pierna con una mano, la besó a lo largo de la pantorrilla, deteniéndose para pellizcarle con delicadeza detrás de la rodilla.

Ella tragó saliva mientras se agarraba a los brazos de la silla.

—No te lo estás tomando en serio.

—Me lo estoy tomando muy en serio —dijo Jay—. Pero has puesto el listón muy alto y hasta ahora nadie está a la altura. Supongo que la respuesta a todas mis preguntas es «no» para la pobre Devika. ¿Quién más está en tu lista? —Aprovechando que la falda era de fácil acceso, se la subió para poder continuar su recorrido de besos por el interior del muslo.

—Jay —dijo con voz entrecortada—, estoy intentando…

—Encontrarme pareja. Lo sé. Te escucho. —La agarró por las caderas y tiró de ella hasta colocarla al borde de la silla—. Si quieres que pare, dilo, pero pienso mejor cuando estoy distraído.

—Shobana Agarwal. —Empezó a temblar cuando él le recorrió el borde de las bragas con un dedo—. Había aceptado un matrimonio concertado, pero se escapó la noche antes de la ceremonia y tomó el avión para su luna de miel a Jamaica…

Jay dio un beso al suave algodón que tapaba su entrada.

—Tienes las bragas mojadas —dijo con delicadeza—. Una vez me dijiste que preferías ir sin ellas en este tipo de situaciones. Deja que te ayude. —Pasó las manos por el elástico de las bragas y las bajó poco a poco. Zara levantó las caderas y en un instante se quedó desnuda—. Háblame más de Shobana. —Le subió la falda hasta la cintura y puso sus labios sobre el reluciente vello.

Zara gimió, arrugando el papel que tenía en la mano.

—Se quedó allí dos años trabajando de camarera, dio la vuelta al mundo de mochilera y trabajó como domadora de elefantes en Tailandia…

Le pasó la lengua por el clítoris y luego acarició el capuchón. Ella separó las piernas con un gemido y él metió un dedo en su resbaladiza abertura.

—Continúa. ¿Qué hizo después de los elefantes?

Ella respiró entrecortadamente. Él utilizó un segundo dedo, cambiando de posición para acomodarse el duro miembro, que le presionaba la bragueta. Nunca había estado tan excitado como para que su necesidad de liberarse resultara casi dolorosa. Pero se trataba de ella. Le acarició los labios genitales con la lengua y añadió un tercer dedo. Estaba tan húmeda… Tan cachonda…

—Ella… consiguió trabajo en un crucero como acróbata con el equipo de animación. Pero se cayó del trapecio y se lesionó, así que volvió a casa.

Jay se quedó boquiabierto y levantó la cabeza.

—¿Dijiste trapecio?

Zara frunció el ceño y le empujó la cabeza hacia abajo con la mano libre.

—Olvídate de ella. No es tu tipo.

—Las trapecistas están en los primeros puestos de las listas de fantasías masculinas.

—Ella no estará en las tuyas. —Rompió el papel por la mitad y lo tiró.

—¿Alguien más? —Lamió alrededor de su clítoris mientras le metía los dedos profundamente, alentado por sus jadeos.

—Una… Una cuidadora del zoo de San Diego. Puede enfrentarse a leones, domar tigres, hablar con rinocerontes y se pasó dos años en un santuario de animales en Sudáfrica.

Él movía los dedos con rapidez, alternando lamidas con palabras.

—¿Puede disparar a un hombre en el culo? ¿Sabe bailar Bollywood, mariachis y musicales? ¿Puede superar a los hombres bebiendo embudos de cerveza?

—No, pero tiene el pelo rosa, un aro en la nariz y monta en moto… —Se le quebró la voz cuando las paredes de su vagina se contrajeron por el movimiento de sus dedos. Todo su cuerpo se tensó en la silla cuando alcanzó el clímax. ¡Dios! Le encantaba ver su rostro en ese instante.

—¿Sabes lo que te toca montar a ti? —Se levantó y barrió el escritorio con una mano, tirando al suelo papeles, bolígrafos, lápices y hasta su taza de café.

Relajada en la silla, se lamió los labios cuando él se desabrochó el cinturón de un tirón.

—¿Tengo tres oportunidades para averiguarlo?

—Solo tienes una. —Se bajó los pantalones y los calzoncillos—. Una grande.

Después de sacarse un preservativo del bolsillo, la levantó de la silla. Zara le rodeó la cintura con las piernas y él colocó el pene en su entrada.

—¿Hay alguna otra mujer con la que quieras emparejarme?

Ella se apretó contra él, poniendo a prueba su autocontrol.

—De momento no.

—Eso creía. ¿Te gustaría que yo fuera de otra cuando podrías tener todo esto para ti sola?

—No tengo elección. —Dejó escapar un tembloroso suspiro cuando él la colocó sobre el escritorio—. Tengo que conseguir en un mes nuevos clientes o no me dejarán fija en el bufete. El mercado está a la baja. Estoy dando palos de ciego, intentando pensar en todas las opciones. Tú tienes acceso a clientes famosos. Algunos de ellos podrían lesionarse al hacer acrobacias. Pensé que tal vez podrías presentarme a algunos buenos clientes y yo repartir un poco de amor de tigre.

Jay apretó los dientes para resistir el impulso de penetrarla hasta el fondo.

—Las cosas funcionan así. En vez de pasar de mí o de ponerme en contacto con trapecistas y domadoras de leones, podrías haber dicho: «Jay, ¿tienes algún evento al que vayan a ir famosos?». Yo consultaría la agenda y te lo diría. Incluso podría llamar a algunos amigos de otras empresas de seguridad, porque todos nos conocemos en este negocio. En resumen, haría todo lo que pudiera para ayudarte.

Zara hizo una mueca.

—Entré en pánico.

—Eso me imaginé cuando viniste aquí y me exigiste que me enrollara con esas desconocidas de tu lista. —Intentó parecer enfadado, pero le resultaba imposible con Zara tendida sobre su escritorio, tan mojada y preparada para él—. Estoy aquí para lo que necesites. No voy a irme a ninguna parte.

—¿Aunque no pueda darte más de lo que te estoy dando ahora? —Ella se mordió el labio inferior mientras lo observaba con atención.

—Te aceptaré como quieras —dijo—. No necesitamos una etiqueta. Lo que quieras darme, con tal de que estés en mi vida.

A ella le brillaron los ojos.

—No deberías decir esas cosas cuando estoy medio desnuda sobre tu escritorio.

—No puedo imaginar un mejor momento para ser sincero. No soy el tipo de hombre que exterioriza sus sentimientos.

Se acercó y tiró de él para besarlo.

—Me siento tranquila cuando estoy contigo —susurró contra su boca—. Silencias las voces de mi cabeza. Me haces sentir segura. Fuiste la primera persona a la que quise llamar cuando me enteré de que podía perder mi trabajo, pero tenía miedo de que te hicieras una idea equivocada. No tengo madera para las relaciones y creo que nunca la tendré.

—Habría significado que me necesitabas y eso me habría gustado. Prométeme que me llamarás la próxima vez. Mi ayuda nunca viene con condiciones.

—Lo prometo —dijo en un susurro—. Y lo siento.

Él gruñó con aprobación.

—Te disculpas muy bien.

Ella ladeó la cabeza y le dedicó una sensual sonrisa.

—Y ahora, ¿puedo montar?

Él esperó hasta más tarde. Cuando hubieron utilizado el escritorio, y luego la ventana y la pared. Cuando la luz hubo desaparecido y la oscuridad inundó el despacho y las farolas de la calle parpadearon fuera. Cuando yacían desnudos en el sofá, tapados por una suave manta que Elías había pedido como obsequio en una conferencia años atrás. Cuando ella volvía a ser suya y no intentaba embaucarle con encantadoras de rinocerontes. Cuando ella tenía la cabeza sobre su pecho y yacía lánguida entre sus brazos.

—El banquero que podría financiar nuestra expansión internacional nos ha invitado a Elías y a mí a un acto benéfico con famosos el viernes por la noche en el City Club. —Le dio un beso en la frente—. Han invitado a grandes estrellas. Pensé que te gustaría ir.

—¿En serio? —Ella se levantó, pero en vez de una sonrisa le dedicó un ceño fruncido—. ¿Y me lo cuentas ahora?

—Antes no me diste la oportunidad —protestó con fingida inocencia—. Entraste en mi despacho y me dijiste que el trato volvía a estar en marcha. Y luego empezaste a bombardearme con información de mujeres que nunca me interesarían porque no son tú. No sabía lo que estaba pasando.

—Te lo dije justo antes… —Se aclaró la garganta, mientras su mirada caía sobre sus ropas esparcidas por el suelo.

—Antes de que montaras al grande. —Le dedicó una satisfecha sonrisa—. La primera vez.

Zara se deshizo de la manta y empezó a caminar por la habitación. Habría disfrutado observándola si no estuviera caminando en la dirección equivocada.

—¿Adónde vas?

—Lo estoy comprobando. —Ella sacó su teléfono y toqueteó la pantalla.

Silencio.

Y luego un grito.

—¡Dios mío! ¡Lin-Manuel Miranda estará allí! ¡Jay! ¡Ay, por Dios! ¡Ay, por Dios! ¡Ay, por Dios!

Corrió hacia él. Desnuda. Era todo lo que él había esperado y más. Le tendió los brazos y ella se arrojó sobre él.

Se dio cuenta demasiado tarde de que estaba en sus manos.

21

Zara supo que había cometido un error incluso antes de bajarse del taxi frente al City Club. Debería haberse puesto el vestido azul y turquesa con la parte delantera entrecruzada y la falda con vuelo. Pero, en vez de eso, se había puesto el traje rosa fucsia de Chanel que su madre le regaló una vez para su cumpleaños. Con su diminuta chaqueta de estilo bolero y estrecha falda de tubo, se ajustaba a sus curvas de una forma muy incómoda. Ahora, tres años de *biryani*, helados y *samosas* después, le había resultado casi imposible ponérselo.

Pero este evento era de Jay. Se reunía con sus inversores más importantes, que tenían el poder de hacer realidad sus sueños. El traje rosa era elegante y sofisticado, corporativo pero también con clase. Lo había adornado con gruesas joyas doradas, tacones de aguja de color rosa y un bolso Chanel de imitación. Con el cabello alisado, las uñas pintadas y un maquillaje perfecto, era todo lo que el futuro director general de una empresa internacional podía desear en una acompañante para una fiesta.

Al menos ese había sido el plan.

—¿Necesitas que te eche una mano para salir? —El taxista miró por encima del hombro mientras Zara se removía frenéticamente en el asiento. Algo había sucedido en los últimos treinta y cinco minutos que había convertido un atuendo ajustado en una máquina de tortura. Incapaz de contener el volumen de sus muslos, la falda estaba tensa por las costuras, y maldita sea si no podía mover los brazos con unas mangas ceñidas de tres cuartos. Incluso los zapatos le apretaban demasiado, y la carne se le hinchaba alrededor de los dedos como si en vez de pies hubiera metido dos tostados y esponjosos *pavs* bajo las delicadas tiras de brillantes.

—Estoy bien, gracias. —Inspiró lo suficiente para acabar la frase, preguntándose si un cinturón podría cortar a una persona por la mitad.

Para cuando salió del taxi, el sudor le cubría la frente y corría entre sus pechos, manchando la blusa de seda blanca que llevaba debajo de la chaqueta. Se abrochó los botones para ocultar la evidencia y buscó a Jay.

Sin embargo, surgió otro problema cuando lo vio cerca de la entrada. Las faldas de tubo muy ajustadas y los tacones de aguja muy altos no eran una buena combinación. Arrastró los pies a paso de tortuga mientras unos ancianos con andadores la adelantaban en su camino hacia la puerta.

Jay se acercó a saludarla, fresco, relajado y con una movilidad perfecta con su traje negro entallado y sus zapatos planos. ¿Por qué había pensado que el traje de Chanel sería una buena idea? ¿Por qué tenía que brillar el sol cuando ella estaba empapada en sudor? ¿Por qué no había escuchado a Parvati, que le había advertido de que más no era mejor cuando se trataba de tacones?

—Estás preciosa. —Le dio un beso en la húmeda mejilla.

—Quería lucir sofisticada, con clase, elegante y profesional al mismo tiempo. —Dio una pequeña vuelta para él, manteniendo los brazos a los lados, rezando para que no se diera cuenta del rollito que se le había salido de la falda durante el trayecto. Por eso no llevaba trajes con chaquetas cortas. Había poco espacio para esconderse.

—Objetivo conseguido, pero me gustas con cualquier cosa que te pongas. —Se inclinó para susurrarle al oído, bajando una mano para apretarle el culo—. También me gustas cuando no llevas nada. Puede que sea mi *look* favorito.

—Travieso. —Le apartó la mano con una palmadita—. Es un evento con clase. Lo he buscado en Internet. Han reservado tres plantas del club para tomar cócteles y mezclarse con los famosos. Cincuenta de los quinientos invitados son grandes estrellas, pero tú sabes a quién quiero conocer de verdad.

—El hombre cuyo retrato tienes en el dormitorio y cuyas dulces canciones suenan por tus altavoces. —La tomó de la mano y la condujo al interior del local, ajeno a su lento caminar arrastrando los pies—. Si no me sobrara confianza en mí mismo, me afectaría tu obsesión por esta estrella de la música. Por suerte, estoy seguro de mi masculinidad y tengo el pelo mucho más bonito.

Tras registrarse en la puerta de la antigua Torre de la Bolsa, tomaron el ascensor hasta la tercera planta. La entrada del club tenía una de las decoraciones en *art déco* más impresionantes que Zara había visto nunca. Con un fresco de Diego Rivera de nueve metros de altura pintado en el hueco de la escalera, un techo cubierto de molduras cuadradas con pan de oro bruñido y detalles en mármol negro, plata y latón por todas partes, era sofisticado con la dosis justa de ostentación.

—Me encanta este sitio —dijo ella, asimilando aquella belleza—. Es muy...

—Tú.

Ella lo miró y sonrió.

—Así es. Muy yo. Y lo único que podría mejorarlo es encontrar a mi famoso.

—Primero tendremos que saludar a Thomas y a su hija, Brittany —dijo Jay—. Los vi en una de las mesas altas cuando entramos. Elías ya está con ellos. —Puso una firme mano en la parte baja de la espalda de Zara—. Por aquí.

—Sé que este evento es importante para ti —dijo mientras se abrían paso entre el gentío—. No tienes nada de qué preocuparte. Esta noche seré discreta. Sin interrupciones ni copas de champán derramadas. Sin cabezas rodando. Sin caos ni drama.

—Solo tienes que ser tú misma. —Jay le dio un suave beso en la sien—. Quiero que te diviertas, que conozcas a tu famoso, que repartas tarjetas y que encuentres nuevos clientes.

Thomas les hizo señas para que se acercaran a una mesa. Zara lo recordó del restaurante mexicano y del hospital, y se saludaron antes de que él les presentara a su hija. Brittany, que llevaba un elegante vestido negro y un collar de perlas, observó a Zara con interés.

—¿En qué empresa dijiste que trabajabas?

—Cruz & Lovitt. Nos especializamos en accidentes. —Le dio a Brittany su tarjeta. Había algo en la hija del banquero que le erizó la piel de la nuca.

Brittany observó la tarjeta y sus labios esbozaron una sonrisa.

—¡Oh! Es el bufete del *tigre*.

Zara respiró hondo, con los botones de la chaqueta cerrados. De algún modo, sus pechos también parecían haberse hinchado durante el viaje y aumentaban de tamaño a cada minuto que pasaba.

—Somos un bufete pequeño. —Zara forzó una sonrisa—. Ganamos la mayor demanda del estado para un joven cliente que había sido aplastado por un poste telefónico mientras iba en bicicleta por un parque nacional.

—Pero eso no es derecho de verdad, ¿no? —dijo Brittany—. Los casos de accidentes siempre se resuelven con una indemnización. Casi nunca llegan a los tribunales.

—Zara estuvo en los tribunales la semana pasada. —Jay le pasó un brazo por la cintura—. Pude ver el juicio. Fue increíble.

—¡Qué encantador! —Brittany alcanzó su copa y su mano rozó la manga de Jay—. Jay me comentó que habíais estado saliendo.

Zara puso toda su atención en la hija del banquero. Brittany quería a su hombre y no estaba haciendo ningún esfuerzo por ocultarlo. Zara no sabía si se sentía insultada o impresionada. Tampoco es que importara. Jay era suyo y Brittany necesitaba captar el mensaje.

—Cuando lo sabes, lo sabes. —Se acercó a Jay y le acarició el cuello—. ¿No es así, cariño?

—Sí, así es… —Jay se tensó y luego se aclaró la garganta—, cariño.

—Así que… Brittany —Zara dio otro trago a su vino, por la valentía que le daba y para mantener sus manos lejos de la garganta de Brittany—, ¿a qué te dedicas en el banco?

Brittany empezó a divagar sobre la estructura de los bancos, los grupos de financiación y su impresionante currículum. Zara solo podía concentrarse a medias en sus palabras porque, cada dos o tres frases, Brittany tocaba como por casualidad el brazo de Jay.

—MBA..., blablablá. ¿Verdad, Jay? Mercados globales..., blablablá. Jay lo sabe todo sobre el tema.

La valentía de la mujer la dejó estupefacta, pero no tanto como la abrumadora emoción que sintió al imaginar a Jay y Brittany juntos. No tenía sentido. Hacía tan solo unas semanas, había intentado emparejar a Jay con alguien exactamente igual a esa mujer. Y la otra noche le había dicho a la madre de Jay que no había nada entre ellos.

—¿Qué está pasando? —murmuró Jay cuando Thomas se hubo llevado a Brittany para presentársela a un colega.

—Nada. —Los celos no eran una emoción que hubiera sentido con ningún novio. Nunca había permitido que nadie se le acercara tanto.

Él le pasó un brazo por los hombros.

—¿Estás segura? Tienes el ceño fruncido y esa pequeña arruga en la frente que solo tienes cuando algo te molesta de verdad.

—Ella va a por ti —soltó Zara, dejando para más adelante el hecho de que la conociera tan bien—. Puede que ni te hayas dado cuenta porque no hablas el lenguaje de las zorras.

La voz de Jay adquirió un tono firme y profundo que le hizo flaquear las rodillas.

—Yo solo quiero a una mujer.

—Espero ser yo, porque si no alguien acabará con un tacón de diez centímetros clavado en la garganta —murmuró en voz baja.

Jay se acercó a ella y le acarició el cuello.

—Tus celos me están excitando. Si sigues así, podría pensar que te gusto de verdad.

¿Por qué tenía que hablar así? ¿Por qué tenía que decir que estaba preciosa cuando ella se sentía como el muñeco Michelin? ¿Por qué le dijo que siempre estaría ahí para ella, que su ayuda venía sin condiciones, que la aceptaría como ella quisiera?

«Me quiere a mí».

Había fingido no oírlo, pero lo había hecho. Igual que había fingido no ver el dolor en su rostro la noche que le dijo a Rick que no estaban juntos. Era tan frustrante… ¿Por qué no podían disfrutar, simplemente, de la pausa que habían hecho en su trato, divertirse con un poco de sexo y seguir adelante? Ninguno de los dos quería una relación. Entonces, ¿por qué empezaba a parecer que tenían una?

La situación empeoró con el transcurso de la velada. Jay le llenó la copa y le trajo algo para picar. Cuando ella tembló de frío, él le ofreció su chaqueta. Él presumió de su ingenio ante el tribunal y animó a la gente a comprar una entrada para su espectáculo. Ella sabía que no había cantado como un ruiseñor ni brillado en el escenario. El inquietante orgullo que sentía por sus logros arruinó lo que debería haber sido una velada encantadora. Parecía haber olvidado muy convenientemente que ella era un imán para los desastres y que se suponía que él era un idiota arrogante.

Estaba pensando en escapar cuando un alboroto en la puerta llamó su atención. Los periodistas y fotógrafos entraron en la sala gritando y saludando. Un murmullo de expectación se extendió entre el gentío. Zara se puso de puntillas para ver qué pasaba. Y entonces Lin-Manuel Miranda entró por la puerta.

Consciente de que Thomas y Brittany estaban a su lado, Zara se tapó la boca con una mano para ahogar un grito. ¿Dónde conseguiría su autógrafo? Había estado tan ocupada molestándose por la amabilidad de Jay que ni siquiera había hecho un plan.

Necesitaba calmarse. No. Primero tenía que deshacerse de la chaqueta para que Lin-Manuel pudiera firmarle en el brazo. Su autógrafo de Wandsworth ya se había desvanecido, a pesar de que no se había lavado el brazo durante semanas. Podía escoger el izquierdo o el derecho. Tal vez podría conseguir que le firmara ambos.

—Yo te la guardo. —Jay le tendió la mano, aunque ella no había dicho ni una sola palabra. Ella se quitó la chaqueta, preguntándose si esto era lo que hacían las parejas normales. Anticiparse a las necesidades del otro. Comprender la compulsión a hablar efusivamente sobre tu estrella favorita de Broadway. Suponía que eso era útil cuando esa estrella de Broadway estaba a cincuenta metros de distancia y tenías un margen de tiempo limitado para conseguir el selfi con el que habías soñado durante los últimos cinco años.

Había conseguido dar unos pasos arrastrando los pies cuando Lin-Manuel se dirigió hacia la puerta. El corazón empezó a latirle desbocado. No. Esto no podía estar pasando. No podía estar a punto de conocer a un famoso y que la frenara un traje Chanel ceñido y unos tacones de diez centímetros.

Unas fuertes manos la sujetaron por la cintura y la mantuvieron clavada en el sitio. Miró por encima del hombro y vio a Jay arrodillado detrás de ella.

—Zapatos —dijo.

—¿Qué? —Su voz vaciló por la decepción de estar perdiendo aquella oportunidad.

—Tus zapatos. Rápido. Quítatelos. Podrás alcanzarlo si vas descalza.

La esperanza volvió a florecer en su pecho, pero enseguida se desvaneció.

—Pero… llevo la falda demasiado ceñida para correr.

Jay agarró la tela que había a ambos lados de la abertura trasera y tiró de ella, rasgando la falda unos centímetros por la costura.

—Jay… —Se le entrecortó la voz cuando él le quitó los zapatos, levantando una mano para ayudarla a mantener el equilibrio—. No quiero avergonzarte. Me prometí a mí misma que sería discreta.

—No podrías avergonzarme jamás. —Señaló la puerta—. Ahora corre, cariño. Lin-Manuel Miranda está aquí.

Fue una estupidez romántica.

Lo fue todo.

Nunca había estado tan enfadada en su vida.

22

Zara se sobresaltó cuando llamaron a la puerta. Estaba acurrucada en el sofá viendo *Annie* con una tarrina de helado, una copa de vino tinto y Mermelada ronroneando en su regazo mientras se revolcaba en la autocompasión, por lo que no tenía ninguna intención de responder a quienquiera que estuviera en la puerta.

¿Hasta qué punto le había estropeado la velada a Jay empezando a correr descalza por el City Club? ¿Habría sido suficiente para que no volviera a ser tan malditamente… amable? ¿Dónde estaba el Jay arrogante, entrometido y mandón del campo de *paintball*? Lo quería de vuelta.

Pam. Pam. Pam.

—¿Quién es? —El edificio tenía un timbre en la planta baja y los demás inquilinos de su planta iban a lo suyo. Parvati tenía una cita esa noche y, además, disponía de su propia llave.

—Seguridad. —No reconoció la apagada voz, así que miró por la mirilla y vio el severo rostro de Jay parcialmente cubierto por unas gafas oscuras.

—¿Jay?

—J-Tech Security, señora. Anoche se produjo un robo en el City Club. Parece ser que el ladrón huyó descalzo. El rastro nos ha traído hasta esta dirección.

Zara tragó saliva. Había llegado la hora de la verdad. Le había dado vergüenza volver a la mesa tras ver a su famoso favorito, así que había llamado a un Uber para que la llevara a casa. Ni siquiera se había despedido.

Abrió la puerta unos centímetros. Jay llevaba el uniforme completo: gafas oscuras, gorra negra, camisa azul, chaleco de seguridad, pantalones negros, botas de piel y un cinturón con una linterna, una porra, unas esposas y un *walkie-talkie*. Era su fantasía hecha realidad, pero abrir aquella puerta significaría enfrentarse a los desesperados y dolorosos sentimientos que tanto se había esforzado por ignorar.

—Aquí no hay ladrones. Debe de haberse equivocado de dirección.

—Usted lleva los pies descalzos. —Señaló el suelo, donde sus uñas recién pintadas brillaban a la luz. La autocompasión no incluía renunciar a su pedicura del sábado por la mañana.

—Igual que mucha gente.

—¿Caben esos pies en estos zapatos? —Levantó sus tacones de aguja de color rosa.

—¿Es usted el Príncipe Azul? —Incapaz de resistirse, abrió más la puerta—. Si me cabe el pie, ¿me llevará a su castillo y me convertirá en su princesa?

—La arrestaré por abandonar la escena de un crimen.

La risa burbujeó en su pecho. Era tan absurdo… Tan impropio de Jay… Lo había hecho por ella. Se había disfrazado para ella. Y este juego de rol era algo que él sabía que a ella le encantaría. La inundó una oleada de sentimientos. Antes de tomar una decisión de forma consciente, ya había abierto la puerta.

—Eso no es muy romántico que digamos. —Se hizo a un lado para dejarlo pasar—. Puede comprobar el piso si es necesario, pero no encontrará ninguna propiedad robada. Solo estamos mi gato y yo. Mi compañera de piso está en una cita.

—Eso ya lo veremos.

Jay entró en el apartamento, llenando el espacio con su sola presencia. De repente recordó que debajo de la bata solo llevaba una camiseta vieja y unos simples pantaloncitos blancos de algodón.

Mermelada se acercó a Jay y se frotó en sus piernas para saludarlo. Jay dejó su actuación por un momento para acariciar al gato y después cruzó los brazos sobre su amplio pecho.

—Empecemos.

—Necesito arreglarme un poco. No esperaba visita. Puede echar un vistazo a la cocina. —Se dio la vuelta y corrió hacia su dormitorio, contoneándose de forma sugerente. Jay emitió un gruñido de aprobación a su espalda.

Zara cerró la puerta y se puso la lencería que a él tanto le había gustado. De un rojo intenso y con bordes de encaje, el sujetador *balconette* y las bragas casi transparentes habían sido todo un capricho teniendo en cuenta que había renunciado a las relaciones de pareja de por vida. Acababa de abrocharse la bata cuando él abrió la puerta de golpe.

—La cocina está despejada.

—No hay mucho que revisar aquí. Solo el armario. Siéntase libre de echar un vistazo. —Se sentó en la cama y se apoyó en las manos, dejando que la bata se abriera lo suficiente para que él pudiera verla.

Jay ni siquiera miró en su dirección. En vez de eso, abrió la puerta del armario y rebuscó en su interior.

—¿Qué es esto? —Jay levantó un vibrador que todavía estaba en su caja.

Las mejillas de Zara se sonrojaron.

—Eso no es mío. Alguien debe de haberlo puesto ahí.

—Muy sospechoso. —Colocó la caja sobre la cómoda—. La dejaré fuera para hacer una inspección más detallada.

Cuando acabó con el armario, abrió los cajones de la cómoda uno a uno, regalándole una preciosa vista de su culo perfecto.

—Aquí no hay nada. Es hora de hacer un registro personal.

Su dura y escrutadora mirada le provocó un estremecimiento debido a la excitación. Tenía la piel enrojecida por el calor y resistió lanzar un gemido.

—¿Pasa algo? —Se acercó más a la cama. En la penumbra, con los músculos tensos y duros, su cuerpo parecía más grande y amenazador. Su arrogancia lo hacía tan creíble, que a ella le resultó muy fácil meterse en su papel de ladrona a la que habían rastreado hasta su guarida—. Parece nerviosa. ¿Me está ocultando algo?

Zara se lamió los labios y se echó hacia atrás en la cama.

—No. Claro que no.

Sin previo aviso, Jay la agarró del cinto. Luego la acercó a él con un fuerte tirón. La bata cayó por sus muslos y Zara se lamió los labios con atrevimiento. ¿Sabría lo mojada que estaba ya? ¿Cómo le dolían los pechos? ¿La desesperación con la que lo deseaba?

Jay emitió un gruñido de satisfacción mientras la sujetaba con fuerza.

—La ley exige su consentimiento para que haga un registro. —La acercó más a él mientras le recorría el cuerpo con la mirada—. Tengo que advertirla de que soy muy minucioso.

—No tengo nada que ocultar. —Estaba excitadísima. Un fuego líquido corría por sus venas y se le acumulaba entre las piernas. Era como si Jay estuviera haciendo realidad sus fantasías más inconfesables.

Él esbozó una calculadora sonrisa.

—No dejo nada sin revisar, cariño.

—No soy su cariño.

—Lo será cuando acabe con usted. —La devoró con la mirada. Sus ojos estaban tan oscuros que parecían negros—. Quítese la bata. Necesito evaluar el área de búsqueda.

Ella se pasó la bata por los brazos y se tumbó en la cama.

—¿Qué le parece esto?

Él inspiró bruscamente. Le recorrió despacio todo el cuerpo con la mirada, haciendo una descarada valoración de índole sexual.

—Veo que ha decidido ponerme las cosas difíciles, pero no puedo distraerme.

—No le tengo miedo. —Ella arqueó la espalda, separando las piernas para provocarlo. ¿Acaso él creía que era quien tenía el control de la situación?

—Pues debería. —Su voz se convirtió en un ronco gruñido—. Ponga las manos sobre la cabeza. Si no las mantiene fuera de mi camino, me aseguraré de que lo haga. —Le arrancó el cinto de la bata y se lo puso delante del rostro.

Zara comprendió lo que le estaba pidiendo, y esa noche estaba dispuesta a todo. Cualquier cosa para evitar la temida conversación.

La pregunta que él no había formulado. La respuesta que ella no había dado.

—Me temo que no podré estarme quieta. ¿Quién sabe lo que podría pasar si tuviera las manos libres? Podría meterme en todo tipo de problemas.

Él le ató las manos por encima de la cabeza con el suave cinto de rizo.

—Problema resuelto. Ahora comencemos el registro.

Jay se puso a los pies de la cama, se quitó las gafas de sol y luego se desabrochó el cinturón de trabajo.

—¿Para qué son? —Ella miró las esposas y luego a él.

—Se las pondré si no deja las manos encima de la cabeza.

Jay se sentó a horcajadas sobre sus muslos. La suave lana de sus pantalones le infligía un erótico ardor en la piel. Sin levantar la mirada, metió los dedos por debajo del sujetador y acarició sus pezones, enviando un rayo de pura necesidad por todo su cuerpo.

—Creía que estaba haciendo un registro —jadeó.

Él sonrió y llevó su boca hasta un pecho de Zara. Con un hábil movimiento, le abrió el cierre del sujetador y lo apartó sin miramientos.

—Es lo que estoy haciendo. —El roce de su lengua sobre el pezón arrancó un grito ahogado a su garganta. Ella se retorció en la cama, pero el peso del cuerpo de Jay mantuvo inmóvil su parte inferior y el cinto impidió que moviera las manos—. La primera parte consiste en bajar las defensas —continuó—. ¿Cómo lo estoy haciendo?

—Bueno, ya que no puedo moverme ni puedo pensar porque mi cerebro está aturdido por la lujuria, yo diría que bastante bien.

—Excelente. —Se lamió los labios—. Continuemos.

Ella se estremeció cuando él tomó un pecho y luego otro, pasándole la lengua caliente por los pezones hasta endurecerlos entre espasmos. Cuando ella pensó que ya no podría aguantar más, él le puso ambas manos sobre los pechos y los apretó y acarició hasta que una necesidad urgente se apoderó de su sexo. Estaba preparada. Muy preparada. Levantó su pubis para invitarlo a entrar.

Sin embargo, Jay se sentó, dejándola anhelante.

—Todo despejado.

—¿No hay otro sitio donde quiera buscar? —Odiaba el tono suplicante de su voz. Pero ¿en serio iba a dejarla así?

—Todo a su tiempo. —Esbozó una engreída sonrisa antes de acercarse para besar su ardiente piel. Como había prometido, no dejó ni un centímetro de su cuerpo sin tocar. Le acarició la frente, las orejas, el cuello y el hombro hasta llegar a la garganta. Luego pasó a los brazos y codos. Besó, uno a uno, todos sus dedos. Y luego pechos, caderas y vientre. Muslos y pantorrillas. Y acabó con los pies y sus dedos. Pero nunca se acercó a sus labios, que era donde ella más quería sus besos.

—Creo que… —jadeó cuando él se puso de rodillas y se fue desabrochando los botones de la camisa— quizás haya olvidado algo.

—No lo he olvidado. —Se desabrochó los pantalones y se quitó la camisa, dejando al descubierto su bonito pecho, la ondulación de sus abdominales y el suave rastro de vello que conducía hasta su sexo—. Guardaba lo mejor para el final. —Puso la palma de la mano sobre su erección.

—¡Qué gracioso! —Ella no podía apartar los ojos—. Quítatelo todo.

—No estás en posición de exigir nada. —Pero no la hizo esperar. Se bajó la cremallera y se sacó el pene. Grueso y duro, lo tenía más que preparado para ella.

—¿Quieres esto, cariño?

Zara no se quejó ahora del apelativo cariñoso.

—Mucho.

Él se encogió de hombros de forma despreocupada, lo que contradecía la prueba de su deseo.

—Tal vez cuando haya acabado el registro.

—¿Qué más…? —Se le entrecortó la voz cuando él se tendió entre sus piernas, le quitó las bragas y se puso sus pies sobre los hombros.

—Las mejores cosas se encuentran en los lugares más recónditos. —Él bajó la cabeza. Su lengua se movió de forma perversa y ella se arqueó y retorció en la cama.

—Jay… —Era una súplica, una exigencia.

—«Señor Dayal» para ti. —Sin previo aviso, le metió dos dedos y empezó a moverlos lentamente, disparándole todas las terminaciones nerviosas. Su lengua encontró su sensible clítoris y su vagina se contrajo alrededor de sus dedos. El orgasmo se apoderó de su cuerpo como un maremoto de sensaciones.

Aturdida en la cama, lo vio quitarse los calzoncillos y ponerse un preservativo.

—¿Has encontrado lo que buscabas?

—Aún no. Le levantó las piernas y se las abrió de par en par, listo para penetrarla mientras se colocaba entre sus muslos.

—Eres muy bueno en tu trabajo. —Ahora que su cuerpo estaba saciado, fue generosa con los elogios.

—Y tú eres una mujer preciosa y tentadora que está a punto de ser embestida por un hombre que la desea tan desesperadamente que está dispuesto a hacer cualquier cosa por ella.

Zara levantó la vista y captó su mirada. Sin sus gafas de sol ni su equipo, ya no parecía un guardia de seguridad. Era Jay. Su Jay, haciéndole sentir la verdad de sus palabras. Ya no quería fingir. Quería que esa parte fuera real.

—Bésame.

El rostro de Jay se relajó. Luego se acercó a ella y la besó. Sucio y oscuro, caliente y excitante, dulce y seductor. ¡Maldita sea, el hombre sabía besar!

—Te quiero dentro de mí. —Tragó con fuerza—. Te quiero… a ti.

—Me tienes… Soy todo tuyo. —Empujó hasta el fondo, llenándola, estirándola, haciéndola sentir cada centímetro de él. Sus ardientes ojos la observaban atentamente, enviando una corriente de necesidad directamente a su interior. Cuando ella gimió, él movió la pelvis de forma que alcanzó su punto más sensible. El placer recorrió su cuerpo y ella se acercó peligrosamente al éxtasis.

—No pares.

—Claro que no.

Sus ojos no se apartaron de los de ella mientras sacaba su miembro y lo introducía de nuevo, moviendo la pelvis con fuerza y rapidez, con los brazos apoyados a ambos lados de su cuerpo. El mundo se desvaneció hasta que solo quedó Jay; su olor, su calor, sus músculos tensándose y relajándose, y su mirada clavada en ella como si fuera la mujer más hermosa del mundo. Una ternura que le apretaba el corazón como un puño.

Se liberó en un arrebato de placer y Jay la siguió con un estremecimiento que arrancó la tensión de su musculoso cuerpo con un silencioso gemido.

—¡Joder! —Cayó junto a ella, apoyando su peso sobre los codos. Unos pequeños besos en los labios la hicieron sentirse acompañada.

—Acabamos de hacerlo. —Ella miró hacia sus manos y él las liberó de un tirón.

—Tócame, cariño. Quiero sentir tus manos sobre mi cuerpo.

Ella lo abrazó durante lo que le pareció una eternidad, respirando su olor a sexo y sudor y el persistente aroma de su colonia.

—Gracias.

—¿Por qué?

—Has hecho realidad una de mis fantasías.

—Siempre que quieras.

Le besó el cuello, la mandíbula, las mejillas y los párpados, marcándola con su calor.

—¿Tú tienes alguna fantasía? —Ella le pasó las manos por los hombros y la espalda, disfrutando de unos músculos duros como piedras bajo las palmas.

Se llevó la mano al cinturón.

—Lo que acabamos de hacer. Pero con esposas.

Zara sonrió.

—Ahora yo llevaré el uniforme.

Unas horas después, tras haber hecho todas las combinaciones posibles de uniformes y esposas, yacían juntos en la cama. Ella tenía la cabeza sobre el pecho de Jay y este le recorría la espalda con una cálida mano.

—Siento haberme marchado del evento —dijo en voz baja. Necesitaba abordar la tácita tensión que había entre ellos—. Valoré mucho lo que hiciste por mí, pero creí que no querrías verme después de aquello. —Puso una mano sobre el pecho de él—. Tú intentabas impresionar a tus inversores y yo intentaba ayudarte, pero todo salió mal desde el momento en que me puse ese traje. Simplemente no era yo y no podía ver que las cosas solo empeorarían después de quitarme los zapatos. No soy Brittany ni quiero serlo, pero es el tipo de mujer que me dijiste que te gustaba cuando acordamos que te encontraría pareja.

—Esa fue decisión mía, no tuya. —Retorció un mechón de su cabello con un dedo—. Y no finjas que esto es por Brittany. Estás demasiado segura de ti misma como para menospreciarte así. Sabes que ella no tiene nada en contra de ti. El verdadero problema es que te gusto demasiado.

—¿En serio? —Zara se levantó—. ¿Me gustas demasiado? ¿Es posible ser más arrogante?

—No puedo hablar por nadie más que por mí, pero sabes que es verdad. —Jay sonrió—. Ibas a clavarle un tacón en la garganta.

Ella apretó los labios y lo miró.

—Estaba hablando de forma figurada.

—Y yo estoy hablando claro. —Su rostro se puso serio—. No estoy interesado en Brittany ni en ninguna otra mujer que sea como ella. —Su voz profunda le retumbó en todo el cuerpo—. Creía que sí, pero lo que realmente quiero es estar con una mujer que se arriesgue, abrace la vida y la viva a su manera. Alguien que aporte alegría, luz y risas cuando entre en una habitación.

Zara dio un resoplido a regañadientes.

—No suena tan mal.

Jay se rio.

—Tu vena celosa es muy excitante. Creo que es tu cualidad más entrañable.

—También te arruinó la noche —señaló Zara—. No lo olvides. Parece que solo recuerdas lo bueno y no lo malo.

—Tú tienes tu autógrafo. —Le pasó la mano por el brazo garabateado con rotulador negro.

—Sí, y también me hice un selfi con Lin-Manuel Miranda. Y pude decirle lo increíble que me parece. Fue estupendo.

—Eso es todo lo que yo quería —dijo.

Ella echó la cabeza hacia atrás para mirarlo.

—Pensé que querías impresionar a Thomas y a Brittany.

—Quiero que financien nuestra expansión internacional. Pero si nos rechazan porque corriste descalza a ver a tu estrella favorita, entonces no son el tipo de inversores que queremos para nuestro proyecto. Ahora que nos hemos librado de la demanda, tenemos otras opciones. —Le acarició el cabello—. Ojalá me hubieras esperado. Quería ver tu cara cuando lo conocieras. Llevaba todo el día esperándolo.

—Lo siento.

Ahora que entendía mejor a Jay, lamentaba aún más su precipitada decisión de marcharse. Pero ¿qué se suponía que tenía que hacer con todas sus atractivas e irritantes cualidades? ¿Cómo iba a mantener las distancias cuando él no se dejaba ahuyentar?

Él gruñó y la apretó más contra él.

—No es que me esté arrastrando, pero aceptaré lo que quieras darme.

¿Hablaba en serio? ¿Aceptaría cualquier cosa que ella le ofreciera, aunque solo fuera algo informal? No podía darle nada más, no cuando la idea de una relación de verdad provocaba que una oleada de pánico le recorriera las venas.

—¿Qué pasa con nuestro trato?

—Pongámoslo en suspenso por ahora —dijo Jay—. No puedo arriesgarme a que una pobre mujer aparezca en la morgue con un tacón rosa clavado en la garganta.

—No te creas tan importante.

Le tomó la mano y la llevó hasta su pene, que estaba grueso y duro.

—Demasiado tarde.

Zara rodó sobre él, colocando el pene sobre su pubis.

—¿Ponerlo en suspenso significa que no me presentarás a ningún famoso?

—Seguiré cumpliendo mi parte del trato. —Trazó delicadamente con un dedo la línea de su mandíbula—. De hecho, nos acaban de contratar para la fiesta de cumpleaños de Chris Moskovitz. ¿Te interesa?

Zara inspiró con fuerza y se puso a horcajadas.

—¿Chris Moskovitz? ¿Uno de los famosos Chrises de Hollywood? ¿La estrella de *Leyenda perdida*, *Montaña desaparecida*, *Mar sin sentido* y *Desierto sucio*? ¿El Chris número uno en la lista de Chrises de todo el mundo? ¿El mejor Chris?

Una sonrisa se extendió por el rostro de Jay.

—El mismo.

—¡Dios mío! —Incapaz de contener su excitación, se levantó de un salto y se paseó por la habitación—. ¿Cuándo es? Tampoco es que importe. Allí estaré.

—Dentro de dos semanas. —Se puso de lado y apoyó la cabeza en una mano—. Irás como guardia en prácticas. Era la única forma de que entraras. Tendrás que asistir a una sesión informativa sobre seguridad y llevar uniforme. Después de esta noche, supongo que eso no será un problema.

Ella se estremeció bajo el peso de su mirada.

—¿Tendré un arma?

—Después de lo que hiciste en el campo de *paintball*, nada de llevar pistola. —Sus labios esbozaron una sonrisa—. Le dije a su agente que eras abogada y que necesitabas experiencia en un entorno de alta seguridad para uno de tus casos.

—Cierto, pero no del todo exacto. —Sonrió—. Serías un buen abogado.

—Y tú fuiste una buena guardia de seguridad, aunque nunca descubriste lo que robaron en el City Club.

Ella ladeó la cabeza y frunció el ceño.

—¿Qué robaron?

—Mi corazón.

23

—Despierta, cariño.

Jay retiró de un tirón las cálidas mantas con las que se cubría Zara, exponiendo su piel al frío aire de la mañana. Una palmada firme pero suave fue a parar a su culo desnudo.

—¡Oh! No despertar. Dormir. O sexo. Cualquier cosa con tal de quedarnos en la cama. Es domingo por la mañana. Para eso son los domingos.

—No este domingo. —Jay puso las botas de montaña de Zara en el suelo, al lado de la cama—. Anoche las vi en el armario y me di cuenta de que no recordaba la última vez que fui de excursión. Hace un día precioso y quiero compartir contigo una de mis actividades favoritas.

—¿Qué hay de tus otras actividades favoritas? —Zara gimió—. ¿Alguna de ellas implica estar en posición horizontal? ¿O comida? ¿O las dos cosas a la vez? —Aún no había tenido tiempo de asimilar su confesión de que le había robado el corazón. ¿Qué se suponía que debía hacer ahora? ¿Creía él que eso cambiaría las cosas entre ellos? ¿Creía que la cambiaría a ella?

—Haré que valga la pena. —Usó sus propias palabras contra ella.

Ella se dio la vuelta y parpadeó, ajustando los ojos a la brillante luz de la mañana. Él ya estaba vestido, con los ojos bien abiertos y una amplia sonrisa en el rostro. ¿Recordaba las pesadillas que había tenido la noche anterior? ¿Los gemidos y los golpes? Los gritos eran tan fuertes que Parvati había golpeado la pared. Ella lo había sacudido con suavidad, lo había rodeado con los brazos y se había acurrucado a él por detrás. Al cabo de unos minutos, su tensión había disminuido y se había dormido plácidamente.

—Me voy a casa a ducharme, cambiarme de ropa y recoger mi equipo —dijo Jay—. Volveré en una hora. ¡Vamos a ello!

Nunca lo había visto tan feliz, así que hizo a un lado sus preocupaciones.

—No soy ninguna excursionista, Jay. Ya habrás visto que apenas he usado esas botas.

—Ahora podrás usarlas más. —Se agachó cerca de la cama y le dio un delicado beso—. Quiero enseñarte el mundo desde lo alto de una montaña. Es uno de mis lugares favoritos.

Zara gimió y se tumbó boca arriba. Era imposible resistirse a Jay cuando la miraba así, con sus ojos de cachorro y su amplia sonrisa. ¿Y cómo iba a negarse a que un hombre que solía pasar los domingos en la oficina quisiera aprovechar el día para enseñarle algo que le encantaba?

—De acuerdo. —Suspiró—. Iré. Pero será mejor que me lo compenses cuando volvamos. Necesitaré pizza, helado y muchos masajes. —Frunció el ceño cuando vio el brillo travieso en sus ojos—. No ese tipo de masajes. Del tipo en el que me frotas la espalda durante al menos una hora y me das chocolate y bebidas alcohólicas.

—Soy un maestro del masaje. —Llevó el cuello a un lado y al otro, haciéndolo crujir—. Prepárate para que te sorprenda.

Una hora más tarde, Jay regresó vistiendo un pantalón militar y una camiseta caqui que parecía que habían esculpido sobre su musculoso cuerpo. La misteriosa cita de Parvati había resultado ser Faroz. Habían ocupado el sofá para ver *Spy Kids*. Zara aún no podía hacerse a la idea de aquella pareja.

—¿Todo listo para salir? —En vez de cerrar la puerta, Jay se agarró a la parte superior del marco e hizo con facilidad cinco flexiones que tensaron sus bíceps—. He escogido un recorrido fácil de siete paradas y un kilómetro y medio en el Parque Estatal del Monte Tamalpais. ¿Alguien quiere venir con nosotros? Cuantos más seamos, mejor.

Faroz se levantó y se acercó a la puerta de la habitación de Parvati.

—Hace un bonito día para ir de excursión. —Se agarró al marco de la puerta de Parvati e hizo diez rápidas flexiones; luego dio un salto y giró para acabar de cara a Jay.

—¿Qué dices, Parv?

Echando una mirada de reojo a Faroz, Jay volvió a agarrarse al marco de la puerta y repitió su serie de cinco, esta vez con un solo brazo. Se dejó caer con un gruñido de satisfacción y un brillo desafiante en los ojos.

Parvati apagó el televisor y se puso de pie.

—Será mejor que salgamos de aquí antes de que toda la testosterona que hay en el aire nos lleve a nosotras a hacer flexiones en los armarios de la cocina y luego no tengamos sitio donde guardar nuestras chucherías.

—¡Gracias a Dios! —susurró Zara mientras seguía a Parvati hasta su habitación—. Me preocupaba retrasarlo en la excursión. Él se preguntaría por qué me habría llevado y yo desearía estar en casa dándome un baño caliente o tumbada en algún parque tomando el sol. Lo pasaríamos fatal y no volvería a invitarme a ninguna excursión, lo cual no sería tan malo, pero tampoco bueno porque me está gustando y…

—Tómate un respiro. —Parvati abrió la puerta—. Todo irá bien. Dijo que es una ruta fácil. ¿Cuál es el problema?

—Mantén los ojos en la carretera. —Zara le dio una palmadita en la pierna a Jay cuando lo pescó mirando a Parvati y Faroz, que llevaban besándose en el asiento trasero desde que empezaron el viaje—. Sinceramente, eres peor que Parvati. ¿Sabes cuántos accidentes son provocados por las distracciones?

—Deberíamos hablar de estrategia, estudiar la flora y la fauna y visualizar el sendero —refunfuñó—. No se va de excursión a ciegas. No entiendo por qué nadie quiere mirar el mapa topográfico o descargarse la aplicación para identificar aves.

—He mirado el mapa. —Zara dio una palmada en la rodilla que acababa de tocar—. Y me he descargado la aplicación. No sabía que te interesaran los pájaros.

—Cuando era pequeño, mi madre me llevaba al parque e intentábamos identificar los pájaros. Lo retomé para pasar el rato cuando estaba haciendo operaciones de despliegue. Algunos días estábamos sentados simplemente esperando órdenes.

—Comí terrina de pichón cuando estuve de incógnito en Marruecos —dijo Faroz desde el asiento trasero—. Era como la terrina de pollo, pero con más sabor. Si vemos palomas, puedo cazarlas con un lazo y cocinarlas para cenar.

—Quiere identificar pájaros, no comérselos —espetó Zara.

—¿Hay alguna diferencia?

Jay entró en el aparcamiento de Panoramic Highway y salieron en tropel del vehículo. Había traído consigo una enorme mochila que se echó sobre sus anchos hombros.

—Aquí tengo todo lo necesario —dijo con orgullo—. Tienda, prismáticos, garfios, multiherramientas, botiquín de primeros auxilios, reloj altímetro, baliza localizadora, polainas, linterna, pala, pedernal, cuerdas, manta solar, bengalas, cuchillo, bálsamo labial con factor de protección solar, crema solar, desinfectante de manos… Prácticamente todo lo que se te ocurra. Estaremos a salvo de ventiscas, tormentas, avalanchas, ataques de animales salvajes…

—¿Y si nos atacan unos cuervos asesinos? —preguntó Parvati—. Como en esa película de *Los pájaros*.

—Yo me encargo. —Faroz se abrió la chaqueta para mostrar un arma que llevaba en el pecho—. Podremos hacer muchas terrinas.

Zara lo miró atónita.

—¿Quién lleva una pistola de excursión?

—Alguien hambriento.

Durante la primera parte de la caminata, Zara correteó al lado de Jay mientras él señalaba verdes desfiladeros y praderas cubiertas de arbustos con amplias vistas del océano. Su entusiasmo era contagioso, y ella pudo ignorar el resuello de sus pulmones y el ardor de sus piernas con tal de compartir su alegría. Su aventura dio un giro inesperado cuando llegaron a Steep Ravine Trail y el paseo se convirtió en una empinada subida.

—¿Qué es esto? —Zara jadeó—. Dijiste que sería fácil. Vine a ver cascadas, riachuelos, campos de flores y a hacer selfis con expresión radiante mientras poso en senderos llanos del bosque.

—Estaba todo ahí, en el mapa topográfico. —Jay frunció el ceño—. Creía que lo habías mirado.

—No lo entendí. Mis peores notas en el instituto fueron en Geografía.

Las piernas le temblaban a cada paso. A diferencia de la máquina escaladora del gimnasio, aquí no había un interruptor de apagado, ni una pantalla para distraerla, ni un bar de zumos para reponer energías, ni tampoco una ducha para refrescarse.

—¿Necesitas descansar?

—Sí, un pequeño respiro. —Con la camiseta empapada en sudor, se agachó y tomó aire mientras Jay corría por el sendero para ver qué había más adelante. Faroz lo siguió y su caminata se convirtió en un *sprint* cargado de testosterona hacia la cima. Parvati se sentó en un tronco al lado de Zara y le ofreció agua.

—¿Le has mencionado a Jay que tus entrenamientos suelen consistir en ver reposiciones de *Castle* mientras pedaleas en la bicicleta estática en el nivel uno? ¿O correr del sofá a la nevera y volver antes de que acabe un anuncio?

—Yo camino —dijo Zara indignada—. No estoy en baja forma. Mira lo lejos que he llegado y todavía estoy en pie.

—Llevamos media hora de una caminata de cuatro horas y tienes la camiseta tan mojada que tendrás que escurrirla la próxima vez que paremos.

—Pero él es tan feliz… —dijo—. Nunca lo había visto así. Está feliz como un niño. Míralo dando saltos, corriendo colina arriba y colina abajo, haciendo flexiones en las ramas. No me sorprendería que empezara a trepar a los árboles.

—Cuida tu energía —la advirtió Parvati—. No estará tan feliz si tiene que cargar contigo montaña abajo.

—Me ha obligado a comer una barrita energética y llenar mi botella de Gatorade. También me he llenado los bolsillos de gominolas y frutos secos. Estoy preparada.

Tras el regreso de Faroz y Jay, siguieron el arroyo Webb y se detuvieron para ver las cascadas y los saltos de agua antes de subir por un desfiladero enclavado en un frondoso bosque de secuoyas. Cuando Jay finalmente hizo un descanso, Zara se desplomó en un mullido lecho de agujas de pino intentando no sollozar.

—Lo estás haciendo bien. —Jay dio un mordisco a una barrita energética—. Estamos casi a mitad del camino. Hay una escalera fija para ayudar en un tramo especialmente empinado.

—¿Es tan empinado que necesitamos una escalera? —Su voz subió de volumen—. No puedo creer que accediera a esto.

—Yo sí puedo creerlo. —Jay se estiró a su lado—. Lo haces porque eres una persona amable y generosa, y porque te gusto.

Zara posó en él su mirada y observó su expresión arrogante.

—Estás bien.

—Estoy más que bien o no estarías aquí. —Rodó hacia un lado, apoyando la cabeza en la mano—. La gente que tiene botas de montaña que apenas ha usado no va de excursión con gente que cree que está «bien».

—De acuerdo. —Suspiró—. Me gustas.

—Es más que gustarte —dijo con voz grave mientras se acercaba hasta quedar a escasos centímetros de ella.

—¿Estás intentando sonsacarme algo? —Ella se apoyó en los codos—. Porque soy una maestra sonsacando cosas y puedo ver tus trucos.

—¿Es un truco admitir la verdad? —preguntó con delicadeza—. A mí me gustas más de la cuenta.

A Zara se le aceleró el pulso y se levantó de un salto.

—Se acabó el descanso. Vamos a hacer más kilómetros. ¡La cima nos espera!

—Eso es lo que dijo Sven Helfenstein cuando escalábamos el Everest. —Faroz los alcanzó, con el brazo alrededor de una Parvati sospechosamente despeinada—. El pobre desgraciado no llegó a la cima. Ya no uso esa frase porque da mala suerte.

—No me creo ni la mitad de las cosas que dices —espetó Zara, irritada porque Jay tuviera que empeorar un día ya de por sí difícil diciendo cosas bonitas y compartiendo sus sentimientos.

—Eso duele —dijo Faroz—. Que no quieras ver lo que tienes delante no significa que no sea real.

—Me gustabas más cuando dormías en el sofá de mi oficina. —Ella se alejó—. No hablabas tanto.

Una hora más tarde llegaron a la cima. Zara se detuvo en la abierta explanada, contemplando la impresionante vista del océano y la ladera circundante. Con los cálidos rayos de sol incidiendo en sus hombros, la suave brisa marina refrescando su piel empapada en sudor y el aroma terroso y especiado de las secuoyas que había en el aire, sintió que su dolor y su enfado se desvanecían.

—Esto es precioso. —Dio una vuelta completa para observarlo todo—. Te sientes como si estuvieras en la cima del mundo. Retiro todas las cosas malas que dije, así como las palabrotas, maldiciones, gruñidos, gemidos y algunos pensamientos poco amables.

—Por fin tengo cobertura. —Parvati levantó el teléfono—. Menos mal que hoy no estaba de guardia.

Jay abrazó a Zara por detrás.

—El ascenso no siempre es fácil, pero al final merece la pena.

Zara se apoyó en él. Tan sólido. Tan fuerte. Tan seguro. Ya no podía imaginarse su vida sin él. Tal vez hacía algo más que gustarle. ¿Qué pasaría si dijera las palabras en voz alta?

—¿Jay?

—Un momento. —La soltó y sacó su teléfono—. Estoy recibiendo muchos mensajes. Será alguna emergencia.

Su rostro palideció al mirar la pantalla. Se acercó al borde del acantilado para hacer una llamada y volvió unos minutos después.

—Mi madre y Rick han tenido un accidente de tráfico. Están heridos de gravedad en el hospital.

Jay apenas fue consciente de la bajada de la montaña ni de la salida del parque que hicieron en su todoterreno. Con Faroz al volante (Zara se había negado a que Jay condujera) y Parvati al teléfono con sus contactos intentando obtener más información sobre el accidente, no podía hacer otra cosa que preocuparse. El accidente no había ocurrido en la moto de Rick, como él había temido al principio, sino en el coche de su madre, en una intersección por la que ella pasaba todos los días. Una camioneta se saltó un semáforo en rojo, chocó contra su coche y este dio vueltas de campana. Tanto ella como Rick habían sido operados, pero desconocían cuál era su estado.

Zara se sentó a su lado y le tomó de la mano. Él agradeció su consuelo, agradeció que sus amigos estuvieran allí para apoyarlo, agradeció que ella se hubiera hecho cargo de la situación para que él pudiera centrarse en controlar sus emociones. No podía perder a su madre. Ella era toda la familia que tenía.

Cuarenta y cinco minutos después, Faroz los dejaba en la puerta de Urgencias. Jay lo había tenido todo bajo control hasta que llegó a la puerta del hospital. Un escalofrío recorrió su cuerpo. El miedo lo dejó paralizado.

—¿Jay? —Zara le tiró de la mano—. Vamos, entremos.

El corazón le latía tan fuerte que pensó que le rompería una costilla. *Flashes* de ruidos e imágenes irrumpieron en su mente, robándole el aliento. Un crujido ensordecedor. Llamas. Metal retorcido. Sangre y cuerpos cayendo. Las náuseas se apoderaron de su vientre y el mundo empezó a darle vueltas.

—¡Jay! —Aunque la voz de Zara sonaba lejos, destilaba preocupación.

Le corría el sudor por la frente y sentía un dolor en el estómago que lo dejaba sin aliento. Se apoyó con una mano temblorosa en la pared de ladrillo visto e intentó no sucumbir a la negra neblina que flotaba ante sus ojos. Terror. Pánico. Gritos… ¡Dios, los gritos!

—¿Jay? Háblame. ¿Qué te pasa? —Le tomó el rostro con las manos ahuecadas para calmarlo, pero no pudo quitarle el dolor.

Él se sentía como si se estuviera ahogando, y tuvo que obligarse a hablar.

—Solo. Necesito. Un. Minuto.

—¡Parvati! —El grito de Zara resonó a su alrededor, rebotando en la pared, la marquesina, el pavimento que había bajo sus pies—. A Jay le pasa algo.

Manos en sus brazos. Dedos en el pulso de su cuello y de su muñeca. Ojos oscuros parpadeando frente a él. Un rostro borroso.

—Parece un ataque de pánico. —Voz calmada. Tono frío. Confiado—. Dijiste que estuvo en las Fuerzas Aéreas. Podría ser trastorno por estrés postraumático. Ayúdale a sentarse.

¿Un ataque de pánico? No tenía ningún ataque de pánico. Le enseñaron a no dejarse llevar por él. Había desterrado el pánico junto con los recuerdos de la caída del helicóptero.

Respirando hondo, se obligó a mantenerse erguido y empujó el miedo hacia su interior, de vuelta al país de las pesadillas. Su madre estaba allí dentro y lo necesitaba. No le servía de nada quedándose fuera.

—Estoy bien. —Se quitó las manos de encima y se esforzó por controlar la situación en ese momento. Cerró los ojos y bloqueó los recuerdos con el simple poder de su voluntad.

—Creo que deberías sentarte. —Zara tiró de su mano.

—He dicho que estoy bien —espetó—. No necesitas estar aquí. Vete.

La cortesía era un lujo que no podía permitirse cuando le estaba costando horrores mantener el autocontrol y lidiar con los miedos del pasado y el pánico a perder a su madre y acabar solo. Con el cuerpo y la mente al límite, no podía manejar más emociones en ese momento, mucho menos la complicada maraña emocional que era Zara Patel.

—Quiero estar contigo —dijo—. Quiero ayudarte.

—No puedo. —Le soltó la mano—. No puedo ocuparme ahora de esto. Zara, por favor, vete.

La pesadilla lo despertó. Siempre era la misma. Un momento estaba bromeando con J. D. y al siguiente este había desaparecido, y el mundo era humo y fuego y metal retorcido y un agujero donde se suponía que estaban los controles. Y entonces él estaba cayendo, girando, el viento silbando a través de la ventana rota, hombres gritando… Tormenta. ¿Dónde estaba Tormenta? Tantas pérdidas. Tantas almas. Se le partía el corazón. El suelo se abalanzó sobre él y se preparó para el impacto. Esta vez lo haría bien. Esta vez iría con ellos. Esta vez sería libre.

—Jay, despierta.

Jay se despertó con el corazón acelerado, el cuerpo empapado en sudor y el estómago revuelto. Aún metido en la pesadilla, sacudió la cabeza e intentó quitarse las telarañas del cerebro. Esta vez había sido peor, mucho peor. Tan real. Aún podía oler el combustible, sentir el dolor en el pecho por el arnés y la quemadura en la mano cuando buscó un yugo y encontró llamas en su lugar.

—Jay.

Una voz de mujer. Grave. Urgente. Vacilante por el miedo. Aún no lo entendía. Aún oía los gritos y sentía cómo el terror le estrujaba el corazón con sus helados dedos.

—Soy yo. Zara.

Él parpadeó y su visión se aclaró cuando pudo salir de la pesadilla. Zara estaba a los pies de su cama, con una mano sobre un ojo.

—¿Qué haces aquí?

—Vine a ver cómo estabas. Cuando no contestaste al llamar a la puerta, le pedí a tu conserje que me dejara entrar. Me conocía de la última vez que estuve aquí. Estaba recogiendo manzanas silvestres y le di la receta de mi tía para la gelatina de manzanas silvestres… —Se interrumpió, sacudiendo la cabeza—. No tiene importancia. Estabas teniendo otra pesadilla. Peor que las anteriores. Te zarandeé y… —Dejó caer la mano—. No debería haberte tocado.

La miró horrorizado.

—Te hice daño.

—Estoy bien —dijo con delicadeza—. No es nada grave. Solo necesito un poco de hielo.

Él se levantó, apretando la mandíbula por el dolor que le suponía mostrarse tan vulnerable.

—No deberías estar aquí.

—Estaba preocupada por ti. Cuando me enteré de que tu madre había salido del quirófano, te llamé, pero no contestabas. Una enfermera del hospital me dijo que un médico te había examinado y había insistido en que te fueras a casa. ¿Te dio algo para ayudarte a dormir? Puedo preguntarle a Parvati…

—No necesito nada. —Apenas se mantenía en pie, con sus emociones al descubierto y su parte oscura y silenciosa todavía atrapada en los hilos de la pesadilla. Los había perdido a todos: a J. D., a sus hombres, a Tormenta. Esa noche había estado a punto de perder a su madre. Y ahora Zara estaba aquí, viéndolo débil cuando se suponía que debía ser fuerte; sufriendo porque él había perdido el control sobre sus demonios. No era bueno para nadie. Había sido un tonto al pensar que sí lo era—. Vete a casa, Zara. Déjame en paz.

—No voy a irme a ninguna parte —dijo con firmeza—. Si esta fuera mi familia y mi padre estuviera en el hospital, no estaría sola ni un minuto. Mi apartamento estaría lleno de tías y tíos, la encimera estaría repleta de comida y alguien habría alquilado una sala en el hospital para que la gente pudiera estar a su lado cuando se despertara. No estamos hechos para enfrentarnos solos a los desafíos de la vida. No tenemos que asumir todas las cargas. Para eso está la familia, y como tu familia está en el hospital, me tienes a mí. No tengo que dormir contigo. El sofá estará bien. Pero si necesitas hablar, o un abrazo, o simplemente encender la televisión y tener un cuerpo caliente a tu lado, aquí estoy. No soy tan buena cocinera como mis tías, pero paré en un restaurante indio y traje comida para llevar, así que no te vas a morir de hambre. —Se dio la vuelta—. Estaré en el salón si me necesitas.

Algo se resquebrajó en su interior, vertiendo emociones por todas partes. Esperó a oír ruidos en la cocina y cerró la puerta de golpe.

24

—Ni se te ocurra.

La madre de Jay arqueó una ceja a modo de advertencia cuando él entró en la habitación de hospital que compartía con Rick. Había estado sedada tres días tras la operación, pero ya estaba consciente y lúcida. En cambio, cuando Jay se despertaba cada mañana y encontraba a Zara durmiendo en su sofá y la cocina llena de comida, se sentía enfadado y confundido. ¿Por qué no se iba a dormir a su casa? ¿Por qué venía todas las noches a sentarse sola en su sofá? ¿No entendía por la puerta cerrada que él no la quería allí? Al parecer no captaba la indirecta porque cada noche volvía a aparecer. ¿Qué diablos quería demostrar?

—¿De qué estás hablando? —Jay puso una maceta en el alféizar junto a un enorme ramo de rosas y docenas de tarjetas de colores de los niños de la guardería—. ¿Acaso un hijo no puede visitar a su madre en el hospital después de que haya sufrido un accidente?

—Te conozco. —Le dirigió una mirada a modo de reprimenda—. Estás planeando encerrarme. No vas a llevarme en limusina como si fuera alguien famoso. En cuanto el médico me dé el alta, me compraré un coche nuevo.

—Le dije que el mejor coche sería un Hummer H2. —Rick le hizo un gesto con la cabeza cuando acercó una silla a la cama de su madre—. Esa cosa parece un tanque. Nadie le hará daño en tres cuartos de tonelada de acero sólido.

—Por una vez, estoy de acuerdo contigo.

Su madre había acabado con una conmoción cerebral, un brazo fracturado, lesiones internas y dos costillas rotas. Rick se había

llevado la peor parte, con una pierna rota, una clavícula destrozada, el bazo perforado y mucho más. Los *airbags* les habían salvado
la vida, pero les habían dejado el rostro lleno de magulladuras.

—No voy a conducir un Hummer por San Francisco. —Hizo
un gesto de dolor cuando se removió en la cama.

Jay se levantó de un salto de su silla.

—¿Quieres que llame a la enfermera? ¿Necesitas algo para el
dolor?

—Estoy bien. —Le hizo un gesto para que se sentara.

—Yo no estoy bien —dijo Rick—. La comida de aquí es una
mierda. He enviado a uno de mis colegas a por pizza y alitas. Le va
a traer a tu madre un par de tacos de pescado y un poco de ese
zumo verde saludable que sabe a hierba.

—¿Se os permite comer comida de fuera? —No podía creer que
pudieran masticar siquiera con la cara tan hinchada y magullada.

—No nos pasa nada con el estómago. —Rick se dio una palmada en el vientre con la mano intacta—. Es el relleno. Si me pareciera a ti, probablemente estaría muerto. No tienes grasa
corporal. Cómete un par de hamburguesas, bébete unos batidos,
quizás algo frito. Las calorías salvan vidas. Debería ponerlo en
una camiseta. —Miró a la madre de Jay—. ¡Ey, nena! ¿Qué te parece? Podríamos hacernos una para cada uno y ponérnoslas en el
próximo viaje.

—Cuando estemos mejor viajaremos con la moto de Rick por la
costa —dijo su madre cuando Jay arqueó una ceja a modo de pregunta—. Pensábamos hacerlo este otoño, pero tendremos que esperar.

Jay levantó las manos con las palmas hacia arriba.

—¿Vas a ir en moto? ¿Después de esto? ¿En serio? —Sacudió la
cabeza—. Ni siquiera puedo…

—Amigo, tienes que calmarte —dijo Rick—. Estas cosas pasan.
Conducíamos un Volvo por una zona escolar, joder. No se puede
estar más seguro.

—Estás enfadado porque tienes miedo. —La madre de Jay le
tendió una mano y él la estrechó entre las suyas.

—¡Claro que tengo miedo! —gritó—. Pensé que te había perdido. Otra vez. —Alzó la voz, desgarrada—. ¿Qué haría si sucediera eso? Eres todo lo que tengo. —Le apretó la mano, intentando controlar sus emociones, que seguían a flor de piel. No había dormido más que unas horas desde el accidente, y tampoco había ido al trabajo ni al gimnasio. Esperaba que ella no oliera el alcohol de su aliento, porque era la única forma en que podía funcionar sin volverse loco.

—¿Qué pasa con Zara? —Unos ojos llenos de preocupación observaron su rostro.

Él se levantó para servirle un vaso de agua.

—No soy lo bastante bueno para ella. Se merece algo mejor. Soy un puto desastre, mamá. Me costó muchísimo entrar en el hospital y, cuando lo hice, me ingresaron y me enviaron a una psiquiatra para que hablara conmigo. Me dio unas pastillas e insistió en que me fuera a casa hasta que salieras del quirófano. Dijo que yo era un riesgo y que no te haría ningún bien verme así.

—Zara no me dijo que hubieras ido al psiquiatra.

Jay se quedó helado, con la mano todavía en la jarra.

—¿Zara ha estado aquí? ¿Cuándo la has visto?

—La vi esta mañana, pero las enfermeras me dijeron que ha venido todos los días. —Señaló el alféizar con la cabeza—. Esas rosas son de ella. Trajo a su amiga, la doctora Parvati, para que me conociera, y también a algunos de sus tíos y tías, y a uno o dos primos. Esto parecía una fiesta. Nunca estábamos solos.

—Todos conocen *Days of Our Lives* —dijo Rick—. Uno de sus tíos hasta me descargó la nueva temporada en mi tableta. La he visto ya tres veces. Hay más secuestros. Y todos andan por ahí con cloroformo drogando a los demás. ¿De dónde sacan esas ideas? Me encantaría saberlo.

—Le diré esta noche que no te moleste más.

¿Qué diablos estaba haciendo Zara? Era su madre. No necesitaba ayuda para cuidarla. Había estado con ella durante su tratamiento contra el cáncer y estaría aquí ahora.

¿Intentaba acaso torturarlo con su amabilidad? Tenía demasiadas cosas con las que lidiar ahora como para enfrentarse a las emociones que sentía cuando estaba cerca de ella; emociones que no le correspondían. Le había dicho que no estaba interesada en una relación; entonces, ¿por qué escogería a un hombre tan traumatizado que le había hecho daño mientras dormía? Seguía sintiendo náuseas cuando la recordaba a los pies de su cama con la mano en el ojo.

—¿Vas a verla esta noche? —A su madre se le iluminó el rostro.

—Viene todas las noches. —Se hundió en su silla—. Duerme en mi sofá, prepara el desayuno antes de marcharse a trabajar, trae la cena todas las noches e incluso me deja el almuerzo para que me lo lleve al hospital. Canta sola y baila por todo el apartamento. Ayer decidió redecorarlo y ahora hay cojines, plantas y chucherías por todas partes. Mi casa es un desastre. Hay ropa, zapatos y bolsos por el suelo. Apenas puedo cerrar la nevera porque está llena de comida. Incluso entra en mi habitación para ver si duermo bien. —No fue el crujido de la puerta, ni el suave pisar de las zapatillas sobre la alfombra, ni siquiera el resquicio de luz, lo que le dijo que no estaba solo. Era su olor a flores silvestres y canela y a la delicada brisa del verano.

Las lágrimas brillaron en los ojos de su madre.

—Está cuidando de mi hijo.

Jay se tensó.

—No necesito que nadie cuide de mí. Cuidar de la gente es mi trabajo.

—Ahora no. Así no. —Su madre le dio unas palmaditas en la mano—. Habla con ella, Jay. O habla con alguien. Tienes el número de la clínica de veteranos. Quizá esto sea una llamada de atención y sea hora de que recibas ayuda.

—¿Jay? ¿Quieres un poco de veneno? La tía Taara ha traído comida.

Zara se sentó en el sofá de Jay con su ordenador portátil para trabajar un poco. No esperaba que él respondiera. Tras cinco días durmiendo en el sofá de Jay, la situación que existía entre ellos se había convertido en una lucha de voluntades. Quería que ella estuviera aquí, pero no podía admitirlo. Ella lo sabía porque, de lo contrario, habría cerrado con llave la puerta de casa.

—¡Es un nuevo plato de fusión! —gritó—. Parece una mancha gris con algo nadando encima.

Instantes después, la puerta de la habitación se abrió de golpe. Jay pasó por su lado y llenó un vaso de agua. Ella pudo ver su reflejo en el televisor. La observaba, igual que ella estaba haciendo con él.

—Como es viernes, pensaba ver algo en la tele después de revisar mis correos. ¿Quieres acompañarme? —Alcanzó el mando a distancia y pasó rápidamente por los canales hasta que llegó a un programa de repostería.

Oyó un zumbido detrás de ella y siguió zapeando. Pasos. Una presencia amenazante detrás del sofá. *Espectáculo militar*. Mala idea. *Drama médico*. Peor. Gruñó con desaprobación ante los *reality shows*, los documentales y las reposiciones de *Seinfeld*. Ella se detuvo en una serie policíaca y él rodeó el sofá para sentarse en el extremo opuesto. Progreso. Ya que había decidido acompañarla, abandonó la idea de trabajar, cerró el portátil y se acomodó para ver el programa.

Dos episodios después, él habló por fin. Las primeras palabras que le había dicho en cinco días.

—¿Por qué no te vas?

—Mmm… —Se acarició la barbilla como si estuviera pensando—. Déjame pensar. Quizá porque tu madre tuvo un accidente grave. Eso desencadenó tu trastorno por estrés postraumático y tuviste un ataque de pánico en el hospital. Tus pesadillas han empeorado. No vas al trabajo ni al gimnasio y no contestas a las llamadas de Elías ni de ninguno de tus amigos. No recibes ayuda y estás solo. ¿Qué te parece eso para empezar?

El rostro de Jay se convirtió en una máscara inexpresiva.

—Así que me tienes lástima.

—Siento compasión, no lástima. Y estoy preocupada por ti. Yo no abandono a mis amigos. Estoy aquí por ti, Jay. De cualquier manera que me necesites.

Con un resoplido, él volvió a su dormitorio y cerró la puerta.

Unas horas más tarde, Zara se despertó con las fuertes manos de Jay levantándola del sofá. La llevó a su habitación y la colocó con delicadeza sobre la cama. Se puso detrás de ella y la estrechó contra su cuerpo, rodeándola con los brazos como si tuviera miedo de dejarla marchar.

—En mi último despliegue pilotaba un helicóptero al sur de Kabul —dijo en voz baja—. Mi copiloto, J. D., estaba planeando todo lo que haría cuando volviéramos a casa y bromeábamos sobre una chica con la que iba a casarse. Llevábamos once marines de refuerzo a una de las bases. Era un día perfecto. Soleado. Cielo despejado. Estábamos a unos diez minutos de nuestro punto de aterrizaje. Tormenta estaba en el helicóptero con nosotros. Él estaba haciendo el tonto, haciendo reír a todo el mundo. El disparo salió de la nada. Un segundo todo iba bien y al siguiente estábamos cayendo. Saltaron todos los controles. J. D. había desaparecido. Los hombres gritaban. No pude hacer nada. Vi cómo la tierra se abalanzaba sobre nosotros y pensé que moriría con mis hombres. Pero, en vez de eso, me desperté en un hospital de campaña con solo un par de huesos rotos. —La estrechó con más fuerza—. No sé por qué no me morí con ellos. Debería haber muerto. No fue justo.

—No me extraña que esto te haya resultado tan duro. —Zara se removió en sus brazos—. ¿Qué puedo hacer para ayudarte?

Él dejó escapar un tembloroso suspiro.

—Puedes ir a buscarte un tipo que no esté hecho un desastre.

—Me gusta bastante este tipo. —Se acercó para besarlo en la mejilla—. Por si no te habías dado cuenta, los líos son mi especialidad.

Él metió la mano por debajo de su camisón y acarició la curva de su cadera.

—Te necesito.

—Esperaba que dijeras eso. —Le llevó la mano hasta su culo, que estaba cubierto de encaje—. Me he puesto mis mejores bragas todas las noches por si acaso.

Ella se despertó sobresaltada por la luz del sol y el ruido de cristales rotos. Saliendo del sopor del sueño, se dirigió hacia la cocina, donde encontró a Jay limpiando los cristales del suelo.

—Quería hacer el desayuno —dijo a modo de explicación.

—Ya está hecho. Solo tenías que calentarlo.

Diez minutos más tarde, estaban sentados frente a frente en la pequeña mesa de Jay. Zara había calentado *sali par eedu*, una combinación de carbohidratos y proteínas capaz de levantar a un muerto, junto con *rava pongal* y un intenso café americano.

—Esto es mucho mejor que tostadas y huevos. —Jay se zampó su comida casi sin respirar.

—Lo preparó la tía Mehar. La llevé a ver a tu madre porque siempre es una buena compañía. También se vuelve un poco loca cocinando cuando alguien que conoce está en el hospital. Deberías ver nuestra nevera.

—Les llevaré las sobras a mamá y Rick —dijo Jay entre bocado y bocado—. Necesitan comer algo sano. Se han vuelto adictos a la comida basura. Su habitación parece una fraternidad, con todos esos envoltorios de hamburguesas y cajas de pizza, y la tele a todo volumen todo el día. —Se pasó la mano por el cabello—. Rick no para de hablar del accidente, así que tengo que revivirlo una y otra vez. Voy a pedirle a Avi que nos ponga en otra mesa para su boda si mamá y Rick siguen pensando en asistir.

—¿Nosotros?

—Tú y yo. —Jay dio un sorbo a su café—. Somos pareja. Ya podemos sentarnos en una mesa para parejas.

Zara dejó el tenedor y eligió cuidadosamente sus palabras.

—Jay, he estado aquí porque me necesitabas. No voy a negar que tenemos química en la cama y que me encanta pasar tiempo contigo. Me encanta tu sentido del humor y lo segura que me haces sentir. Pero, sobre todo, me encanta que me aceptes tal como soy. Contigo no tengo que fingir. Puedo reír, bailar y correr descalza por una fiesta para ver al famoso que me gusta y sé que estarás ahí cuando regrese.

Jay se quedó quieto, con la taza de café aún humeante en las manos.

—Así es como deberían ser las cosas entre las parejas.

—Pero no somos pareja —insistió—. En términos generales no ha cambiado nada. Siempre he sido sincera contigo sobre mis limitaciones en el terreno sentimental, y creía que lo entendías y lo aceptabas. No puedo dar ese paso en el que abrimos nuestros corazones y nos entregamos nuestras almas, porque soy el tipo de persona que siempre estaría pensando que la relación se acabaría. —Dio otro bocado a su comida, pero esta se convirtió en serrín en su lengua—. De niña me quedé destrozada cuando mi padre se marchó. No entendía lo que estaba pasando. Un día estábamos comiendo helado y jugando a la pelota en el parque y al siguiente se había ido. No sabía que el conflicto conducía a la separación. No sabía que el amor tenía fecha de caducidad.

—No somos ellos —dijo él bruscamente—. Lo sé todo sobre ti y te quiero tal como eres. —Le tomó la mano—. Te quiero, Zara.

El corazón le dio un vuelco en el pecho. Él la amaba. Él la amaba y ahora ella tendría que alejarse. Había cometido un terrible error al estar allí. ¿Por qué no había pensado que, en el vulnerable estado emocional en que se encontraba, él podría confundir su apoyo con algo totalmente distinto?

—Tengo que irme.

Se levantó de la mesa de un salto, volcando los pequeños platos de salsa que había puesto para la comida. ¿Dónde estaba su maldita ropa? ¿Por qué había traído tantas cosas? ¿Cómo iba a llevárselo todo al coche?

—No quería asustarte. —La siguió por el salón—. Solo quería decir que te acepto con tus limitaciones. Podemos ir tan despacio como quieras. Lo que te haga sentir cómoda.

Zara se quitó el pijama y se puso los vaqueros, saltando por un suelo cubierto de ropa. Encontró una camisa naranja en buenas condiciones y se la puso, desesperada por vestirse antes de que él la tocara y volviera a hechizarla.

—Jay, estás pasando por un mal momento. —Metió su ropa en la bolsa más cercana, sin prestar atención a las inevitables arrugas—. Vine aquí porque estaba preocupada por ti, porque somos amigos. Es lo que haría por cualquiera que me importara. Si te he hecho pensar que significaba otra cosa, lo siento mucho.

—No te vayas —dijo—. No hace falta que huyas. Podemos hablarlo.

—No quiero hacerte más daño del que ya tienes. —Agarró su bolso y metió dentro las últimas cosas.

—Zara…

—Lo siento, Jay. Cometí un error. No puedo seguir adelante con esto.

25

Cuando Parvati entró por la puerta de su casa tras acabar su turno, Zara puso *Los miserables* por segunda vez con los ojos llenos de lágrimas después de veinticuatro horas viendo musicales desgarradores.

—Otra vez no. En serio, ¿no hay más musicales tristes con los que puedas regodearte en la autocompasión?

—Ya los he visto. Y cuando se me acabaron los tristes, me puse a ver las escenas tristes de los musicales alegres. He visto *West Side Story* tres veces para recordarme cómo acaban las relaciones desgraciadas. Pero *Les Mis* es el mejor. Refleja perfectamente mi angustia interior.

—Creo recordar que Jay y tú no teníais ninguna relación. —Parvati sacó una tarrina de helado de su bolsa de la compra y se la lanzó a Zara.

—¿Cuchara, por favor?

—Pensé que tenías el corazón roto, no las piernas. —Se dirigió hacia la cocina. Parvati hablaba con dureza pero por dentro era una blandengue.

—No puedo levantarme cuando estoy sumida en la desesperación. —Zara se volvió a tumbar en el sofá—. ¿Por qué me diría eso, Parvati? ¿Por qué?

—Porque te ama, supongo. Eso es lo que dicen las personas cuando se enamoran.

—Pero es que no puede amarme. Le dejé muy claro que no merezco ser amada y que no puedo corresponderle. Todos los demás siguieron las reglas. ¿Por qué no lo ha hecho él?

—Mmm… —Parvati se llevó una cuchara a los labios—. ¿Podría ser…? Tal vez sea porque… Creo que…

—Me quiere —dijo Zara con un abatido suspiro.

—¡Bingo! —Parvati se sentó con ella en el sofá y le entregó la cuchara—. No es algo que las personas puedan controlar.

—Pero ¿por qué? —gimió—. Yo le estaba buscando su pareja ideal. Y luego nos distrajimos un poco con nuestra química sexual. Pero ambos comprendimos que no iba a durar para siempre. Nada dura para siempre. Él se habría cansado de tener sexo en todo tipo de lugares, yo me habría aburrido de tener orgasmos múltiples y habríamos seguido caminos separados.

—Excepto que no se trataba solo de sexo. —Parvati le sacó la tapa a una segunda tarrina de helado—. Os divertíais juntos. Fue a verte ensayar porque es lo que te gusta hacer. Te llevó al City Club sabiendo que te volverías loca cuando vieras a Lin-Manuel Miranda. Te fuiste de excursión (y aún no me lo creo) porque le hacía feliz. Ese dar y recibir se llama…, espera…, una relación.

—Esto es un desastre. —Zara abrió su tarrina—. Está vulnerable emocionalmente. Su madre está en el hospital. Él tiene un trastorno por estrés postraumático. No es el mejor momento para enamorarse. —Se quedó sin aliento cuando se le ocurrió una idea—. Tal vez no esté enamorado de verdad. Es su enfermedad la que habla. Cree que me quiere porque necesita sentirse conectado con alguien, pero ahora que me he ido, se dará cuenta de que no era de verdad y podremos volver a estar como antes. Quizá debería empezar a buscarle pareja. Le prometí que le encontraría a alguien al final de la temporada.

—Estoy bastante segura de que, aunque no está en un buen momento, sus sentimientos por ti son auténticos —dijo Parvati—. Sus ojos se iluminan cuando te ve. Cuando íbamos de excursión, lo único que le importaba era enseñarte las cascadas y las flores y los malditos pájaros y plantas. Si Faroz no me hubiera arrastrado hasta los arbustos y llevado detrás de un árbol para tener sexo salvaje en el bosque, me habría aburrido como una ostra. Jay quería compartir su alegría contigo. Quería que fueras feliz. ¿Sabes lo que dijo Faroz?

—Si me lo dices, ¿tendrás que matarme?

Parvati se rio.

—Me contó una larga historia sobre unos espías de la CIA que se conocieron en Quantico, pero que nunca podían estar juntos porque siempre los enviaban a distintas partes del mundo. Pero, cada vez que se cruzaban, se daban cuenta de que sus sentimientos no habían cambiado. Finalmente, dejaron la agencia y se casaron. Claro, todo acabó mal, como todas las historias de Faroz. Un agente ruso los encontró y los degolló mientras dormían. Pero murieron juntos. De eso se trata.

Zara la fulminó con la mirada.

—Es la peor historia que he oído nunca. ¿Se suponía que eso me animaría? ¿Me estás diciendo que si me enrollo con Jay vendrá un agente ruso y nos cortará el cuello, pero que no pasa nada si estamos muertos porque eso es amor verdadero?

Parvati suspiró.

—La idea es que estaban destinados a estar juntos.

—No estoy destinada a estar con nadie. Ya se lo dije. Pensé que lo había entendido. Creí que lo estábamos pasando bien. Y entonces… —Ella abrió y cerró su puño en el aire—. ¡Pum! Te quiero. ¡Qué manera de arruinar algo bueno!

—¿Te das cuenta de que nunca has hecho esto después de ninguna otra ruptura? —Parvati lamió su cuchara—. Nunca has sollozado durante *Los miserables* mientras te atiborras de helado. ¿Qué crees que significa?

Zara se encogió de hombros.

—Nadie me ha dicho nunca que me quería.

—Nunca le diste a nadie la oportunidad.

Parvati puso los pies sobre la mesa y tomó el mando a distancia. Normalmente Zara encontraba algo que hacer cuando su amiga empezaba a zapear entre programas de crímenes y casos de autopsias, pero esta noche le venían bien para su estado de ánimo.

Tomó una cucharada de helado, pero apenas notó el sabor.

—Entonces, ¿estás diciendo que simplemente se dio la oportunidad? ¿Que si se la hubiera dado a alguien más, también se habría enamorado de mí?

Parvati hizo una pausa en un programa de crímenes reales.

—Digo que lo dejaste entrar por una razón. Le diste esa oportunidad por una razón. Una parte de ti sabía que podías confiarle tu corazón. Ahora estás dolida porque eso es lo que pasa cuando amas a alguien y ya no puedes estar con él.

«Cuando amas a alguien…».

—¡Oh, Dios! —El corazón le dio un vuelco. Conocía esa sensación. La enfermiza devastación de la pérdida. El terror a lo desconocido. La incertidumbre sobre un futuro en el que el amor no era para siempre… Y, finalmente, paró.

O, al menos, ella creyó que había parado.

Pero, si así hubiera sido, ella no estaría en el sofá atiborrándose de helado y preparándose para llorar como una Magdalena desde el principio del soliloquio de Valjean hasta el momento en que se adentra en la hermosa luz de las velas. En vez de eso, estaría en el *loft* de su padre celebrando que uno de sus primos había sacado un notable alto en un examen; su padre aprovechaba cualquier excusa para celebrar una fiesta y poder tocar la batería y bailar.

—Parvati…

—Te has tomado tu tiempo. —Tomó un poco más de helado de su tarrina.

—Duele, pero no me está destrozando.

Hizo una rápida y silenciosa evaluación de su cuerpo. Sin dolor. Sin hematomas. Ninguna limitación de la movilidad. Ni articulaciones débiles ni manos temblorosas. Sí, le dolía el corazón y estaba de bajón. Pero con un poco de helado y unas cuantas canciones tristes, tenía la sensación de que se sentiría mejor.

—Eso es porque no tienes once años. —Parvati se acomodó en el sofá para ver una repetición de *Autopsy: Confessions of a Medical Examiner*—. Tienes el control de tu vida. Puedes tomar tus propias decisiones. Puedes escribir tu propia historia (o musical, ya que estamos hablando de ti). Y puedes darle un final feliz.

—¿Qué se supone que debo hacer? —Alzó la voz con nerviosismo—. Lo machaqué, Parv. Dijo que me amaba y salí corriendo de allí como si las entradas para *Hamilton* estuvieran a la venta.

Parvati apartó la mirada del médico forense que empuñaba la motosierra.

—Espero que no rompieras nada al salir.

Zara tapó su helado y lo devolvió al congelador.

—No sé cómo hacerlo. No sé cómo se ama a alguien. No sé cómo me pueden amar de forma romántica. ¿Y por qué yo? ¿Por qué se enamoraría de mí? Soy un desastre.

—Tal vez le gustan los desastres —dijo Parvati—. Quizá está tan tenso que te mira y ve un camino hacia la felicidad. Tal vez ve lo que todos vemos. Que eres digna de amor.

La emoción se agolpó en la garganta de Zara. Pero se salvó de un vergonzoso torrente de lágrimas cuando el forense de la televisión encendió la motosierra y cortó el cuerpo que estaba sobre la mesa.

—Necesito ver a mi padre. Quiero preguntarle sobre su divorcio. Nunca hablamos de eso y creo que, antes de tomar cualquier decisión, necesito entender qué pasó de verdad.

—¿Eso significa que puedo comerme tu helado? —Parvati levantó su tarrina vacía.

Zara torció los labios hacia un lado, pensativa.

—No estoy segura de qué debo hacer en esta situación. Creo que es mejor que me dejes el helado. Por si acaso.

Enclavado en el centro del Dogpatch, el estudio-vivienda del padre de Zara era el *loft* de un artista por excelencia. Con tres plantas de altitud, contaba con techos altos y una planta diáfana con grandes ventanales y claraboyas, paredes blancas llenas de cuadros y un suelo de microcemento salpicado de pintura.

Zara saludó a sus parientes mientras se dirigía a la cocina, donde había tías y tíos reunidos en torno a una larga mesa repleta de comida.

—¡*Beta!* Nos estábamos preguntando cuándo vendrías. —La tía Taara le dio un rápido abrazo—. He preparado algo especial para la fiesta. Está en aquel táper. ¿Quieres que te ponga un poco en un plato? Es sorpresa de *samosa* con trucha chimichanga.

Zara evitó hacer una mueca.

—Puede que más tarde, tía-ji. Tengo que hablar con mi padre.

—Está preparándose en el estudio. No te vayas todavía. —Hizo señas a las tías Mehar y Lakshmi, que se habían colocado en el extremo opuesto de la mesa, lejos de los táperes de Taara.

—Nos preguntábamos cómo va el caso de la cámara de seguridad —dijo Taara—. ¿Has presentado algún documento en el juzgado?

—No va muy bien —admitió Zara—. Los socios del bufete no creen que tengamos suficientes demandantes para que merezca la pena el riesgo. Me temo que no podremos seguir con el caso.

La tía Taara frunció el ceño.

—¿No hay suficientes Patel? Le conté a todo el mundo lo de las cámaras.

—Cuando dice «todo el mundo» —afirmó Mehar—, se refiere a todo el mundo. No solo a nivel local, sino en todo el país. Tu tía es una parlanchina.

—No tanto como tú. —La tía Taara se volvió hacia ella con el ceño fruncido—. Le contaste a todo el mundo el incidente con las cejas de Lakshmi.

—¿Fuiste tú? —Lakshmi alzó la voz—. Con razón mi kiwi sabía agrio esta mañana y no encontraba uno de mis calcetines.

—Quizá no deberías habértelas depilado —replicó Mehar—. No sé quién te dijo que siempre parecías sorprendida, pero tampoco se te veía diferente sin ellas.

Taara las hizo callar haciendo un gesto de advertencia con la cabeza.

—Tenemos que pensar menos en las cejas y más en Zara y su caso. ¿Qué podemos hacer para ayudar?

Zara se encogió de hombros.

—Para ser sincera, ni siquiera sé si seguiré trabajando en el bufete. Las cosas no pintan bien económicamente y, a menos que consiga nuevos clientes, puede que no me renueven el contrato.

—¿Cuántos clientes necesitas? —Mehar sacó su teléfono—. ¿Diez? ¿Cien? ¿Quinientos? ¿Mil? Díselo a tus tías y te los conseguiremos.

—Estamos hablando de personas, no de unos dólares para comprarme un capricho.

—Son familia. —La tía Taara habló con voz firme—. Y tienen cámaras de seguridad porque corrí la voz en mis redes sociales. Los encontraremos a todos y te los traeremos para que ninguna otra familia tenga que pasar miedo en su casa y tú puedas mantener tu puesto de trabajo.

—Es una idea bonita pero…

Lakshmi le dio una palmadita en la mano.

—Todo irá bien. Confía en tus tías. Pero ponte zapatos planos. Nunca llegarás a tu destino si tienes que correr con tacones.

Tras dejar a sus tías, subió las escaleras y encontró a su padre en su estudio, ensayando sus melodías. Llevaba una larga *kurta* blanca que le llegaba hasta las rodillas y unos pantalones holgados que le dejaban espacio para moverse cuando tocaba el *dhol*.

—Voy a ofrecer un espectáculo para la familia para celebrar las buenas notas de Darpan —dijo—. Necesito ensayar antes de actuar en la boda de Avi la semana que viene. He oído que me sentaré solo en la cena.

—¿Quién te ha dicho eso? —Como si tuviera que preguntar. La máquina de chismes Patel nunca se detenía.

Él sonrió mientras golpeaba el tambor con suavidad.

—Ya sabes cómo es la familia. Todo el mundo te vio con ese muchacho tan simpático en la boda de Rishi, el que estaba en la galería de arte. Luego oí que le habías pedido a Mehar que cuidara de su madre en el hospital. Y en cuanto tus tías se vieron involucradas… —hizo un redoble de tambores—, se acabó lo de mantenerlo en secreto.

Zara se tensó.

—No hay nada que mantener en secreto. No estamos juntos.

—¿Por qué le pediste entonces a Mehar que visitara a su madre en el hospital?

Zara se encogió de hombros.

—No quería que estuviera sola. Y solo se lo dije a la tía Mehar. Ella estaba visitando a una amiga en el hospital y la vi en el pasillo. Le hablé de Padma y de que no tenía familia, y al día siguiente tenía la habitación llena.

—Exacto. —Marcó la palabra con un redoble de tambor.

—Éramos amigos, papá. Teníamos… algo.

—¿Algo? —Arqueó una ceja—. Suena serio.

—No lo era. Quiero decir que lo fue, pero no lo fue. La idea de acercarme tanto a alguien me da urticaria. No quiero pasarme la vida esperando el día en que se acabe.

—Me casé con tu madre creyendo que sería para siempre —dijo—. La amaba. Todavía la amo.

Esta era su oportunidad. Nunca había tenido el valor de preguntarle por el divorcio, asumiendo que era un recuerdo demasiado doloroso para hablar de él.

—¿Qué pasó?

Con un suspiro, su padre dejó las baquetas.

—Tu madre y yo teníamos mucho en común cuando nos conocimos —dijo—. Ambos éramos profesionales, inmigrantes de primera generación y estábamos centrados en nuestros objetivos y en convertirnos en nuestra mejor versión. Mis inquietudes artísticas eran solo una afición, algo a lo que pensaba dedicarme cuando me jubilara. —Se quitó la bandolera y puso el tambor en su soporte—. Pero entonces tuve el accidente de coche y todo cambió. Yacía en una cama del hospital pensando que, si hubiera muerto, solo me habría arrepentido de una cosa: de no haber intentado hacer realidad mi sueño. Así que, cuando me recuperé, dejé el trabajo, monté el estudio y empecé a pintar. —Hizo una pausa para beber un sorbo de agua—. Tu madre pensó que era solo una fase, pero yo había cambiado con el accidente y ella seguía igual. Y se resintió conmigo. Decía que la había abandonado emocionalmente. No podía ver lo mismo que yo: que la vida es corta y debes luchar por tus sueños. —Esbozó una melancólica sonrisa—. Ojalá hubiera podido traerla a este viaje conmigo.

—¿Cómo acabó? —Conocía la epifanía de su padre, pero no que su madre se hubiera sentido traicionada.

—Vivíamos en una ilusión porque no podíamos afrontar la realidad de que nos habíamos perdido y no sabíamos cómo encontrarnos de nuevo. Y entonces, un día, decidió que ya era suficiente. No sé por qué fue ese día ni por qué fue tan repentino. Llegó a casa del trabajo, entró en mi estudio y me dijo que todo se había acabado y que tenía que marcharme.

—Lo siento mucho, papá —dijo en voz baja—. No puedo imaginarme cómo te sentirías.

Él guardó silencio durante un largo rato, mirándose las manos vacías.

—Ojalá hubiéramos podido advertiros a ti y a Hari, haceros a la idea, pero yo estaba en estado de *shock*. No podía pensar. Quería a tu madre. Es una mujer fuerte, inteligente, hermosa, que cantaba como un ángel y que se las hacía pasar canutas a Mehar en la pista de baile. Pero se obsesionó con el trabajo y olvidó lo que es realmente importante en la vida. Si pudiera volver atrás, seguiría eligiendo casarme con ella. —Su expresión se volvió melancólica—. Pasamos buenos momentos juntos.

—Pero volverías a perderla —protestó Zara—. Te haría daño otra vez.

—Pero habría experimentado el amor —dijo—. Y por el amor vale la pena el dolor.

26

Jay estaba soñando que se encontraba perdido en el bosque cuando alguien lo despertó con una sacudida.

—¿Cuánto tiempo llevas durmiendo en el despacho? —Elías corrió las cortinas, inundando el despacho de luz.

—Un par de días.

Se sentó en el sofá y se frotó los ojos. La verdad era que le daba miedo dormir en su apartamento sin que Zara estuviera allí para mantener a raya las pesadillas. Había llegado a la oficina el sábado después de visitar a su madre y había trabajado hasta que estuvo tan agotado que no podía mantener los ojos abiertos.

—¿Cómo está tu madre?

—Mejorando. Debería volver a casa en una semana más o menos. ¿Cómo van las cosas con Westwood Morgan?

—Todo está en orden. —Elías corrió la última cortina—. El consejo de administración se reunirá esta semana. Brittany dice que en esta etapa se hace, básicamente, una aprobación automática. Está deseando viajar por todo el mundo contigo para la apertura de las nuevas oficinas. Ojalá yo fuera el director general en vez del director financiero. Cuando estaba en el ejército odiaba viajar, pero ahora que llevo tanto tiempo con los pies en el suelo, lo echo de menos.

—Seguro que podemos llegar a un acuerdo —dijo Jay—. Si mi madre no está totalmente recuperada cuando empecemos las aperturas internacionales, necesitaré estar aquí. De ninguna manera la dejaré sola con Rick.

—Estás hecho una mierda, por cierto. —Elías nunca se andaba con rodeos.

—Iré a las duchas del gimnasio de abajo y me cambiaré antes de que llegue el resto de los empleados. Tengo un traje de recambio en el armario.

Elías se apoyó en el aparador con los brazos cruzados y le soltó unas palabras cargadas de intención.

—No me refiero a eso.

Jay captó el mensaje. Elías ya le había animado antes a buscar tratamiento, pero él no había tenido tiempo para enfermedades (mentales o físicas) cuando tenía una empresa que sacar adelante. Había lidiado con las pesadillas como hacía con todo lo demás. Con control férreo, normas estrictas y fuerza de voluntad. Pero esta vez no se trataba solo de él. Esta vez tenía una razón para recuperarse.

Jay dejó caer la cabeza sobre las manos, con los codos apoyados en los muslos.

—He estado a punto de perder a mi madre. Otra vez. Eso me ha dejado un poco descolocado.

No era fácil admitirlo, pero ya le había hecho una confesión mayor a Zara. Cualquier otra cosa era irrelevante en comparación. No había querido decirle que la amaba. ¡Diablos! Ni siquiera se había dado cuenta hasta que lo dijo en voz alta. Pero había tenido unos días para pensar en ello, y reconoció que esas palabras eran ciertas. Ella era la luz de su vida, el sol de sus sombras. Era inteligente, cariñosa, leal, sexi y divertida, y era imposible resistirse a su maravilloso entusiasmo. La vida era interesante y emocionante gracias a ella. Su corazón latía desbocado solo con estar cerca de ella, y estaba totalmente seguro de que él también le producía el mismo efecto. Pero necesitaba solucionar sus cosas. Quería ser el mejor hombre posible. Para ella. Para su madre. Para Elías. Y para sí mismo.

—He pasado por eso —dijo Elías—. La arena solía provocármelo. Estábamos en el desierto cuando me dispararon. Cuando regresé, era incapaz de ir a la playa. Empezaba a temblar y a sudar. No tenía sentido. No había ningún peligro. Solo había niños y sombrillas, helados y perritos calientes. Pero eso es lo que pasa con el trastorno por estrés postraumático. No sabes cuándo te vas a encontrar con un detonante. Y, cuando sucede, necesitas herramientas para seguir adelante.

—Estabas viendo a un tipo… —Jay respiró de forma entrecortada. Admitir que necesitaba ayuda no era tan fácil como pensaba.

—Dave Richards. Es psicólogo en la clínica de veteranos. Me ayudó de verdad. Te daré su número. —Elías sonrió—. Dile que el otro día me quedé tanto tiempo en la playa que acabé bronceado.

Janice estaba jugando al *Candy Crush* cuando Zara entró en la oficina. Era evidente que acababa de fumar porque su ropa apestaba a tabaco.

—Esta tarde tienes una reunión con un nuevo cliente. Lo he puesto en tu agenda. Dice que es actor —dijo todo esto sin levantar la cabeza, pero ese día a Zara no le importaba.

—¿Un cliente famoso? ¿Hablas en serio?

—He dicho que es actor. —Su hábito de fumar tres paquetes al día había dado a su voz una ronquera que encajaba en una empresa cuya mascota era un tigre—. No he dicho que sea famoso. Al menos no lo era hasta que lo pescaron esnifando cocaína en el culo de una zorra durante una fiesta. Lo busqué en Internet después de que llamara. Si ese es el tipo de derecho que quieres ejercer, tendré que hablar con Tony. No voy a trabajar en ese tipo de ambiente. Tengo unas normas.

—Acabamos de grabar un anuncio en el que todos rugimos rodeados de tigres de dibujos animados —señaló Zara—. Ahora mismo, Tony está pensando si deberíamos llevar trajes de tigre en el próximo anuncio. Las finanzas están tan ajustadas que Faroz acaba de perseguir a una ambulancia hasta el hospital. El listón no puede estar más bajo.

Janice resopló con indignación.

—Sí, bueno, no le pediré un autógrafo.

—¿Cómo se llama?

—Bob Smith.

—Nunca pensé que utilizaría tu tarjeta justo después de conocernos.

Bob tomó asiento frente a Zara. Parecía que llevaba varios días sin dormir. Unas arrugas de preocupación surcaban su frente y tenía la mandíbula sin afeitar. Las ojeras hacían que sus ojos parecieran más saltones y tenía la piel cetrina. Llevaba una gorra de béisbol y un plumón, a pesar de que en el exterior hacía veinticuatro grados.

Estaba mejor de zombi.

—Te vi en la fiesta del City Club la otra noche —dijo—. Me acordé de que eras la abogada del tigre de los anuncios de la tele.

—Me alegro de que te hayan impresionado. —Se recordó que debía decirle a Tony que el tigre tenía que quedarse.

—Quería hablar contigo, pero parecía que tenías prisa por marcharte. —Se quitó la gorra y se pasó la mano por el abundante cabello—. Ni siquiera debería haber ido. Mi agente pensó que podría beneficiar a mi imagen, pero como puedes imaginar, la gente solo quería hablar de las fotos.

—¿Qué fotos?

Bob le empujó su teléfono sobre la mesa.

—Seguro que ya está por todas partes. Ya sabes cómo se pone la prensa cuando hay un escándalo con famosos.

¿Un escándalo con famosos? A Zara el corazón le tamborileaba en el pecho. Había llegado el momento. Su primer caso con un cliente de la industria del entretenimiento que había conseguido ella misma. Era evidente que nada te hacía parecer más profesional que tomar cerveza disfrazada de zombi.

Observó las fotos del teléfono de Bob.

—¿Esto es…? —Miró más de cerca. Sí. Era la novia zombi que había intentado coquetear con Jay. Zara casi sintió pena por ella.

Podría haber disfrutado de una noche de sexo salvaje en una limusina. En vez de eso, había acabado medio desnuda en el suelo de un cuarto de baño con Bob Smith esnifándole rayas de un polvo blanco en el culo.

—Está en las noticias, en las columnas de cotilleos, en todos los blogs. Mi machacada carrera está en Internet para que todo el mundo la vea. —Escupió las palabras, con las demacradas manos temblando mientras señalaba la pantalla. Actor de método. Sin duda. Si lograba salir del infierno zombi, podría tener alguna oportunidad en el cine de bajo presupuesto.

»Ese soy yo colocado de polvo zombi con la chica encargada del guardarropa. Dijo que quería darme una sorpresa antes de ir al hotel para continuar la fiesta. ¡Vaya si me dio una sorpresa! Cuando los productores vieron las fotos, rescindieron mi contrato para *El día de la noche de la tarde de la venganza de la novia del hijo del terror del regreso del ataque de los muertos vivientes alienígenas, mutantes, malvados, demonios, devoradores de carne y cadáveres putrefactos, parte 6 en impactante 4D*. Incluso están hablando de eliminarme por completo y reemplazarme por un zombi digital. Dijeron que es una franquicia de cine familiar y no quieren que se relacione a su estrella con el sexo y las drogas. —Juagueteó con su gorra—. Todo esto es una locura. Soy un famoso. ¿Qué famoso no se droga?

Zara conocía a muchos famosos que no se drogaban, pero no era el momento de decírselo. Le devolvió el teléfono a Bob.

—Siento que haya pasado esto, pero...

—Pero nada. —Bob dirigió su furiosa mirada hacia Zara—. Contraté a J-Tech para que se encargara de la seguridad y parte de ella consistía en asegurarse de que nadie entrara en el local con un teléfono o un dispositivo de grabación. Se suponía que debían controlar a todo el mundo para que los dispositivos electrónicos se dejaran en la puerta.

«¿Culpa de Jay?». Ella no podía imaginar que él cometiera un error tan grave. Era tan cuidadoso con todo...

—Yo pasé por su control de seguridad —dijo—. Eran muy minuciosos.

—Entonces explícame esto. —Bob dio la vuelta al teléfono para mostrarle otra foto poco favorecedora; esta de él y la novia zombi haciendo guarradas sobre el lavabo—. Me sorprende que no haya salido en la BBC y en otras cadenas internacionales. O quizá sí. No sé leer en otros idiomas.

Zara dudaba de que un famosillo con unos pocos papeles a sus espaldas (uno de ellos un fallido episodio piloto de televisión para niños sobre un superhéroe que había abierto un microondas demasiado pronto y, a partir de entonces, podía transformarse en un plato de sopa) fuera de interés para la BBC, pero ella no estaba tan conectada al mundo de los famosos como Bob.

—Mi carrera está acabada —espetó Bob—. *El día de la noche de la tarde* (así es como llamamos a la película porque, sinceramente, el título es un trabalenguas) iba a ser tan potente como el Universo Marvel. Podría haber secuelas, *spin-off* y *spin-off* de los *spin-off*. ¿Y qué hay del *merchandising*? Mi personaje podría haber aparecido en todo tipo de productos, desde camisetas hasta mantas de borreguillo, pasando por esas zapatillas tan bonitas que chirrían cuando los niños caminan. Podrían haberme inmortalizado en plástico. Incluso en cera. Debería haber pagado el chantaje.

A Zara casi se le detuvo el corazón en el pecho.

—¿Jay te chantajeó?

—El tipo que hizo las fotos consiguió mi dirección de correo electrónico e intentó chantajearme con quinientos mil dólares. No sé quién es, pero está claro que no sabe nada de este sector ni de lo poco que nos pagan. Fue tan ridículo que mi agente pensó que iba de farol, así que le dijimos que se largara, y mira lo que pasó. Llamé a la policía y me dijeron que había pocas posibilidades de encontrarlo porque todo estaba en Internet.

—Tenemos un buen investigador —dijo Zara—. Haremos todo lo posible para encontrarlo y llevarlo ante la justicia para que no pueda hacérselo a nadie más.

—¿Justicia? —Bob resopló—. Me importa un bledo la justicia. Este negocio se basa en la reputación y ahora no tengo ninguna. Nada. Mi nombre es basura en el mundo zombi. Ni siquiera puedo ser animador infantil. Ahora no me contrata nadie. —Su bufido se convirtió en un gruñido—. Necesito recuperar los ingresos perdidos. Me he acostumbrado a llevar cierto estilo de vida, y no voy a renunciar a él solo porque me estaba divirtiendo un poco. Claro que quiero ir a por el chantajista, pero como la policía estuvo tan segura de que nunca lo encontrarían, estaba pensando que debería ir a por J-Tech. Después de todo, es culpa suya. Si no hubieran dejado entrar al tipo con el teléfono, yo no estaría en este lío. Son una gran empresa. Estoy seguro de que tienen dinero. Quiero demandarlos por una gran suma. Podría haber ganado millones, tal vez miles de millones, si los juguetes zombis se convirtieran en un fenómeno de masas.

A Zara se le revolvió el estómago. Solo podía pasarle a ella que su primer caso con un famoso de la industria del entretenimiento fuera interponer una demanda contra el hombre que se lo había presentado y que además decía amarla. ¿Cómo podría traicionar a Jay después de tanta amabilidad? ¿Y cómo podría actuar contra J-Tech sabiendo que la empresa no podía verse envuelta en un pleito? Jay no podría hacer realidad su sueño.

Por otro lado, un pleito de gran repercusión mediática le aseguraría su puesto en el bufete y le abriría las puertas de la industria del entretenimiento.

—¿Cómo conoces a Jay? —preguntó para ganar tiempo—. Creía que erais amigos.

—Nuestras madres recibieron tratamiento contra el cáncer en el mismo hospital. —Volvió a ponerse la gorra, metiendo los rebeldes rizos bajo la banda—. Llegas a conocer a la gente cuando estás allí todo el tiempo. Me dijo que lo llamara si alguna vez necesitaba seguridad para un evento. Así que eso es lo que hice. Cuando acabó el rodaje, me ofrecí a organizar la fiesta de clausura porque había oído que Keanu Reeves hacía ese tipo de cosas y a mí me encanta Keanu.

Ella asintió con la cabeza.

—¿A quién no?

—Le pedí a Jay el favor y él lo organizó todo. Le dije que nada de teléfonos, cámaras o equipos de grabación. Las grandes estrellas siempre tienen esa regla, y como yo voy a ser una gran estrella algún día, intento vivir ya como tal.

—Eso tiene sentido.

El plumón de Bob rechinó cuando él se acomodó en la silla con un delgado tobillo cruzado sobre la rodilla.

—Él no habría dejado pasar una cámara si yo fuera una gran estrella. Su reputación estaría ahora tan arruinada como lo está la mía. —Se apoyó en el brazo de la silla con un puño—. ¡Pues que se joda! Y que se joda su empresa. Y que se joda quienquiera que hiciera esas fotos. Voy a demandarlos a todos y tú vas a ayudarme porque eres feroz como un tigre. —Rugió tan fuerte que Zara pegó un salto en su silla.

Momentos después, Janice abrió la puerta de golpe.

—¿Qué diablos está pasando?

—Todo va bien. —Zara tomó aire para calmar su acelerado pulso—. El señor Smith está entusiasmado con la mascota de nuestra empresa.

—¡Uf! —Lanzó una sarcástica sonrisa y se pasó una mano por la frente—. Pensé que aquí había un animal.

—Soy un actor de método —dijo Bob, hinchando el pecho—. Es comprensible que te hayas confundido. Esta mañana me pasé varias horas viendo espectáculos de tigres y practicando el rugido para poder entender mejor este bufete.

—Eso es dedicación al oficio. —La voz de Janice destilaba sarcasmo, y Zara podía presentir que se avecinaba algo más.

—Aquí no necesitamos nada —dijo Zara con firmeza—. Puedes irte.

—¿Puede imitar a los leones? ¿Puede saltar como ellos?

—Gracias, Janice. Cierra la puerta al salir, por favor.

—Entonces, ¿cómo empezamos? —preguntó Bob—. ¿Quieres que firme cosas? ¿Necesitas un anticipo o algo así? Me aseguraré de que salga en la prensa en cuanto presentemos la demanda. Si voy a caer, me llevaré a J-Tech por delante. Este será un caso importante para ti. Enorme. Tienes suerte de que te viera en el City Club u otro abogado se habría llevado el gato al agua.

Algo empezó a darle vueltas en la cabeza.

—Podría tener un conflicto de intereses —dijo, pensando rápidamente. Quizá no tuviera que tomar la decisión ahora. Quizá las Normas de Conducta Profesional ya la habían tomado por ella—. No puedo representarte si hubiera falta de decoro, y Jay y yo…

—¿Estáis juntos?

—Pues… no. —Porque él le había dicho que la amaba y ella había salido corriendo por la puerta. Porque se había dado cuenta de que ella también lo amaba y no tenía ni idea de qué hacer con eso. O cómo arreglar lo que había roto.

—Entonces, ¿cuál es el problema?

Zara se removió incómoda en su asiento.

—Tuvimos… algo… por un tiempo. Nada serio…

«Al menos, no para mí».

—¡Ah! Una mala ruptura. Entiendo. —Bob sonrió—. Así que esto es perfecto. Es la venganza definitiva. Él me presentó a ti y ahora vas a meterle una demanda.

Ella le dedicó una tensa sonrisa. Por mucho que deseara el caso, no creía que pudiera traicionar a Jay aceptando a Bob como cliente y luego meterle una demanda.

—Sin duda, he venido al lugar adecuado. —Bob se frotó las manos—. El tigre lo dice todo. Feroz. Depredador. Poderoso. Príncipe de la jungla. Las otras empresas que visité eran aburridas. Todo trajes oscuros y rostros solemnes. Ninguno de ellos se disfrazaría para una fiesta de zombis. No entienden este sector como tú lo haces. No entienden nada de esto. —Señaló un cuadro enmarcado de un tigre en la pared—. El instinto asesino.

«Los otros bufetes». Había visto a otros abogados antes de venir. Si ella lo rechazaba, encontraría a otro que aceptara el caso. ¿Y si el equipo de Jay no había actuado de forma negligente? ¿Llevaría a cabo otro bufete una investigación exhaustiva o se limitaría a iniciar el pleito y dejar que J-Tech demostrara que no había sido culpa suya y, de paso, perdiera a su mejor inversor?

—Tendré que comentárselo a uno de los socios —dijo—. Vuelvo en un minuto. Le diré a Janice que te traiga un café.

—¡¿Tenéis carne cruda?! —gritó—. Todavía estoy dentro de mi papel.

Zara encontró a Tony en su despacho y le explicó la situación.

—Si no estáis juntos, no hay ningún problema de conducta profesional —dijo—. Pero no puedes hablar con Jay sobre el caso o sobre el cliente hasta que se resuelva el asunto, y que tengáis una relación queda descartado. De hecho, sería mejor que bloquearas sus llamadas y mensajes hasta que esto se resuelva. Si te equivocas y J-Tech tuvo una conducta negligente, podrían pasar años o tendrías que abandonar el caso y hacer frente a las consecuencias financieras.

—Yo estuve allí —dijo—. Fueron muy minuciosos haciendo su trabajo. Tenían todo tipo de artilugios detectores de metales y cuatro guardias en la puerta revisando los bolsos. Y hay algo que no cuadra en las fotos. ¿Cómo es posible que Bob no viera que había alguien en el cuarto de baño con una cámara? No era muy grande.

—Estás poniendo mucha fe. —Tony sacó su espada láser y la blandió—. Si exculpas a J-Tech y no encuentras a la persona que tomó las fotos, habrás invertido mucho tiempo en un caso que no irá a ninguna parte. Sería mejor para tus honorarios que demandaras a J-Tech y los obligaras a demostrar que no fueron los responsables. Dada nuestra situación financiera y tu débil posición en la empresa, ¿quieres correr ese riesgo?

—Sí.

Ni siquiera necesitaba pensarlo. De ninguna manera iba a mantener las distancias con Jay. Ella lo amaba y confiaba en él. Y necesitaba que lo supiera.

Tan solo esperaba que no se enterara de que iba a demandar a su empresa para protegerla.

27

Jay leyó el correo electrónico de la asistente de Chris Moskovitz con incredulidad. «Contrato rescindido». ¿Por una demanda interpuesta contra su empresa? Se había quedado mirando la pantalla durante varios minutos, pero las palabras no habían cambiado.

—He venido lo más rápido que he podido. —Elías irrumpió en su despacho—. Jessica y yo fuimos a correr por el parque a la hora del almuerzo. Me volvió a ganar, pero estoy haciendo *sprints* por las mañanas, así que… —Se interrumpió—. ¿Qué pasa? ¿Cuál es la emergencia?

—¿Se nos ha notificado algún procedimiento legal?

—No que yo sepa.

—He llamado a Lucía porque es nuestra procuradora de confianza y tampoco ha recibido nada. Va a investigarlo y me volverá a llamar.

Elías se tiró en la silla que había frente al escritorio de Jay. Aún tenía el cabello mojado de la ducha y la camisa pegada a los húmedos hombros.

—Entonces, ¿quién nos demanda?

—Bob Smith. Al parecer, alguien entró con un teléfono en el local de la fiesta zombi y le hizo unas fotos comprometedoras que, según él, han arruinado su carrera. Chris se enteró y pidió a su asistente que rescindiera el contrato. La llamé y me dijo que Chris acababa de conseguir el papel de su vida y que no podía arriesgarse. Necesitan una empresa de seguridad que se asegure de que no entren cámaras ni *paparazzi* en sus eventos.

—Es imposible que alguien haya entrado en la fiesta zombi con una cámara. —Elías se enderezó en su silla—. Teníamos a cuatro personas en la puerta y estábamos usando un detector de metales de alta sensibilidad: puede detectar un teléfono dentro de cualquier cavidad corporal.

—No necesitaba esa imagen en mi cabeza.

—Solo digo: De. Ninguna. Jodida. Manera.

Jay le dio a Elías su teléfono abierto en la aplicación donde las fotos de la fiesta de Bob aparecían en la primera página.

—Las pruebas hablan por sí solas.

Elías se pasó una mano por el cabello, esparciendo gotas de agua por la alfombra.

—¿Cómo diablos ha podido pasar?

Jay también se lo había preguntado. Confiaba plenamente en los miembros de su equipo. Eran serios, profesionales y concienzudos. En todos los años que llevaban trabajando para él, nunca habían cometido un error. Eso significaba que el error era suyo.

—Debió de ser culpa mía. Zara estaba allí. Yo estaba distraído.

—No. —Elías negó con la cabeza—. Ni hablar. No fuiste tú.

—Puede que sí. Ya no sé quién diablos soy.

Había hecho dos sesiones con el psicólogo de la clínica de veteranos, y habían empezado a desentrañar su dolor y su sentimiento de culpa por el accidente. Iba a ser un proceso largo y lento, pero había dado el paso más importante y se había comprometido a llevarlo hasta el final.

Elías observó las fotos.

—¿Por qué es para tanto? Veo fotos de famosos así todo el tiempo. Se olvidan rápido y para algunos son buena publicidad.

—Las películas de zombis son películas familiares. Esnifar coca del culo de una mujer desnuda en un cuarto de baño no es bueno para la imagen de nadie.

—¿Y nuestra financiación? —dijo Elías—. Todavía no tenemos la aprobación del consejo de administración. Estamos obligados a revelar cualquier litigio pendiente contra la empresa.

—Lo sé. —Jay suspiró—. Justo cuando estábamos mejorando, todo se va al carajo otra vez.

Sonó el teléfono de Jay y contestó a la llamada, haciéndole un gesto a Elías para que se quedara cuando oyó la voz de Lucía al otro lado. Puso el teléfono en manos libres y se inclinaron para escuchar lo que tenía que decir:

—Me temo que son malas noticias. Aunque tuve una conversación interesante con el abogado de Moskovitz. Estaba presente cuando Bob le contó a Chris lo de la brecha de seguridad que hubo en la fiesta. Al parecer, Bob dijo que había contratado a los mejores abogados del Área de la Bahía para demandar a J-Tech. Los llamó «los mayores depredadores de la ciudad».

—No.

Jay apenas era consciente de las palabras que salían de su boca. Todo lo que podía sentir era el frío de la sangre en sus venas, el lento bombeo de un corazón roto y un sentimiento de derrota que le destrozaba el alma. Si Zara había querido enviarle el mensaje de que todo había acabado entre ellos, no podía haberlo hecho mejor.

—Sí —dijo Lucía—. Cruz & Lovitt.

Cuando colgó la llamada, Elías se le acercó con una mirada de incredulidad.

—¿Zara representa a Bob? ¿Contra nosotros?

—Ella sabe lo que esta demanda supondrá para nuestras posibilidades de financiación. —La bilis le subió a la garganta; la sensación de traición resultaba abrumadora—. La presioné demasiado y huyó. Pero nunca imaginé que haría algo así.

Elías se levantó, frotándose las sienes con las manos.

—¿Qué has hecho para cabrearla tanto?

—Le dije que la amaba. —Todavía lo hacía. Aunque le doliera el corazón, eso no cambiaría nunca.

—Ese no es el tipo de palabras que hace que la gente se dé la vuelta y te apuñale por la espalda —dijo Elías—. Tiene que haber algo más.

—Su trabajo pende de un hilo. —Tenía el pecho tan comprimido que apenas podía respirar—. Necesita clientes y trabajar como abogada para la industria del entretenimiento siempre ha sido su sueño. Por eso le presenté a Bob y por eso iba a llevarla a la fiesta de cumpleaños de Moskovitz. ¿Qué no habremos sacrificado por este sueño?

—No hemos tirado a los perros a nadie que nos importe —replicó Elías—. No puedo creérmelo. Zara es un libro abierto. No es el tipo de persona que haría algo tan sucio.

—¡¿Por qué la defiendes?! —estalló Jay—. Apenas la conoces.

—Porque tú sí la conoces y sabes que algo no va bien. Puedo verlo en tu cara. Puedo oírlo en tu voz. Envíale un mensaje o llámala. Averigua qué está pasando. Seguro que no es lo que parece.

Jay alcanzó su teléfono y envió un rápido mensaje a Zara pidiéndole que lo llamara. Observó la pantalla y luego se lo mostró a Elías.

—No hay notificación de entrega. Me ha bloqueado.

—Tal vez no esté mirando el teléfono —dijo Elías—. Prueba a llamar a su oficina.

Jay llamó a su despacho y la recepcionista le informó de que había recibido instrucciones de no pasarle ninguna de sus llamadas.

—Se acabó —le dijo a Elías, con los hombros hundidos por la derrota—. La expansión internacional. Todo.

Y Zara. La había presionado demasiado y no volvería nunca.

—Estás fulminando ese plano de asientos con la mirada.

Vestida con un elegante *salwar* verde y dorado, Parvati se apoyó en la pared de entrada del salón de baile donde el *sangeet* de Avi y Soroya estaba a punto de comenzar.

—Jay debía estar en mi mesa, pero alguien ha tachado su nombre. —Dio un golpecito al garabato—. No sé cómo me siento al respecto. Por un lado, habría sido muy incómodo que supiera lo de la demanda. ¿Cómo le habría dicho que acepté el caso para protegerlo de un bufete sin escrúpulos al que su empresa no le importara lo más mínimo? Pero, por otro lado, ¿y si no se hubiera enterado y quisiera que habláramos? Si estuviéramos sentados en la misma mesa no podría ignorarlo. Y tenemos que aclarar las cosas.

—¿Por qué te preocupas? —Parvati la agarró y la metió en un rincón justo cuando pasaba por delante un grupo de tías—. No va a sentarse a tu mesa. De hecho, no veo su nombre en ninguna mesa para los solteros, así que quizá no venga.

A Zara se le cortó la respiración.

—¿Y si está en una mesa para parejas, Parv? ¿Y si le hice tanto daño que decidió que yo ya no valía la pena y encontró a alguien más? ¡Oh, Dios mío! ¿Y si tengo que verlo con otra mujer? ¿Y si van a la pista de baile y él se mueve de forma increíble y todo es culpa mía? Me esfumaré de aquí por haber tomado su amor y habérselo tirado a la cara porque soy una cobarde. —Se dirigió tambaleante hacia la pared más cercana—. No puedo soportarlo. No puedo estar aquí si él ha venido con otra. Ya podría ser demasiado tarde. Su madre no quiso recibirme en el hospital la última vez que fui a visitarla. Creo que sabe lo que le hice a su hijo.

—Contrólate —dijo Parvati con exasperación—. Es mejor que vayas a tu mesa. Yo tengo que encontrar a Faroz e ir hasta la nuestra. Dijo que tenía que pasar desapercibido en los grandes acontecimientos porque alguien de su pasado podría querer matarlo. Creo que se ha estado escondiendo en el cuarto de baño.

—¿La nuestra? —Zara comprobó el plano de asientos—. ¿No estamos en la misma mesa?

—En el último minuto decidí traer a Faroz como acompañante, así que esta noche estoy en una mesa para parejas.

Zara inspiró y se le formó un nudo en el estómago.

—Pero estamos solteras. No pertenecemos a una mesa para parejas, Parv. No puedes hacerme esto. No puedes dejarme sola.

—No estarás sola. —La voz de Parvati se volvió de un tono tranquilizador—. Siempre puedes venir a hablar conmigo y ver cómo es el otro lado. Estoy sentada a dos mesas de distancia. Esto no es la recepción. Nadie ha venido por la comida. Estaremos en la mesa una hora como mucho y luego bailaremos toda la noche.

—*¡Beta!* ¡Mira quién ha venido!

El castigo de Zara por no llegar hasta su mesa lo bastante rápido fue que la tía Bushra apareciera con un tipo delgado con un bigotito y unas gafas de pasta que no parecía tener más de dieciocho años.

—Bajaj es el hijo del tío del marido de mi prima de Nueva York. Treinta y dos años y ya es el director general de una exitosa empresa de zumos. —Bushra aplaudió emocionada—. Tienen todos los zumos: mango, manzana, naranja, piña, uva, zanahoria, pepino, remolacha, melón, apio, cereza, almeja, espinacas, fresa…

—Lo capto, tía-ji.

—… hierba de trigo, berro, verdura, ciruela, lichi, nabo, guayaba, tomate y ciruela. Me gusta tomar un buen vaso de zumo de ciruela por la mañana. Mantiene la regularidad de las cosas.

Zara se encogió por dentro. A diferencia de la mayoría de su familia, que disfrutaba con largas discusiones sobre dolencias corporales, a Zara le gustaba reservarse sus problemas personales.

—Eso es… bueno… saberlo.

—Es nuestro *best seller* —afirmó Bajaj—. No lo diluimos. Un vaso equivale a comer treinta ciruelas pasas sin hueso. Se ven resultados inmediatos.

¿Era posible ser peor vendedor? Zara no lo creía.

—No es algo que haya querido probar, pero tomaré nota para la mediana edad.

—Toma esto. —Él le entregó su tarjeta, blanca con un dibujo de dos ciruelas pasas arrugadas al fondo—. Si alguna vez vas a Nueva York y necesitas un zumo, llámame.

—Gracias. —Metió la tarjeta en el bolso—. Eres muy amable. Suele entrarme sed allí de tanta contaminación.

—Tengo algunas muestras de zumo en mi coche… —Se alisó el bigote y le guiñó un ojo con descaro—. Quizá podríamos probarlas más tarde… —Dijo «probarlas» balanceando un poco los hombros y sacudiendo la enorme cabeza.

¿Dónde estaba Parvati? ¿En serio este tipo intentaba seducirla delante de su tía y llevársela a su coche con la excusa de un zumo gratis? Parvati se habría puesto histérica.

—¡Caramba! Gracias. La verdad es que ya tengo zumo para todo el día. Y estoy… con alguien. —Al menos lo estaría si pudiera quitarse de encima la maldita demanda y luego encontrar la manera de arreglar las cosas con Jay.

Ella arreglaría las cosas. Era inteligente, capaz y un buen partido, y aún llevaba el nombre de Lin-Manuel Miranda en el brazo. Si eso no era suerte, no sabía qué más podía serlo.

La selección de solteros que había en la mesa era muy limitada. Un primo lejano de la novia que decía ser un famoso *influencer*. Un amigo del trabajo de Avi, que estaba sudoroso tras un partido de golf y que tenía una resaca de mil demonios. Una tía divorciada y un tío viudo a los que habían juntado con la esperanza de que se entretuvieran mutuamente. Kamal a su derecha. Una mujer que parecía haber salido del plató de una película de Hollywood. Y un tipo vestido con un traje caro que parecía estar aburridísimo.

Tras presentarse, todos se sentaron en silencio.

Kamal le dio un codazo a Zara.

—Di algo —susurró—. Mantener la conversación es lo tuyo.

—Hoy no me apetece.

Se bebió su tercer (¿o cuarto?) gin-tonic y miró a su alrededor en busca de un camarero que abriera las botellas de vino de la mesa. Si tardaban más, lo haría ella misma con los dientes. Jay no estaba y era culpa suya. Le había hecho un regalo y ella se lo había tirado a la cara. Necesitaba algo para calmar el dolor.

—No te preocupes. —Kamal le dio unas palmaditas en la mano—. Yo me encargo.

—¿De qué te encargas?

—Esto… —Kamal alzó la voz para que todas las personas de la mesa lo escucharan—. Aquí estamos, en la mesa de los solteros. Probablemente esperan que nos acabemos enrollando. ¿Estoy en lo cierto? ¿Quién quiere ponerse con el tema? ¡Escoged a alguien y adelante!

—¿Qué estás haciendo? —Zara siseó en voz baja—. Parece como si estuvieras haciendo un monólogo cutre en un bar de mala muerte.

—Intento ayudarte haciendo tu trabajo. —Kamal le dedicó una sonrisa—. Los tendré a todos entretenidos para que tú puedas revolcarte en la autocompasión. He oído que has roto con tu novio.

—No tenía… —La respuesta le salió de forma automática, pero se detuvo. Había tenido miedo de decirlo, igual que había tenido miedo de admitir que se había enamorado—. Es una ruptura temporal. Tenemos que solucionar algunas cosas.

—¿Alguien ha ido alguna vez a una boda en un lugar frío y se ha tirado desnudo a un lago, y luego no ha podido tener sexo porque el tipo tenía demasiado frío? —Kamal miró expectante a su alrededor y luego levantó la mano de Zara—. ¿Solo Zara?

Zara dejó caer la frente sobre la mesa con un gemido.

—Por favor, déjalo ya —susurró—. Aprecio lo que estás haciendo, pero…

—¡Zara! —La tía Lakshmi se dirigía apresuradamente hacia ella, con las tías Bushra y Mehar detrás—. ¡He visto un cuervo con tres ojos!

Bushra captó la mirada de Zara y levantó la mano, haciendo ademán de llevarse una botella a los labios.

—No ha estado bebiendo, Bushra —espetó Mehar—. De verdad. Eso es muy cruel. Estuvo viendo *Juego de tronos*.

—No necesito ver la tele —protestó Lakshmi—. Mis visiones me tienen entretenida, y una de ellas era de un cuervo con tres ojos. Es presagio de fatalidad.

—Estas son mis tías —dijo Zara a los fascinados comensales—. No les hagáis caso. Quizá Kamal pueda contar la historia de cuando le disparé a un tipo en el culo durante una despedida de soltero; cómo intentaba sentarse durante la cena de la boda sin hacer muecas de dolor, y lo bien que eso me hizo sentir porque el tipo era muy arrogante, aunque en ese momento yo no sabía que él resultaría ser lo mejor que me había pasado en la vida y que lo tiraría todo por la borda porque soy un desastre que tiene miedo al compromiso.

—¿Es esa tu historia o la mía? —preguntó Kamal, frunciendo el ceño—. Tal vez debería dar más detalles sobre el chapuzón en el lago.

—O tal vez Lakshmi pueda contarnos algo más sobre esa fatalidad —dijo Bushra en tono seco—. ¿De la fatalidad de quién estamos hablando? ¿De la mía? ¿De la de Zara? ¿O solo estás repartiendo un poco de fatalidad entre todos?

—*Cuervo* significa «vuelo» —le dijo Lakshmi a Zara—. Tres ojos es…

—Fatalidad. —Bushra sacudió la cabeza—. Fatalidad para todos. Este cuervo es deprimente de verdad.

—Lakshmi lee hojas de té, palmas de las manos, caras y horóscopos por un módico precio —informó Mehar a todos los comensales—. Si a alguien le interesa, estaremos en el vestíbulo después de cenar. También organiza bodas, fiestas de *henna* y bar mitzvás.

—¿Cuándo empezaste a prostituir a la tía Lakshmi? —le preguntó Zara a Mehar—. Pensé que solo hacía ese tipo de cosas para la familia.

—Ella quería compartir sus dones con los demás —dijo Mehar—, así que pensé: ¿por qué no ganar dinero al mismo tiempo? No te imaginas la de gente que escucha la historia de la fatalidad y se siente motivada a hacer un cambio de vida.

—Claro. Lo entiendo. —Suspiró—. ¿Quién no necesita un poco de fatalidad en su vida?

—¿Estás soltera? —le preguntó a Lakshmi el tío viudo de la mesa.

—Es una astróloga superdotada y *coach* de vida —resopló una indignada Mehar—. Y hace jabones. No ha venido aquí para divertirse.

—Sí, vine para eso. —Lakshmi sonrió al hombre—. Y estoy soltera. ¿Te gustan las naranjas enanas?

Mehar y Bushra compartieron una mirada. Estaban acostumbradas a escoger entre los solteros de cierta edad. Zara no creía que la tranquila Lakshmi, que parecía contenta con ver pasar la vida ante sus ojos, hubiera sido nunca competencia para ellas.

—Resérvame un baile. —El tipo la señaló a ella y luego a la pista de baile mientras hacía un chasquido con la lengua.

—Incluso la tía Lakshmi puede encontrar un hombre —murmuró Bushra, dándose la vuelta para seguir a sus hermanas.

—No seas tan dura contigo misma —dijo Zara—. Probablemente lo vio venir.

—Este vino tinto me recuerda a la historia de cuando Cronos castró a Urano (¿cómo es eso posible? Ja, ja, ja) y arrojó sus partes viriles al mar, haciendo un montón de sangre. —Kamal estaba en racha—. ¿Qué tal esa espuma roja?

—¿A qué dios habré ofendido para que me haga pasar por esto? —susurró Zara al hombre trajeado que estaba sentado a su lado.

Él levantó su copa simulando un brindis.

—Bienvenida a la mesa de los solteros. Parece que has venido para quedarte.

28

—¿Estás segura de que estarás bien? —Jay acomodó a su madre en el sofá del salón.

—Solo son unas cuantas heridas, y Rick estará conmigo. Tengo muchos amigos, Jay. Todos irán trayendo comida. Tendremos más que suficiente para comer.

—Rick no está mucho mejor que tú.

—Cuidaremos el uno del otro —le aseguró—. No tendrás que preocuparte por nada mientras estés fuera.

Jay le recolocó las almohadas.

—Aún no estoy seguro de que vaya a ir. Informamos a nuestros inversores de que podrían ponernos una demanda, y han aplazado la reunión del consejo de administración hasta que sepamos si sigue adelante o no.

En parte se sintió aliviado por el aplazamiento. Significaba pasar más tiempo con el psicólogo de la clínica de veteranos, más tiempo para superar el dolor, más tiempo para aprender a aceptar las cosas que no podía cambiar y más tiempo para evaluar sus prioridades. Zara le había enseñado que la vida era mucho más que sentarse detrás de un escritorio. Sin ella, nunca habría imaginado un mundo de frutas con vulva, fiestas de zombis, musicales de piratas, balones de fútbol americano en los juzgados, galas de famosos y juegos de rol. Nunca habría estado tentado de bailar en un restaurante mexicano o de seducir a una mujer en su propio despacho. Nunca se había reído tanto, ni sonreído tanto, ni se había sentido tan conectado con alguien como lo había hecho con ella. Ahora que su vida volvía a ser solo trabajo, se daba cuenta de lo vacía que había estado.

La madre de Jay se acomodó en su asiento.

—Todavía no puedo creer que Zara aceptara un caso contra ti. Vino a verme al hospital todos los días. No sabía qué decirle después de saber lo de la demanda, así que le pedí a la enfermera que le dijera que estaba durmiendo, pero me sentí fatal. Creo que es una buena chica, Jay. Tienes que hablar con ella.

—No responde a mis llamadas ni contesta mis mensajes. No puedo hacer nada más.

—Podrías haber ido al *sangeet* de anoche.

Él percibió la regañina en su tono de voz.

—¿Quién te habría traído entonces a casa?

Había llamado a Avi para avisarle de que no podría ir porque tenía que cuidar de su madre, pero la verdad era que no podía enfrentarse a Zara. Nunca se había sincerado con nadie como lo había hecho con ella y nunca había imaginado que lo rechazaría de una forma tan flagrante, o que ella se aseguraría de que no pudieran estar juntos. Le había dado espacio, pero ella no había regresado, y el tiempo que habían pasado separados no había hecho más que aumentar su deseo. La amaba. Y solo la dejaría marchar si ella no podía corresponder a su amor.

—¡Jay! —gritó Rick—. ¿Dónde está el mando? Empecé a ver *The Great British Baking Show* cuando estaba en el hospital y quiero ver el final de la segunda temporada. Los británicos son tan jodidamente educados... Los pasteles se caen, las galletas se queman y apenas hay un gemido. Sonríen por fuera, pero por dentro sabes que se están cagando en todo. Quiero ver a uno perdiendo los nervios. Una palabrota o un grito. Tal vez golpeando la encimera con una cuchara. Un verdadero drama. Y mientras estás levantado, ¿puedes traerme algunos de esos pastelitos con crema que Zara trajo al hospital? Quedan un par.

—Los traía todos los días —dijo su madre cuando a Jay se le tensó la mandíbula—. Y, todos los días, de lo único que hablaba era de ti.

Zara se tambaleó en el alféizar cuando Faroz y Tony entraron en su despacho y la sobresaltaron. Se encontraba en una posición muy inestable con una mano en la endeble barra de la cortina y la otra en el teléfono. Un paso en falso y se caería por la ventana.

—Te dije que era una de los nuestros —dijo Faroz.

Tony asintió.

—Lo supe cuando vino a la entrevista con un solo zapato.

—Me quedé atascada en una rejilla. —Zara se estiró, intentando poner su teléfono lo más arriba posible—. ¿Qué tal si alguien me ayuda?

—Parece que te estás encargando muy bien de todo —dijo Tony—. ¿Qué estás haciendo exactamente?

—Estoy intentando hacerle una foto al maniquí para ensayos de choque que está tirado en aquella esquina.

Señaló al muñeco que usaban en los casos de accidentes para demostrar cómo reaccionaba el cuerpo humano a un impacto. Tenía dos botones negros a modo de ojos en la cabeza y torso y articulaciones móviles. Janice le había puesto una camiseta escotada que decía «Zorra del pole dance» y unos minúsculos pantalones vaqueros.

—¿Podrías colocarte en un lugar más seguro? —sugirió Tony—. No es que quiera ser un obstáculo a tu creatividad, pero no creo que nuestro seguro cubra las lesiones que son producto de un fetiche con los maniquíes.

—Necesito hacer esta toma. —Se inclinó hacia delante y la barra de la cortina se balanceó—. Me ayudará a resolver el caso.

—Los detectives resuelven casos —señaló Tony—. Los abogados los litigan. Si resolviéramos todos los casos no ganaríamos dinero.

—Esto hay que resolverlo. —Hizo una foto segundos antes de que se rompiera la barra. Zara perdió el equilibrio y cayó, pero lo hizo de pie.

—Nueve coma uno para la ronda final. —Tony aplaudió—. Los europeos votaron en bloque, así que tu puntuación es más baja de lo esperado.

Zara les lanzó a ambos una mirada de desaprobación.

—Hubiera sido un diez si hubiera tenido un poco de ayuda.

—Creo en la gente que aprende las lecciones por las malas —dijo Faroz—. Así aprendí yo a no meter la cabeza en el horno.

—¿En serio? —Tony lo miró con curiosidad—. Yo no tuve que aprender algo así. Era una de esas cosas que simplemente sabía. Como no conducir contradirección o beber aguarrás.

—Ojalá alguien me hubiera dicho lo del aguarrás —murmuró Faroz—. Siempre pensé que tuve una indigestión.

Zara examinó sus fotos y les hizo un gesto para que se acercaran a su portátil. Hizo clic en las fotos de Bob y la novia zombi en el suelo del cuarto de baño.

—¿Qué ves?

—Veo que te gusta el porno. —Tony chasqueó la lengua—. Para ser honesto, nunca hubiera pensado eso de ti. Pero cada uno a lo suyo. Sin embargo, como socio gerente, creo que es necesario recordarte que el porno no está permitido en la oficina.

Zara echó la cabeza hacia atrás y gimió.

—Este es nuestro cliente Bob Smith y una mujer de la fiesta zombi. Las fotos son su prueba de que alguien metió una cámara en la fiesta, burlando la seguridad de J-Tech. —Levantó su teléfono—. ¿Ahora qué ves?

—Veo que tu muñeco está mal colocado —dijo Faroz—. Debería estar desnudo, con la cabeza metida en su...

—Eso no. —Zara sacudió la cabeza con impaciencia—. El ángulo. ¿Dónde debería estar la persona que tomó la foto? —Hizo un dibujo a escala tridimensional de su despacho—. Yo estuve unas cuantas veces en ese cuarto de baño. Es un poco más grande que mi despacho. Pero para obtener una imagen del maniquí desde ese ángulo, yo debería estar a la altura del techo. —Pasó a otra pantalla que mostraba imágenes del maniquí tomadas desde distintos ángulos.

Faroz observó la foto con atención.

—Tal vez él tenía la cámara en un palo selfi. O podría haber ampliado las fotos.

—En primer lugar, «él» debería ser «ella», porque los baños no eran unisex y, de todos modos, alguien se habría dado cuenta de que había un hombre de dos metros en una esquina. En segundo lugar —volvió a mirar sus fotos—, podéis ver dónde las he ampliado. El ángulo sigue sin ser correcto.

—¿Esta es la razón de que no hayas presentado todavía una petición? —preguntó Tony—. ¿No crees que las fotos sean reales?

—Creo que son reales, pero hay algo que no tiene sentido. Necesito ver el lugar. Todo es cuestión de perspectiva.

Zara no perdió el tiempo. En cuanto llegaron al club, obligó a Faroz a fingir que hacía cola.

—Jay estuvo aquí. —Señaló cerca de la puerta—. Y Elías estuvo al otro lado. Tenían el detector de metales entre ellos y a dos tipos dentro revisando bolsos y carteras en una mesa. Cada hora cambiaban, y cuatro tipos distintos se ocupaban de la puerta.

Faroz parecía poco impresionado.

—Y yo estoy aquí… ¿por qué?

—Quiero hacer un recorrido como si fueras alguien que intenta meter un teléfono desde la cola hasta el control de seguridad.

Faroz suspiró.

—No soy actor. Haré lo que me pides, pero no hablaré por hablar.

Inspeccionaron cada centímetro del edificio, buscando ranuras para el correo y otros lugares donde una persona pudiera esconder un teléfono. Cuando acabaron con todas las opciones, fueron al cuarto de baño donde se había tomado la foto.

—Ni se te ocurra pedirme que me eche en el suelo y me haga pasar por Bob Smith —gruñó Faroz—. Está más sucio que el pantano en el que tuve que esconderme durante tres días en Vietnam. —Estiró una mano—. Yo haré las fotos. Tú échate en el suelo.

Zara se colocó en una posición parecida a la de Bob mientras Faroz tomaba fotos desde distintos ángulos.

—No. —Faroz observó las fotos en el teléfono—. Quienquiera que tomara las fotos era más alto que yo.

—¿Cuán alto? —Miró por encima de Faroz y vio una cámara en la esquina del cuarto de baño. Le hizo un gesto para que mirara hacia arriba—. ¿Así de alto?

—Sí. —Asintió—. Algo así.

Con la ayuda del encargado, bajaron la unidad. Enseguida reconoció la marca.

—Es la misma cámara que tenía mi tía. —Miró al encargado—. ¿Es la única que hay aquí?

—Las tengo por todo el bar y también fuera. Puedo ver todo el local en mi teléfono. Somos una cadena con ciento cincuenta clubes por todo Estados Unidos y estoy seguro de que todos usan las mismas cámaras. Nunca he oído hablar de que dieran problemas.

—Bueno, usted tiene ahora un problema. —Le devolvió la cámara—. Un pirata informático hackeó la cámara y publicó en Internet las imágenes de lo que ocurría en este cuarto de baño. Podría exponerse a una demanda, y tal vez le interese emprender acciones legales contra los fabricantes de la cámara o los piratas informáticos cuando los encontremos. —Le entregó su tarjeta—. Si le interesa unirse a nuestra demanda colectiva, llámeme. Y, por favor, envíe mis datos a su oficina central por si quieren más información.

Casi mareada por la emoción, le dio un abrazo a Faroz en cuanto estuvieron fuera.

—¿Podrías encontrar al *hacker* y averiguar quién colgó esas fotos en Internet?

—Tengo un contacto en el FBI. Seguro que podrá ayudarme.

—¿Sabes lo que significa esto, Faroz?

—No, pero estoy seguro de que me lo dirás. —Se liberó con delicadeza de sus brazos y se alejó un poco.

—Significa que J-Tech no actuó de forma negligente. Significa que podría tener otro cliente para mi demanda colectiva contra el fabricante de las cámaras. Significa justicia para Bob. —Dio una palmada—. No podría ser más perfecto. Jay nunca sabrá que se iba a interponer una demanda contra su empresa. Ahora solo tengo que pensar en cómo solucionar las cosas cuando lo vea mañana en la boda.

—¿Qué significa eso de «solucionar las cosas»? —Faroz arqueó una inquisitiva ceja.

—Significa… —Se retorció las manos. Había estado tan centrada en deshacerse de la demanda que no había pensado en cómo arreglar las cosas con Jay—. Quiero que las cosas vuelvan a ser como antes.

—Ese es el problema del pasado. —Faroz se encogió de hombros—. No puedes volver atrás. Tienes que avanzar.

—No sé cómo hacerlo. Me gustaba lo que teníamos y luego lo arruinó todo diciéndome que me amaba. Pensé que si me disculpaba, podríamos continuar donde lo dejamos.

—Excepto que ahora toda la mierda que ha pasado entre vosotros sigue ahí fuera. —Se metió las manos en los bolsillos—. Nunca volverá a ser lo mismo, pero puede ser algo nuevo. Solo tienes que ser valiente y aceptarlo.

En lo que respecta a *baraats* (y Jay había asistido a docenas de ellos a lo largo de los años), la procesión de Avi dejó a todas las demás a la altura del betún. Tarun había alquilado un teleférico para que lo llevara hasta su ceremonia. Rishi había llegado en un carruaje tirado por caballos. Pero Avi fue hasta el recinto de la boda conduciendo un McLaren 650S Spider del 2016.

Jay nunca había pensado en su propia boda, pero si algún día se casaba, el Spider era sin duda el camino a seguir.

Concentrado en sus obligaciones como participante del cortejo nupcial, no pudo ponerse a buscar a Zara, pero una parte de él seguía estando muy alerta a la más mínima perturbación que se produjera entre el gentío. ¿Aquella mancha azul y roja era ella dando vueltas en un poste? ¿O era la explosión de verde y dorado que había junto a la entrada?

—¡Que empiece la música! —Tarun saltó sobre un murete para animar a los congregados y un músico inició una melodía con su tambor *dhol*.

—Pensé que serías el primero en ponerte a bailar —dijo Tarun, acercándose a él—. He oído que conseguiste financiación para tu expansión internacional. ¡Enhorabuena!

Jay asintió con la cabeza. Aún no se podía creer que la demanda hubiera desaparecido tan rápido como había aparecido (Lucía le había telefoneado con la buena noticia) y que Thomas hubiera impulsado la financiación. No estaba preparado para que el banco actuara con tanta rapidez, ni para que insistieran en que alguien acompañara a Brittany a Londres al día siguiente para empezar a organizar la apertura de su primera oficina fuera del país.

Siguieron al gentío hasta la ceremonia y luego regresaron para vigilar el Spider hasta que la empresa de alquiler viniera a recogerlo.

—Ojalá hubiera escogido algo así en vez del teleférico. —Tarun pasó la mano por el reluciente capó rojo—. No sé en qué estaba pensando.

Jay se rio.

—Estabas pensando en algo extravagante. No tiene nada de malo.

—Si Zara y tú os casarais, ¿qué harías para tu *baraat*? Mejor que no sea algo como esto. Me moriría de celos.

—No sé qué pasa entre nosotros —admitió—. Necesito solucionar algunas cosas y creo que ella también. Estará mejor con otra persona.

—Lo siento, colega. —Tarun le dio una palmada en la espalda—. Después de veros juntos en la boda de Rishi, pensé que teníais futuro.

—Yo también.

La demanda había desaparecido, y con ella el sentimiento de traición. Elías tenía razón. Las puñaladas por la espalda no eran el estilo de Zara, y él no podía creer que ella hubiera recurrido a algo así simplemente porque le había dicho que la amaba.

—A ella le encantaría este coche.

Abrió la puerta y echó un vistazo al elegante interior de cuero negro. Se imaginó a Zara en el asiento del conductor, con las ventanillas bajadas, el cabello al viento y el acelerador pisado hasta el fondo. Solo de pensarlo se le dibujó una sonrisa en los labios. La echaba de menos. Echaba de menos su risa y su energía. Echaba de menos sus alocadas historias y su impulsividad. Su vida no era la misma sin ella.

Miró la hora en su reloj y le hizo un ademán a Tarun.

—Tengo que ir al aeropuerto. Dile a Avi que me he marchado.

El día entero había sido un desastre.

En primer lugar, Parvati se había olvidado de decirle a Zara que la habían llamado del trabajo. Ya que debía despertarla a tiempo para prepararse para el *baraat*, Zara no lo hizo hasta que este hubo acabado. Y eso significaba que había perdido la oportunidad de ver a Jay. Cuando llegó al pintoresco club de golf donde se celebraba la boda, la ceremonia ya había comenzado y ella tuvo que quedarse en su asiento, por lo que le resultó imposible encontrarlo entre cientos de personas. Durante las horas siguientes, deambuló por la ajardinada colina y entró y salió del restaurante del club de golf, preguntándose si él habría acudido a la boda.

—¡*Beta!* —La tía Taara le hizo señas para que se acercara al aparcamiento, donde había un grupo de tías reunidas alrededor de un monovolumen plateado—. Quiero enseñarte algo.

—¿Son drogas? Parecéis muy sospechosas. ¿Estáis traficando?

—Es aún mejor. —Abrió el maletero—. Aquí tienes —dijo, señalando unas cajas llenas de cámaras de seguridad—. Dijiste que necesitabas más demandantes. Estas son solo de por aquí. Bushra tiene una hoja de cálculo con nombres de personas de todo el país. Un millar por lo menos.

Sin poder articular palabra, Zara tomó una de las cámaras, que era de la misma marca que la que había encontrado en el club.

—¿Las has recogido tú misma?

—Después de contar lo que me había pasado, la gente ya no las quería, así que envié a algunos muchachos a recogerlas. Cada una lleva el nombre y la dirección del comprador, y les he dicho a nuestros parientes de otros estados que las envíen a tu bufete y hagan lo mismo. ¿Es suficiente para asegurar tu puesto de trabajo, *beta*? ¿Y para comenzar con el caso?

—Es más que suficiente. —Abrazó a la tía Taara—. No sé qué decir. Gracias.

—No me des las gracias —dijo Taara—. Para empezar, fui yo quien les dijo que compraran las cámaras. En cuanto corrí la voz en las redes sociales sobre el *hacker*, todo el mundo quiso ayudar.

—¿Alguien ha visto a Jay? —preguntó—. Lo he estado buscando por todas partes. Tengo que contárselo y hablar con él de algunas cosas.

—Tarun está descargando el equipo justo allí. —Bushra lo señaló—. Él podría saberlo.

Zara charló brevemente con Tarun sobre María, su luna de miel y su vida de recién casado antes de perder la paciencia e ir al grano.

—Estoy buscando a Jay.

Tarun se apoyó en la puerta.

—Dijo que habías demandado a su empresa. ¿Es eso cierto?

El corazón le dio un vuelco. ¿Cómo se había enterado Jay?

—Sí. No. Es complicado. Ya no demandaremos a su compañía, pero, ¡oh, no!, si él piensa que estoy… No pensé que se enteraría. Tengo que encontrarlo cuanto antes.

—Está en el aeropuerto —dijo Tarun.

—¡Oh, Dios mío! —Se llevó la mano a la boca—. La tía Lakshmi tenía razón. El cuervo de tres ojos. —Sacó su teléfono y envió a Jay una sucesión de mensajes mientras corría de vuelta al monovolumen, donde sus tías estaban guardando las cámaras—. Necesito ir al aeropuerto. ¿De quién es este vehículo?

—Es mío —dijo la tía Bushra, abriendo la puerta—. ¿Qué está pasando?

—Jay va a marcharse del país. Tengo que detenerlo. Tengo que decirle que no quería demandar a su empresa. Tengo que decirle que lo siento, que tenía miedo al compromiso por el divorcio de mis padres, que no creía en el amor, que soy una idiota y que lo quiero.

—Todas ellas son buenas razones para conducir a gran velocidad. —Mehar abrió la puerta y las tías se amontonaron dentro.

Bushra tomó el volante y Zara se sentó a su lado.

—Pongámonos manos a la obra. —Bushra arrancó el motor—. Si somos lo bastante rápidas, podremos tener nuestra aventura y llegar a tiempo para la cena.

Zara miró por encima del hombro.

—¿Alguien tiene unos zapatos planos?

La primera vez que llamaron a Jay por la megafonía del aeropuerto, pensó que buscaban a otro Jay Dayal. Su nombre no era tan raro y se trataba de un aeropuerto internacional. La segunda vez que lo hicieron, observó que no llamaban a Jay Dayal para un vuelo, sino para acudir al servicio de atención al cliente. La tercera vez, como el avión se había retrasado y él no tenía nada que hacer, decidió comprobar que no era a él a quien buscaban.

Se dirigió hacia el mostrador de atención al cliente y se le cortó la respiración. Allí estaba la última persona que esperaba y la única a la que quería ver.

—¡Jay!

Vestida con una falda roja y dorada y un top a juego que le dejaba el vientre al descubierto, y con los pies metidos en un par de zapatillas deportivas blancas, Zara corrió hacia él sin importarle la gente que se cruzaba en su camino. Tiró al suelo un estante de libros de bolsillo, volcó una pila de maletas y asustó tanto a un hombre que dejó caer al suelo su cucurucho de helado. Y siguió corriendo.

—¡Jay! ¡No te vayas!

¿Marcharse? No podía hacerlo. Sus pies estaban firmemente plantados en el suelo y sus ojos clavados en Zara mientras ella corría por el aeropuerto hasta él, con el oscuro cabello cayéndole por la espalda. ¿Había visto algo más hermoso?

Por un momento, pensó que ella se detendría. Se mirarían el uno al otro, y ella diría lo que había venido a decir, y él tendría que responder que estaba roto por dentro pero que se estaba recuperando, y que la quería pero solo si ella lo quería a él. Pero así era Zara. Y ella no se detuvo hasta que estuvo entre sus brazos.

Habría sido romántico si su ímpetu no los hubiera empujado hacia atrás. Él tropezó, chocó contra un carro y cayeron sobre un montón de equipaje y seda roja.

—¿Estás bien? —De alguna manera, se las había ingeniado para mantenerla a salvo, sujetándola con fuerza mientras estaba cayendo.

—Sí. —Ella levantó la vista, todavía entre sus brazos. Tenía sus labios tan cerca que podía besarla, y él se sintió tentado de probarlos una vez más. ¿Era un idiota por desearla después de que lo hubiera rechazado como lo hizo?

Después de levantarse y arreglarse la ropa, Jay llevó a Zara a un rincón tranquilo bajo las escaleras.

—¿Por qué has venido?

—No puedes irte —dijo—. No hasta que te lo explique.

La esperanza floreció en su pecho.

—Sé lo de la demanda.

—Lo sé. Por eso he venido. Debido a la confidencialidad entre abogado y cliente, ni siquiera podía decirte que Bob había venido a verme. Me encargué del caso porque sabía que no habíais actuado de forma negligente y porque, de lo contrario, Bob habría contratado a un abogado a quien no le importaría que hubiera otro culpable teniendo enfrente a un acusado con dinero. Sabía que eso sería el fin de vuestra financiación y de vuestra expansión internacional. Así que acepté el caso para quitártelo de encima.

A su cerebro le costaba seguir el ritmo de Zara, pero captó el mensaje. Ella había intentado ayudarle.

—Lo he descubierto —dijo—. Había una cámara de seguridad en el cuarto de baño y la piratearon. Fue un delito interno. Estás a salvo.

Sus palabras le quitaron una capa de dolor, pero no la otra.

—Es bueno escucharlo, pero...

—Lo hice por ti, Jay. —Ella le cortó con voz desesperada—. Lo hice porque te quiero.

«Te quiero». Quizá no la había oído bien, o quizá estaba actuando, o quizá solo le estaba diciendo lo que sabía que él quería oír.

—Sé que te hice daño —dijo—. Me hiciste sentir cosas que nunca antes había sentido. No sabía qué hacer con ellas. Estaba tan obsesionada con la idea de que el amor puede acabarse que no me di cuenta de cuándo había comenzado.

Ahora estaba abrazada a sí misma, con las manos alrededor de la cintura, moviendo el peso de un pie al otro, como si esperara ser rechazada de nuevo.

Así que se acercó a ella y la estrechó entre sus brazos. Era tan suave y cálida como la recordaba, y olía a flores silvestres y a la fresca brisa del océano.

—Quería que me amaran —murmuró sobre su pecho—. Pero cuanto más se acercaba alguien a mí, más miedo tenía de que me hiciera daño. Alejaba a la gente porque no sabía cómo ser amada. Y no creía que pudiera amarte como te merecías. Pero volvías una y otra vez. —Levantó la mirada, con ojos profundos, oscuros y peligrosamente intensos—. No creía que nada pudiera ser para siempre, pero este sentimiento, este amor, no puedo imaginar que desaparezca jamás.

Ella lo amaba. Lo amaba y quería que durara. Le pasó un brazo por la cintura y le sujetó la nuca con la otra mano. La besó con delicadeza, tomándose su tiempo porque ya no le preocupaba perderla. Este amor no acabaría nunca.

—Dilo otra vez. —Le acarició el cuello.

Ella sabía exactamente lo que él quería.

—Te quiero. Puede que aún me asuste algunas veces y te aleje, pero...

—Seguiré aquí —dijo—. No me voy a ir a ninguna parte.

—Claro que te vas. —Miró a su alrededor—. ¿Cuándo es tu vuelo?

—No es mi vuelo. Voy a recoger al tío de Avi. Viene de Delhi y su avión se ha retrasado.

Ella se estremeció entre sus brazos.

—¿No te vas?

—Ya he hecho los preparativos para que Elías haga la mayor parte de los viajes internacionales. Él y Brittany se llevan muy bien. No podía dejar aquí a mi madre y quería que nosotros solucionáramos las cosas. También estoy acudiendo a terapia para tratar mi trastorno por estrés postraumático y me he comprometido a seguirla hasta el final. Quiero ser el mejor hombre posible. El mejor Jay.

—Ya eres el mejor hombre. Eres mi hombre.

—Y tú eres mi corazón. —Ladeó la cabeza—. Tenemos público. ¿Las conoces?

—Son mis tías. Me sacaron del apuro. La tía Bushra incluso me prestó sus zapatillas. —Esbozó una sonrisa—. Deberíamos regresar a la boda.

—Iré después de recoger al tío de Avi. —Le dio un último beso—. Tal vez podrías buscar un par de sillas libres en una mesa para parejas.

❧❦❧

Zara se acurrucaba en el pecho de Jay mientras este la rodeaba con sus brazos y bailaban al ritmo de «Stand by Me» de Ben E. King.

—Esta es la mejor temporada de bodas que he tenido nunca.

—Gracias a mí —dijo Jay con arrogancia.

—Gracias a ti en su mayor parte.

Él se tensó.

—¿Por qué no ha sido todo por mí?

—Bueno, para empezar, no estaríamos aquí si Tarun y María no se hubieran comprometido y hubieran decidido organizar una partida de *paintball*. Y si no hubieras sido tan arrogante, no te habría disparado en el culo y no te habrías fijado en mí. Habría sido tan solo otra mujer con poca ropa pavoneándose por el bosque.

Él le acarició el cuello.

—Me fijé en ti en cuanto entraste en el campo gritando: «¡Estoy aquíííííííí!». Me dije a mí mismo: «Esa mujer es mi tipo».

—No hiciste tal cosa.

Él le dio un beso en la frente.

—Tal vez pensé otra cosa, pero no podía quitarte los ojos de encima.

—Excepto cuando yo me arrastraba detrás de ti en el bosque, mirándote el culo.

Otra engreída sonrisa.

—Te gusta mi culo.

Ella se agachó para darle un apretón.

—Tienes un buen culo, como ya sabes.

Él la llevó de un lado al otro al ritmo de la música, mientras la rodeaba con sus brazos.

—¿Qué otras cosas te gustan de mí?

—Me gusta que pidas cumplidos cuando tu ego es ya tan grande que tengo que rodearlo.

—No es lo único grande que tengo —le susurró al oído.

—Jay —frunció el ceño—, estás arruinando nuestro baile hablando sucio.

—Te gusta que hable sucio. —Su voz se convirtió en un ronco gruñido—. Te gusta todo de mí. Viniste corriendo por el aeropuerto con las zapatillas enormes de una de tus tías para que no me subiera a un avión. Si eso no es digno de un musical, entonces no sé qué lo es.

Ella lo abrazó con fuerza.

—Pensé que iba a perderte. No tenía elección. Eres mi Jay y tenía que encontrarte.

—Nunca me perdiste. —Le dio un suave beso en la frente—. Te amo y este amor no se acabará nunca.

—¿Incluso cuando pensabas que quería acabar con tu empresa?

—Eso fue algo desconcertante...

Zara grabó en su mente ese momento: la melódica música, los fuertes brazos de Jay rodeando su cintura, el aroma de su perfume, la forma en que sus ojos la miraban, como si quisiera atraparla en ellos para siempre.

—¿Significa esto que me he librado de la mesa de los solteros?

—Puedo prometerte que, mientras estés conmigo, no tendrás que volver a contar tus historias sobre jugar al ajedrez desnuda y tirarte sin ropa a un lago helado.

—¿Jay?

—¿Sí, cariño?

—No te encontré pareja.

—Me encontraste a alguien mejor —dijo—. Alguien que trajo luz a mi oscuridad y alegría a mi alma. Alguien que me dio amor, risas y felicidad. Ella es perfecta. Y es mía.

EPÍLOGO
UN AÑO DESPUÉS

Dejar su puesto como director general de J-Tech fue la mejor decisión que había tomado en su vida, pensó Jay mientras se subía la cremallera del mono de camuflaje.

En primer lugar, le permitió trabajar en la ciudad sobre el terreno y continuar su tratamiento en la clínica de veteranos. Aceptar su pasado acabó con sus pesadillas. No tener pesadillas dio lugar a más momentos eróticos en la cama. Más momentos eróticos en la cama implicaron una escasez de preservativos. La escasez de preservativos llevó a una sorpresa. Y eso significó hacer una pedida de mano en el lugar donde se habían conocido para poder celebrar una boda de emergencia.

Zara vestía de camuflaje (se acabaron los vestidos manchados) y se había comprado su propia arma (una Tippmann Alpha Black Elite) para jugar con él y Elías en su partida mensual de *paintball*. No tenía ni idea de que él le propondría matrimonio aquella soleada tarde de sábado. La verdad es que debería haberla avisado, porque con los nervios había apretado el gatillo y le había disparado en el pecho. Pero al final todo salió bien. Seis meses después, el hematoma ya se había curado y celebraban una boda íntima en el Jardín Botánico en San Francisco con setecientos amigos y parientes cercanos de Zara, la madre de Jay, Rick y un puñado de amigos de Jay. Compraron una casa en Richmond, cerca de su madre y de Rick. Mermelada se quedó con Parvati, su nuevo compañero de piso y de cama Faroz, y una colección de cuadros de frutas con vulva que Faroz pensó que eran mejores que los picassos desaparecidos que había recuperado en una operación en Marruecos.

En segundo lugar, inspirado por la demanda colectiva de Zara y la necesidad de implantar una mayor seguridad digital que protegiera el *software* que un muchacho de diecisiete años había pirateado en el sótano de su madre, dejar el puesto de director general le permitía conducir a J-Tech hacia el terreno de la ciberseguridad, de modo que fueran capaces de subirse a la nueva ola tecnológica. Pero solo entre semana. Los fines de semana eran para su familia.

En tercer lugar, su horario reducido le dejaba más tiempo para cuidar del pequeño Zayn y así su madre podía centrarse en ser la mejor abogada y estrella de teatro *amateur* que pudiera llegar a ser. Estaba haciendo una prueba para interpretar a María en *West Side Story* y, a juzgar por las bonitas canciones de cuna que cantaba cada noche, estaba seguro de que conseguiría el papel.

Miró a su hijo, que estaba dormido sobre su pecho en el portabebés. Tenía menos de cuatro meses y ya pesaba demasiado para su madre, así que ahora los paseos en portabebés eran responsabilidad de Jay. No es que le pareciera un engorro. Habría cargado a Zayn todo el día si Zara le hubiera dejado, pero su casa siempre estaba llena de parientes desesperados por cargar al niño. El pequeño Zayn incluso había conseguido juntar a Zara y a su madre, que se habían pasado muchas tardes y fines de semana discutiendo sobre los problemas que las habían distanciado.

Finalmente, dejar sus funciones como director general le daba a Jay la oportunidad de estar en el campo de *paintball* en las próximas despedidas de soltero de los primos de Zara, y esta vez estaba dispuesto a vengarse.

—¡Estoy aquíííííííí!

Zara llegó corriendo por el campo de tiro. Vestida de camuflaje y con el cabello recogido en una coleta, estaba incluso más guapa que el día que se conocieron.

—El pastel está en la nevera. Los platos de comida están listos. Lucía me hizo una oferta de trabajo y la rechacé. Hay leche para Zayn en el coche...

—¡Ey! Da marcha atrás. —Jay levantó una mano a modo de advertencia—. ¿Qué quieres decir con que Lucía te hizo una oferta de trabajo?

—Se enteró de que había ganado la demanda colectiva y vio mi entrevista en las noticias. Me dijo que seguía siendo el tipo de abogada que buscaba. Me ofreció un buen sueldo y acceso a sus clientes famosos. Dijo que podría convertirme en una abogada estrella de la industria del entretenimiento.

—Es lo que siempre has soñado.

Zara le dio un beso en la mejilla y otro a Zayn en la cabeza.

—Tengo todo lo que necesito aquí mismo. Y no pienso dejar Cruz & Lovitt por ahora. Son mi gente. Me dieron una oportunidad. Creyeron en mí. Y son incluso más extravagantes que yo. También están dispuestos a escuchar mis ideas para ampliar el bufete y hacerlo un poco menos… tigre. —Dio un pequeño rugido y simuló un arañazo.

—¿Una actriz de método?

—Aprendí de los mejores. —Sonrió—. Bob estaba tan contento con el acuerdo que me dio unas cuantas lecciones. Lo volvieron a contratar para *El día de la noche de la tarde de la venganza de la novia del hijo del terror del regreso del ataque de los muertos vivientes, alienígenas, mutantes, malvados, demonios, devoradores de carne y cadáveres putrefactos, parte 6 en impactante 4D* y consiguió un papel en *Zombis en el paraíso 6: El regreso del día de la noche de los muertos vivientes, bailarines mutantes, zombis y strippers amantes de las gallinas, en glorioso 4D*. Ahora es toda una estrella y me ha recomendado a un montón de famosos. Y esta mañana… —pegó un brinco emocionada—, ¡recibí una llamada de Chad Wandsworth! Todavía tenía mi tarjeta del día que me tiré el batido en las tetas. ¿Puedes creerlo?

Jay sí que podía creerlo, y no le gustaba la idea de que el Hombre del Año estuviera mirando una tarjeta y pensando en los pechos de su mujer.

—Espero que le hayas dicho que se pierda.

—Cariño, estás mostrando tu lado posesivo, y tengo que decir que me pone cachonda.

—No hables así delante del bebé. —Puso sus manos sobre las orejas de Zayn para protegerlo de las palabras picantes de Zara.

Se dirigieron al campo de prácticas y Zara se subió la cremallera del mono.

—¿Por qué llevas camuflaje? —preguntó ella.

—¿Acaso pensaste que vendría a un campo de *paintball* y no jugaría? Les pedí que me pusieran en tu equipo.

—No con el bebé.

Jay se rio.

—Tu madre está aparcando el coche. Se lo va a llevar a pasar la tarde con ella. No podía dejar pasar la oportunidad de vengarme de la última vez que jugamos en una despedida de soltero. Alguien va a recibir hoy un tiro en el culo y no voy a ser yo.

Zara se acercó para besarlo.

—Fue un momento divertido.

—Fue el mejor momento. —La acercó para tener a toda su familia entre sus brazos—. Fue el día que te conocí.

AGRADECIMIENTOS

Escribir este libro durante una pandemia fue todo un reto. Algunos días era difícil ser graciosa. Solo puedes ver un limitado número de vídeos de gatos y pepinos antes de que tu risa se convierta en risita y finalmente en suspiro. Si no fuera por las personas importantes de mi vida, que me apoyaron y compraron chucherías, todavía estaría viendo esos vídeos.

A mi madre, mi padre y mis hermanos, que me animaban a contar interminables historias en los largos viajes en coche para que estuviéramos entretenidos. ¡Gracias!

A Sarah B. y Alice, mis amigas de la infancia que siempre son las primeras en dar «me gusta» a mis publicaciones en las redes sociales, por mucho autobombo que tengan. ¡Sois geniales!

A Anne, mi gran apoyo y buena amiga, que me hace subir montañas físicas y figuradas sin GPS.

A mi editora, Kristine Swartz, por su perspicacia, sabiduría e inspiración constante en el Departamento de Delicias Horneadas. Y a todo el equipo de Berkley (Brittanie, Jessica, Lindsey, Randie y muchos más), que diseñaron una cubierta preciosa, me ayudaron a pulir la historia y la lanzaron al mundo con toda la algarabía que un autor podría desear.

A mi agente, Laura Bradford, que es experta en calmar a las bestias salvajes (es decir, a los autores que entran en pánico) y decirles todas las cosas buenas que quieren oír.

A mi marido y mis hijos, que han aprendido a buscar comida y ropa limpia y a entretenerse porque MAMÁ ESTÁ TRABAJANDO. Todas ellas habilidades muy útiles en caso de apocalipsis zombi.

Y a los gatos que odian los pepinos: sigo pensando que sois
muy graciosos.